U0091970

名門庶女 7 完

不游泳的小魚 著

風 文創 078

風文創
078

目錄

第九十五章

冷華庭見王妃似乎平靜了一些，又問王爺：「爹爹，庭兒知道問您有點不孝，但兒子真的很想弄明白，當年，您與娘親還有劉妃娘娘之間，究竟發生過什麼事情？為何您方才要那樣跟劉嬤嬤說？」

王妃聽了，目光含了委屈和無奈，美麗的臉龐籠罩著一絲憤怒和痛苦，轉了眸，凝視著王爺。

王爺被問得一滯，兩雙美麗的眸子用同樣的期待和不解，還有懷疑的眼神看著自己，讓他覺得一時心口像被壓了重石一樣，鬱悶又沈重。

可他正視王妃的眼睛，坦坦蕩蕩，沒有半絲躲閃。「婉清，我對妳的感情，這麼多年了，妳還不明白嗎？妳姊她……她並非是對我有情，她只是……只是個占有慾極強的女人，又霸道、爭強好勝，功利心極強，巴不得天下最好的東西都由她一人占有。她既想要進宮，得到皇妃的尊榮，又想要有一個癡心真愛她的男人，為她生、為她死，成為她感情的奴僕，任她調配差遣。婉清，為妳生、為妳死，我做得到，其他女子，不管她是誰，我都不屑一顧。」

「那清容的事呢，你怎麼說，清容的事情也與她有關，她明明就很討厭清容啊？」王妃仍是不明白。當年，父親非逼著王爺娶清容進門，那時，大姊明明就很反對，還與父親吵過一架的。

「哼，以前我真的不知道是她在從中搗鬼的，也是這一次，清容見我昏迷了，常常趁妳不在的時候，在我身邊坐上一陣，自言自語地說些往事……我才知道，當年是妳已經被封為妃子的大姊硬逼著岳父的，非要我將清容娶進門，她不為別的，就是不想要看到妳幸福。呵呵，同樣，也不想看到清容幸福。果然，我們三個，糾纏了幾十年，都被弄得傷痕累累了，她的手段還真夠狠的。」

王爺喟然長嘆，心中無限傷感，更覺得愧對王妃。王妃聽得呆若木雞，怔在當場，半天也沒作聲。怪不得，王爺一直對劉妃娘娘不太親近，而劉妃娘娘也對王爺不太喜歡，原來，中間還有這麼一齣。

她不禁又想起方才劉嬤嬤的話來，自己也是太單純了一點吧，怎麼一起生活了那麼多年，竟然沒看出大姊的居心呢？

大姊進了宮之後，後宮那樣多的女人，與她搶著一個男人的愛，她用盡心機和手段都難以獨占那個男人的心。

所以，她在漫漫孤寂又陰暗的皇宮裡，更是嫉妒自己的幸福吧，嫉妒王爺對自己的癡情，恨沒有男人肯為她如此癡心不悔，才會想著法子要破壞自己的幸福……

想通了這一點，王妃便拉起王爺的手，有些不自在地看著王爺。「相公，你……有沒有覺得我太過愚蠢了？」

王爺聽了，寵溺地撫了撫她耳畔的秀髮，搖了搖頭道：「在朝廷裡勾心鬥角就很累了，若是回到府裡，還要面對一個只會耍陰謀詭計的妻子，那樣的生活會太累。娘子，我喜歡的就是妳的單純溫厚，妳不要變，一輩子都是這樣就好。」

冷華庭聽了王爺的話，看著王爺與王妃夫妻情深，嘴角不經意地便勾起一抹笑。他沒有再打擾那對幸福的夫妻，悄悄地自屋裡退了出去。

回到錦娘屋裡，錦娘母子都已經睡了。錦娘臉上氣色恢復了些，白皙的肌膚帶著透明的健康色，恍若吹彈可破一樣，豐滿紅潤的嘴唇微微勾起，唇邊一絲溫柔慈愛的笑漾開，更添了一絲聖潔的光輝，是因為做了娘親吧，這樣的錦娘，讓他錯不開眼。

伸了手，正想要撫摸一下妻子的臉，睡在她身邊的寶寶動了一下，似乎被捆得太緊了，很不舒服，昂著頭扭了扭脖子，小嘴啪嗒啪嗒著，口裡的口水流濕了脖子下的圍兜。

冷華庭笑看著和自己一樣的小紅唇，修長白皙的手指在小傢伙的唇畔輕點著，小傢伙立即閉著眼睛，張了嘴，小臉跟著手指轉著，嘴巴也跟著窩成了一個圓，時不時地啪嗒一下，試圖要含住他的手指。

來。

冷華庭看著有趣，又拿了手指去點他另一邊的唇角，果然小傢伙又轉了臉，向另一邊尋

他一時玩得不亦樂乎，手指在小傢伙的嘴邊亂點，小傢伙尋了好一陣，一直含不到他的手指，濃長的秀眉一皺，癟了癟嘴，突然放聲大哭起來。

錦娘從睡夢中驚醒，睡眼迷糊，手一勾，便將小傢伙擁進懷裡，扶起衣服來，便將乳頭塞進小傢伙的嘴裡，另一隻手拍著小傢伙的背，動作一氣呵成，甚至她只睜了下眼睛，瞄了一眼小傢伙，然後又閉著眼睛睡了。

小傢伙有了吃的，也不哭了，努力地吸著乳汁。母子倆根本當冷華庭這個大男人是空氣，一個睡著，一個吃著，無人理會他——

第二天，王妃早早就進了錦娘的屋，張嬤嬤和秀姑正在給小寶寶換尿布。小傢伙吃得多，尿得也多，隔不了多久都得換尿布。

錦娘正坐在床上喝著銀絲燕窩，見王妃進來，忙要行禮，王妃連忙擺手。「妳吃著吧，又不肯請奶娘，可得多吃一點，養好些了，才能餵飽小寶寶呢。」

錦娘點了頭，問王妃：「娘，可想好了，要給寶寶取個啥名？」

王妃聽著便皺了眉，說道：「這事我得去問問，庭兒是華字輩的，到了寶寶這一代就是

舟字輩了，取個啥名好呢？」

「那就揚吧，飛揚恣意的揚，我希望他將來過得恣意灑脫、無拘無束、幸福快樂。」錦娘含笑說道。

「舟揚嗎？嗯，很不錯呢，妳等等，我去問問小庭和……呃，揚哥兒，名不錯啊……」王妃嘮叨著，高興地出了門。

冷華庭正與王爺坐在屋裡看著一封自京城的消息，這時，王妃正好推了門進來，興沖沖地問：「王爺、小庭，給寶寶取名了沒有？」

王爺聽得一怔，看向冷華庭，冷華庭搖了搖頭，看向王爺，父子兩個對視了一陣後，齊聲道：「娘子（娘），取好了名字？」

王妃被他們兩父子弄得有點混，不知道他們是哪根筋搭錯了，竟然同時說出這樣一句話來，她不由嗔道：「不是來問你們爺兒倆嗎？我一婦道人家，會取什麼名呀？不過方才錦娘說，就叫舟揚，我覺得還滿好的，不知道你們覺得呢？」

王爺聽了沈思起來，悠悠道：「嗯，寶寶是舟字輩的，揚字嘛……」

「爹爹，我知道錦娘為何要給寶寶取名為揚，她嚮往的便是自由自在、無拘無束的生活，哪怕布衣粗茶，只要自在安寧就好，所以，她希望寶寶以後也能過上這樣的生活。」

「那就依錦娘所言吧，咱們簡親王府的嫡長孫，就取名為冷舟揚。」簡親王微笑著說道。

第三天，是揚哥兒洗三的日子，王爺和王妃便將葉一、葉三、葉四、白晟羽、冷謙幾個都請了來，給揚哥兒觀禮。因著那產婆被打著扔出了府去，秀姑和張嬤嬤就當仁不讓地成了揚哥兒的喜婆。

給揚哥兒洗過三後，又過了些日子，錦娘快要出月了，朝廷又有消息傳來。因著邊關局勢緊張，皇上已經派了孫大將軍為帥，帶兵駐守邊關。錦娘得了信後，心裡便擔心起來，人躺在床上，但腦子卻是轉得飛快。

這一天，冷華庭坐在她床邊正逗著揚哥兒，錦娘突然道：「相公，我們是不是得回京城了？」

冷華庭沈默了一會子，才道：「等皇上下旨吧，皇上不下旨，咱們也不能隨便離開。」

「那日我說的投石機，你可曾再改過了？真要回去的話，咱們的兵也要帶回去吧。」錦娘睜著清亮的大眼對冷華庭說道。

「是呢，那投石機現在已改成了投彈機，按照娘子說的法子，將作營已經將那炸彈試驗出來了。娘子，妳莫非真要將之用到戰場上去？」冷華庭臉上也鄭重了起來，問道。

「軍事上的事，我不懂，我只是擔心我爹爹。西涼人向來以好戰慓悍著稱，這一次又是存著必勝的信心來的，加之二叔對大錦朝瞭如指掌，他如今叛國去了那邊，我是怕爹爹會難以抵抗得住。都一把年紀了，若是……」錦娘眼睛微濕。大老爺雖然對她不算太好，但她嫁了之後，他還是改變了很多，對二夫人和軒哥兒都很好，畢竟是父親，錦娘還是很擔心他的。

「放心吧，娘子，岳父是大帥，大錦的軍隊再是不濟，也斷沒有讓元帥去衝鋒陷陣的道理，妳就安心在家裡養著，外面的事情，我有分寸的。」

一會子白晟羽來了，冷華庭與他一起進了書房。

「姊夫，咱們在那些招募的、有身手的人裡挑些精明能幹又忠心的出來，咱們得開始做些大事了。」一進書房，冷華庭便自輪椅裡站了起來，徑直走到書桌邊，拿出一張地圖對白晟羽道。

「你真的要開始行動了？」白晟羽聽得兩眼亮晶晶的，一拍冷華庭的肩膀，歪在書桌邊，高興地說道。

「嗯，咱們的商隊應該現在就開始組建，不能讓皇上那邊下旨後再行動。皇上精明得很，定然不會讓我親自掌管這商隊的，如今是沒法子，才不得不應了咱們的條件，那口氣定然是吞不下去，等錦娘哪天真的將新的基地建成了，能給大錦帶來百年以上的財富了，指不定又會開始打壓簡親王府，還不如咱們主動出擊，將商隊組建起來，在各國建立自己的情報網絡和外事關係，既大賺銀子，又建立了自己的勢力，讓皇上再不能隨意地控制簡親王府。

這事，必須儘快動手了。不然，皇上一旦下旨讓我回京，我們就會失去了先機。」冷華庭冷靜而清晰地說道。

白晟羽睜大眼睛看著冷華庭。今天的小庭很自信，眉宇間透著股英挺之氣，自信而軒昂，這才是小庭在人前的真正模樣吧。

他一時心潮澎湃。自己是次子，沒有承爵的資格，但他自小便有抱負，不願意只蒙祖蔭過日子，娶得了貞娘之後，更是覺得要讓那位賢淑可愛的妻子過上幸福的生活，那是自己作為一個男子的責任。

果然自己的決定是對的，錦娘和華庭兩口子都不是池中之物，一個有奇才，一個胸懷大志，兩口子配合默契，跟著他們，不但銀子會滾滾而來，就是身分和地位也會水漲船高、前途無量。

越想越美，一時忘了要回答冷華庭的話，冷華庭無奈地拍他，打趣道：「三姊夫，你是不是太想三姊了啊？不急啊，不急，就要回京城了，一定會讓你夫妻團聚的。」

白晟羽難得臉紅了一下，不自在地笑道：「你真是飽漢不知餓漢飢，你們可是連揚哥兒都有了，可憐三姊夫我大半年都沒回過京，沒見過你三姊的面了，你還笑我，忒過分了些。」

兩人在屋子裡密謀了好一陣，到了用飯時才出來，卻見冷謙像根木柱子似地杵在書房門外，沈著臉，一副欲言又止的樣子。白晟羽看了就笑。「阿謙啊，你是不是在四兒那裡受了氣啊，怎地臉色如此難看？」

冷謙清冷地看了他一眼，沒有作聲，只是耳根處染著的微紅洩漏他的心事。冷華庭坐在輪椅裡抬頭看他。「阿謙，你什麼時候也變得扭扭捏捏了起來，有話就直說吧。」

阿謙聽了長吸一口氣，雙手緊握成拳，用力太多，似乎連指節都有些泛白，看得出他心情很緊張。冷華庭看著更是詫異，正要問，冷謙冷不防地就道：「爺，我要成親！」

白晟羽立即笑了起來，拍了拍冷謙的肩膀道：「阿謙，你這要成親怎麼像是要上戰場一樣啊，說得誓死如歸的樣子，難道你不喜歡四兒姑娘嗎？」

冷謙黑了臉，瞪著冷華庭道：「我要成親！」

「好好好，成親，趁著咱們在江南，早些給你和四兒辦了也好，省得你們兩個都拖拖拉拉的。」冷華庭微笑著推了輪椅往錦娘房裡去，心裡卻在想，冷謙不是個衝動的人，怎麼突然說著要成親了？

錦娘在床上躺了二十幾天，實在覺得要發霉了，她再也不肯躺，便每日裡起來在屋裡走動著。揚哥兒睡得正香，小傢伙愛玩，但玩累了便吃，吃了就睡，一點也不鬧人，加之屋裡帶他的人也多，錦娘除了餵奶，還真沒什麼事做，閒得發慌。

四兒正給她整理秋衫，神情有點心不在焉，不時地看門外，錦娘覺得詫異，問道：「四兒，妳可是有心事？」

四兒聽得一怔，紅了臉低頭道：「無事呢，只是少奶奶可聽說，新的江南大營總督來了。」

「新總督？是誰啊？還沒到吧，不然，他該來皇家別苑拜訪咱們才對呢。」錦娘不解地問道。

「是阿謙的哥哥，那個回了京的阿遜。阿謙今兒個早上才得的消息，說是他們家特有的消息渠道來的，少爺和王爺都未必清楚呢。」四兒悶悶地說道。

「啊，升官了啊？那不更好，咱們四兒嫁的可是大戶人家啊，家裡官做得越來越大了，妳過去了，日子也好過一些呢。」錦娘聽著倒高興，來的江南總督是冷遜總比是一個陌生人要好了些的。

「說是先前給阿謙說的那家大小姐不肯退婚呢，正鬧著，那信裡說，還是要讓阿謙回去一趟呢。」四兒的聲音終於不悅了起來，接著又道：「少奶奶，以後奴婢就算嫁了，也還是跟著您，奴婢不喜歡做什麼大奶奶，服侍您慣了，這輩子都不離開了。」

錦娘聽得心頭一暖，正要勸她，就見冷華庭和阿謙幾個一起進了正堂，她便自屋裡出來，給白晟羽行了禮，正要說話，冷華庭倒先說了。「娘子，準備準備吧，阿謙說要成親呢。」

錦娘聽得一怔，隨即便高興地笑起來，回頭便對四兒道：「四兒，人家求親來了，妳是應還是不應啊？」

四兒一聽這話，臉羞得快要藏衣領子裡去了，哪裡還敢出來？錦娘見著就急，正要喊她，這邊，張嬤嬤慌慌張張地進來。「少爺、少奶奶，不好了，那劉嬤嬤死了！」

錦娘聽著倒沒什麼，倒是白晟羽聽得一怔，看向冷華庭。冷華庭只是微微挑了挑眉，神色鎮靜地對張嬤嬤道：「何時的事？是三個都死了？」

張嬤嬤道：「回二爺，方才奴婢使人送飯，那送飯的宮女來報說，劉嬤嬤幾個都死了，奴婢嚇住了，立即來稟報二爺。」

白晟羽與冷華庭對視一眼，冷華庭推了輪椅往外走，冷謙看了一眼屋裡的四兒，猶豫片刻，還是追上冷華庭，推了他出門。

錦娘雖然有些奇怪，但她如今不願意再操心這些事。有相公在，她只需好生帶好揚哥兒就好。轉了身，進了屋去，四兒仍是一臉羞紅，錦娘便笑道：「羞什麼呢，終歸是要嫁了的，總算修成正果了。阿謙方才那樣子，可真是逗得很，真是個老實人，妳呀，以後可別欺負他就好。」

四兒眼神不知道往哪兒放，手裡拿著件秋衣死死絞著，像是要將那衣服擰出水來。錦娘無奈地將衣服奪了去，嗔道：「快別清衣服了，來，我這兒早就給妳備了份嫁妝呢，妳的嫁衣做好了沒？」

說著就拉了四兒往內屋裡走，那裡有她自江南別院帶來的箱籠，她拿了鑰匙，在其中一個最大的箱子前站定。「這鑰匙給妳了，這箱子裡的東西全是給妳備的，妳現在打開看看。」

四兒眼裡就含了淚。她是孤兒，自小在孫府無依無靠，與錦娘相依相靠這麼些年了，不管她身分如何變化，對自己一直很好，就如……親姊妹一樣。

滿滿一大箱，她沒有去開，拿著鑰匙的手有點微顫，心裡很激動，一轉身，撲進錦娘的懷抱，哽著聲道：「夫人，您……對奴婢太好了。」

錦娘輕輕拍著她的背，柔聲哄道：「傻子，還說什麼奴婢奴婢的，趕明兒嫁了，就是冷家少奶奶了，阿謙可是正六品呢，快別把那奴婢二字掛口裡了。」

「不，阿謙就算官做得再大，四兒還是夫人的奴婢，一輩子服侍您。」四兒任性地抱著錦娘，頭埋在錦娘的肩窩裡說道。

「妳呀，得學會當家理事了，更要學會怎麼做個少奶奶，冷家人原就拿妳的身分說事，妳更應該做給他們看，讓他們知道，妳一點都不比大家小姐差。明兒個起，妳就不許再稱奴婢了，知道嗎？」錦娘苦口婆心地教著四兒。

午間就在正堂擺了一桌，請了王妃、白晟羽一起用飯，王爺因著身分還沒有轉回去，倒是不方便與他們同席。

四兒仍要站在錦娘身後服侍，錦娘手一扯，將她扯到自己身邊坐下，對王妃道：「娘，我想把阿謙和四兒的事給早些辦了，不知道都有些什麼規矩，得請您示下呢。」

王妃看了看四兒又看了看阿謙，點了頭對阿謙道：「阿謙啊，你在咱們王府裡也有年頭了，眼光不錯啊，四兒是個溫良敦厚的好女子，你以後可要好生待她。」

阿謙聽了，紅著臉就要對王妃行禮，王妃忙讓他坐了，又對錦娘道：「這事妳就別操心了，我來就好。」

有王妃打理，錦娘便完全可以不操心了，只管出銀子就是，而她，現在別的不多，就銀子多。

揚哥兒出月那天，四兒和阿謙的婚事也準備得差不多了，原想著先給揚哥兒辦了滿月酒，再給阿謙和四兒辦喜事的，但就在前兩天，皇上的聖旨終於來了——是錦娘的二品誥命封賞和冷華庭的官職任命，皇上升冷華庭二品中書令，著他將江南事宜理清後，擇日回京赴命。

冷華庭聽到對自己的任命有些發怔。中書令可是管著門下幾省，雖說只是二品，卻是手掌著大權，差不多是進入了上層政治中心了，以皇上對簡親王府的猜忌，又怎麼可能會如此提拔他？再者，皇上不是最在乎大臣的形象嗎？

王爺聽了後，倒是笑了，看了錦娘一眼道：「怕還是要讓你配得上錦娘吧，總不能讓二品的誥命配個四品的郎君不是？」

冷華庭聽了倒是不介意，溫柔地看了眼錦娘，臉上卻是閃著自信和驕傲。「可能與西涼的戰爭要一觸即發了，皇上如今也是用人之際，國庫又空虛著，要打仗，需要消耗的銀子可多了去，怕是想到咱們這裡撈銀子吧。」

錦娘聽了直翻白眼，對他嘟囔道：「可別打咱們家銀子的主意，那是我留著給揚哥兒做老婆本的呢。」

王爺聽得哈哈大笑，對冷華庭道：「小庭啊，看你如何是好啊，錦娘的手可是緊著呢，你以後可得存些私房，不然出門在外會阮囊羞澀的。」

錦娘被王爺說得臉都紅了。「相公，劉嬤嬤是怎麼死的？」只好隨便找個話題。「服毒，三個人全是服毒。看來，這院裡還是有些不乾淨的人，算了，咱們不管這些了，新的江南別院也建好了，咱們以後再來，搬那邊去住就是了。」冷華庭憐愛地拍了拍錦娘的手。

錦娘聽了不置可否，看那一對父子的表情平淡得很，好像要將此事大事化小的味道，也許，他們已經想好對策了吧。一時掩住了擔心，說道：「這回京的日子有點急，還有揚哥兒的滿月酒要辦，四兒和阿謙的婚禮要辦，不如兩樁喜事一起辦了算了？」

王爺倒是沒什麼意見，四兒的婚禮上辦揚哥兒的滿月酒，對揚哥兒和四兒都有好處，都吉利，只是王妃覺得委屈。「咱們揚哥兒可是嫡長孫，滿月酒怎麼能成為搭頭？可不能委屈了我們揚哥兒。」

冷華庭聽了就笑。「娘，怎麼能算是委屈了他？滿月酒不就是圖個熱鬧，多些人來祝福揚哥兒嗎？四兒和阿謙的婚事一辦，肯定熱鬧非凡的，兩喜同辦，確實好。」

喜事過後，冷華庭就開始忙著要離開的事情。基地上的生產已經步入正軌，錦娘備了不少備品備件放在廠裡，又教了葉三、葉四幾個的兒子如何更換，出現問題要換什麼樣的零件等等，而那幾個年輕人都勤勞好學，巴不得錦娘再多教些東西給他們才好，所以學得也快，廠子交給葉三、葉四幾個打理是完全沒有問題的。

阿謙和四兒被冷華庭留在了基地，統領全部的江南事宜，尤其是培訓自外面招來的那些有身手的人建立商隊。在錦娘回京的路上，阿謙也領著數百人的隊伍向東臨出發了。

四兒原是死活要跟著錦娘回京的，結果被錦娘臭罵了一頓。四兒眼淚汪汪地留下了，但她也是個倔性子，等錦娘一出發，她便死活磨著阿謙，不肯獨自留在江南，非要與阿謙一同去東臨。

阿謙也著實捨不得她一人留在江南，兩人又是新婚，正是如膠似漆的時候，更是捨不得分開的，雖然去東臨的路上險阻重重，但四兒不是嬌生慣養長大的，護著商隊的又是清一色的武功高手，又有自己貼身保護，他倒是不太擔心，還真的就把四兒帶上路。

冷華庭給自己的私兵取了個很響亮的名字，叫「雄鷹」，這支兩千人的隊伍裝備精良、訓練有素，雖然沒有真正參加過戰鬥，但冷華庭依照錦娘的想法，不斷讓他們進行著實戰演習，還製作了些極其巧妙的細弩，能九箭連發，給每人配備了一支，而且每人身上還有一枚手投炸彈，雖說不太先進，但還算安全，又輕便，真遇上強敵時，這可是保命的法寶，莫說整個大錦，怕是整個大陸上，也沒有一支軍隊會有如此新鮮又殺傷力極大的武器。

回京時，白晟羽直接帶著「雄鷹」當護隊，浩浩蕩蕩地護在簡親王府的車隊前，果然一路暢通無阻，途中也有幾起不知死活的小人在周邊探查，伺機圖謀不軌，只可惜，那些人還沒有近得錦娘他們的身，或是直接嚇走，或是被護衛揪了出來，一查之下，果然是西涼的密探，倒讓冷華庭瞭解了不少西涼的情況。

路上緊趕慢趕，還是走了兩個多月。回到京城時，揚哥兒越長越精神，小臉粉妝玉雕，越長大，那眉眼便越發與冷華庭相似，簡直是一個模子裡套出來的，尤其是那雙迷人的鳳眼，漆黑如珠又靈活清澈，長長的睫毛微微上翹，比冷華庭的還要好看。

隊伍回到京城外，太子親自來迎，而令冷華庭意外的是，同來的竟然還有六皇子。冷華堂自是代表親族前來迎接，一看到那荷槍鐵甲的軍士，當時就怔住了，臉色煞白的同時，原本溫潤的清眸裡閃著恐懼和焦慮，但臉上仍是掛著久別重逢的微笑，彷彿他一直就很是盼望和思念著冷華庭夫妻一樣。

因著太子儀仗在，錦娘和王妃等所有的家眷都不得不下車見禮。太子一見車隊停下，遠遠地下了馬，大步流星地向冷華庭迎過來，六皇子和冷華堂卻沒有表現得如此急切，只是在原地等著。

太子一見冷華庭，嘴角就掛了笑，握住他的手道：「小庭，太子哥哥總算盼著你們回來了。」

「臣將殿下的府兵訓練完畢，全拉回來了，請殿下檢閱。」冷華庭客氣地一揮手，讓開輪椅，對太子道。

那邊，白晟羽聽到冷華庭的話，便對跟著的私兵將領打了個手勢，那將領立即打馬到太子跟前，先下馬給太子行了禮後，再翻身上馬，對著軍隊喊了幾個口令，立即，整齊劃一的列隊聲嘩啪作響，兩千人的隊伍迅速擺成了一字長龍陣，等待太子的檢閱。

太子看著眼裡便露出一絲欣喜，拍了拍冷華庭的肩膀。「小庭，真有你的，這支隊伍人數雖不多，但戰鬥力一定不弱。嗯，很好，太子哥哥就受了你這份大禮，將這隊伍先入駐到九門提督營裡安置了。」

冷華庭聽得一怔，疑惑地看著太子。太子如此說，便是要將那面上的意思坐實，真的將隊伍納到他自己手裡，這讓他好不惱火，正要發作，一抬眸，便見太子眨了眨眼，腦中靈光一閃，便立即明白了太子的用意。

太子方才所言其實也就是配合他作戲，堵了別人的嘴而已。雖是如此，冷華庭還是留了個心眼，對太子點了個頭，應了一聲後，在白晟羽耳畔耳語了幾句，白晟羽了然地帶了隊伍，去了城外九門提督營地駐紮。

太子自是知道冷華庭心中顧慮的，他苦笑了笑，也不顧六皇子幾個就在不遠的後面看著，他俯下身，在小庭的耳邊小聲說道：「你太子哥哥雖是看著心癢難耐，但你也要我養得起不是？弟妹若一發火，斷了我的糧可怎麼辦？我兒子如今還是靠你們養著的呢！」

「殿下說笑了，臣以前就跟殿下表明過心跡，臣是殿下的臣，臣的東西，自然也是殿下的。」冷華庭笑得真誠，那話也說得滴水不漏。

太子聽了很是滿意。他要的，就是小庭的這句話。

那邊，王妃和錦娘一干女眷上前來給太子見禮。生育過後的錦娘變得亮麗豐滿了，少婦特有的婉約韻致讓太子看得眼睛一亮，再看王妃手裡的揚哥兒，神色黯了一黯，卻是哈哈大笑地扶王妃起來。

揚哥兒這會子剛睡醒，大大的鳳眸正好奇的四處張望著。

太子見他長得如小時的小庭一個模樣，看著就喜，正要伸手去抱，王妃忍不住將手一縮，清麗的臉上帶了絲尷尬的笑。太子不解，心下一震，以為王妃在防備他，眼裡便露出一絲不悅，錦娘忙解釋道：「這小子抱不得，太皮實了，娘親是怕他冒犯了殿下。」

太子聽了不以為然。「弟妹啊，妳怕跟我聯姻，特地生了個兒子讓我失望不說，如今兒子長得跟小庭一模一樣，讓我好不喜歡，想要抱一抱妳都不肯嗎？這麼小的孩子，又能調皮到哪裡去？」

說著，繼續伸手要抱，王妃無奈，小心地將揚哥兒放到太子手裡。結果太子才抱到手裡，揚哥兒倒是沒有去扯他的頭髮也沒抓他的臉，卻是揪住他面前的一塊玉珮不撒手，拿著就往嘴裡塞。太子平日也不怎麼抱孩子，一見之下，大驚。「吃不得的，吃不得。」就要去搶揚哥兒手裡的玉珮，揚哥兒奇怪地沒有大哭，卻是抱著太子的臉，在他臉上叭唧一下，糊了太子一臉的口水，又自顧自地玩了。

錦娘看得目瞪口呆，忙拿了帕子想去幫太子拭淨，又覺得不妥，只好訕訕道：「殿下，還是給我吧，這小子欠治呢。」

太子卻是笑得眼都瞇了，戳了下揚哥兒的頭，將那塊玉珮取了下來，掛到揚哥兒的脖子上，說道：「這小子好像在拍馬屁呢，弟妹，這性子應該像妳吧，小庭可不會這個，倔驢子樣，才不會轉彎呢。」

錦娘聽得一臉的黑線，抱過揚哥兒後，忙謝了太子，將揚哥兒遞給秀姑抱了下去。

幾人見過禮後，便往城門去，這會子，六皇子和冷華堂也迎了上來。六皇子跟冷華庭寒暄了幾句。「表哥一路辛苦。」

冷華庭抬手行禮，笑道：「讓六皇子殿下親自來迎，臣不勝惶恐。」

六皇子聽了，臉上露出不悅的表情，嗔道：「太子殿下都親自來迎，我還是你的表弟呢，你對著太子殿下不怕，倒是對我這親表弟反而惶恐了，這話也太外道了吧。」六皇子一身清雅，笑容也是溫和燦爛、聲音清亮，語氣裡帶著些微的親暱，讓冷華庭聽著不好反駁，只好笑了笑道：「殿下多心了，臣安頓好之後，便會進宮看望劉妃娘娘。臣不在家的日子裡，多虧娘娘對簡親王府多方照拂呢。」

冷華堂在一旁笑道：「可不是，小庭，咱們兄弟倆在外的日子裡，一直是殿下派人守護著王府，也多虧了殿下，皇上才解了簡親王府的禁令。如今爹爹的身子好多了，每日裡也能進食不少，你一回來，爹爹一高興，保不齊哪天就醒轉過來了。」

冷華庭聽得一滯，不知道冷華堂是真不知道府裡的王爺是假，還是裝的。以他對冷華堂的瞭解，應該不致如此愚蠢才是，可一抬眼，便看到太子眼神複雜，心下立即明白，怕是太子也做了些手腳。

太子這表情似乎是知道了王爺假病遁走之事了，好在太子如今是向著簡親王府的，不然，又是一宗大罪。

「那表哥可是說好了，他日一定要帶了嫂嫂進宮來看母妃喔，母妃可是多次念叨表嫂的聰慧奇特了，很是想念呢。」六皇子微瞇了眼，看著冷華庭與太子之間的目光交流，心下很是不悅，臉上卻是笑如春風，很親熱地對冷華庭說道。

冷華庭一拱手。「等府中之事一安頓好，臣便攜妻進宮致謝。」

第九十六章

上官枚自聽說王妃和錦娘回來了，便喜不自勝，她幾日前便使了人將錦娘所住的院落好生打掃，一應用具全都檢查了好幾遍，還在屋裡燒了好多香片，去去屋子久未住人的塵氣。

玉娘有時便會挺著個肚子跟著她轉，不陰不陽地說道：「喲，姊姊可真是待我家四妹妹好呢，可姊姊不知嗎？相公如今可是天天到妹妹房裡來看妹妹，待妹妹我可好著呢，他可是巴巴地等著我給他生個兒子呢！」

上官枚聽得一滯。相公自江南回來後，心情就一直不好，似在江南吃了癟，心裡有氣呢，不過，對自己倒是比以前更加溫柔體貼，多次在自己面前表示，對玉娘好，不過是為了她肚子裡的孩子。這話其實也是戳到了上官枚的痛處，她一直就想要個孩子，但以前是被二太太給下了黑手，一年多也沒懷上，而如今，錦娘和玉娘都有了，自己還是沒動靜，這讓她更加急切起來。

但心裡再如何急，面對玉娘時，她仍是一貫的淡定，不想讓玉娘看到自己心裡的憂急，更不想在她面前示弱。

「相公待妳好原就是明瞭的事情，妳不用拿來這裡顯擺，好生回屋裡養著胎吧，別一會子出了什麼狀況又冤別人頭上去。」上官杦冷冷地對玉娘說道。

玉娘聽了收了笑，斜了眼對上官杦道：「姊姊這是說什麼話來，莫非我來這裡看看都會有人弄么蛾子？」

上官杦聽了更覺得刺耳。這種人，越理她越起勁。她懶得再看她，又察看了一遍屋裡的擺設用具，叮囑了那些灑掃的下人，便抬腳出了門。

那邊玉娘見了，嘴角噙了一絲譏誚，扶著腰，在丫鬟的攙扶下卻進了錦娘的屋子，在錦娘與冷華庭的臥房裡轉了一個圈，見錦娘的梳妝檯上有支男式碧玉簪子，隨手拿起。那簪子有些舊，一看便是用過多次的，她眼前立即浮現出那個傾國男子的容顏來，想像著他插著簪子的模樣，唇邊的笑意變得溫柔。

她將那簪子隨手放入了袖袋裡，轉身要走。

身邊的丫鬟紅兒急了眼，忍不住便小聲說道：「二夫人，這……又不值什麼錢，何必拿走，這要人家怎麼看妳？」

玉娘聽得大怒，一轉身，隨手便是一巴掌打在紅兒臉上，斥道：「妳方才看到什麼？嗯？」

紅兒被打得臉上火辣辣的，眼圈都紅了，卻是不敢哭，哽咽著道：「沒有，奴婢什麼也沒看見，二夫人什麼也沒做。」

冷華庭終於帶著王妃和錦娘回到了久別的簡親王府。上官枚早早地帶著僕人在門外候著，上官枚迎到王妃身邊，行了一禮道：「母妃一路辛苦了。」

王妃笑道：「枚兒辛苦了才是，我不在府裡，這偌大個王府，全靠枚兒打理呢。」

錦娘接過揚哥兒也走了過來，彎身行了一禮。「嫂嫂安好？」

上官枚唇邊帶了笑，回了半禮，大家很快就到了王妃的院子裡，冷華堂一直也跟著進來了。錦娘在王妃的院子裡待了一會子，便要回自己的住處，剛起身說要走，冷華庭卻向她使了個眼色，她不解，但也乖乖地坐下了。

王妃一進門便覺得乏，屋子裡被打掃得很乾淨，一應物品的擺放還和自己離開時一樣，她心知這是上官枚操持的結果，便誇了她幾句，就進屋去換衣服了。

冷華堂一直注意著王妃的行止，站在屋裡有一句沒一句地跟上官枚和錦娘閒聊著，雖然錦娘不太理睬他，但有上官枚在，他也不至於尷尬，等王妃自裡屋出來，又坐在正堂裡去抱揚哥兒玩時，他的眼神就更加複雜了。

冷華庭見了，嘴角噙了絲冷笑，對王妃道：「娘，抱著揚哥兒去見見爹爹吧。」

王妃聽得一怔，這才反應過來。自己忘了這一茬了，怪不得冷華堂神情怪怪的，不由心下暗暗擔心，忙道：「是啊、是啊，讓你爹爹見見揚哥兒，他……要是有知，一定會很開心的。」說著，拿了帕子去拭眼角並不存在的淚。

錦娘心裡也好奇，不知道假王爺是如何騙過冷華堂的，便也起了身，一臉哀悽地跟著王妃往內堂去。

一到王爺養病的屋前，錦娘怔住了，那門口竟然站了兩名侍衛，看那穿著卻不像是王府裡的。王妃見了那兩人，倒是客氣得很。「辛苦二位了，王爺可有好些？」

一人恭謹地行禮道：「回王妃，王爺仍是原樣子。」說著，身子便讓開一些，王妃打了簾子進去。錦娘也抱著揚哥兒要跟進，但那侍衛手一伸道：「太子殿下有令，除了王妃，誰也不能接近王爺。」

冷華堂聽了便喝道：「二位也太不近人情，哪有阻止兒子媳婦看望父親的道理？你們且回去稟報太子殿下，就說王妃回府了，不用你們再來看護王爺了。」

那兩人聽了無動於衷，眼神都未變一下，對冷華堂的話充耳不聞。

錦娘倒是乖巧地退回一步，並沒有非要跟著進去。真的王爺如今怕是已經進屋了，方才回院子時，就不見王爺扮的那位中年暗衛，這一齣戲演得差不多了，指不定明天王爺就會突然好了，只是冷華堂彷彿很緊張，莫非當初真是他向王爺下的暗手？

王妃進去了不久，便轉了出來，眼角還帶著濕意，一出門，便對錦娘道：「抱著揚哥兒進來吧。」

那侍衛見是王妃親自開的口，便讓開身子，卻仍是只讓錦娘一人抱著孩子進去。

錦娘進得屋去，卻見王爺已經坐在屋裡了，房裡還有一個，正是那中年暗衛。王妃卻是坐在王爺身邊，錦娘看著就糊塗了，一時不知道誰是真的王爺。

「把揚哥兒抱過來。」王爺笑得清朗，伸了手向揚哥兒拍著，揚哥兒卻不樂意，只向那中年暗衛伸手。

王爺笑著過來，拍了下他的肉屁屁，嗔道：「臭小子，爺爺在車上還抱過你呢，就翻臉不認人了？」說著就朝揚哥兒抱去，在他胸前拱了幾拱，這是他們爺孫倆常玩的遊戲。揚哥兒發癢，立即咯咯地笑了起來，雙手揪住王爺的頭髮就亂扯。

錦娘這才明白，王爺真的是恢復身分了，而那名暗衛才是一直躺在屋裡的那個人，這麼久，也難為他了。

王爺又抱著揚哥兒玩了一陣，才將孩子給了錦娘，卻是回到床上去躺好，對王妃眨了眨眼，王妃立即會意，突然便又喜又驚大聲喊了起來——

「王爺、王爺，您……您醒了?!快看，這是揚哥兒，咱們的孫子啊，老天真是開了眼啊！咱們的揚哥兒就是福星，一來就叫醒了爺爺。」

錦娘先是聽得一怔，立即了然地跟著大聲喊道：「父王、父王，您真醒了？這太好了。」說著一擰自己的大腿，擠出幾滴淚來，奔到外面去就叫：「相公、相公，父王醒了，父王醒了啊！」

冷華庭在外面聽了，自然也是一臉的驚喜，鳳眼裡立即盈滿了淚水，推了輪椅便往屋裡去。那兩名侍衛相視一眼，也不攔了，任他往裡走，冷華堂比冷華庭更為急切，搶先一步便閃進了屋。

王爺正躺在床上，而王妃伏在他身上哭泣著，錦娘便抱著孩子在一旁跟著哭，屋裡一片激動驚喜的場面，冷華堂看得一滯，眼睛死死地瞪著床上的王爺。

王爺清潤的眸子正好也看向他，兩人對視片刻，冷華堂的臉慢慢地變得蒼白起來，王爺的目光森冷犀利，像是要刺穿他的靈魂一般。不自覺的，他就想往外躲，冷華庭卻在他身後攔住他，冷笑道：「不是口口聲聲說要看望父王的嗎？如今父王醒了，你卻要到何處去？」

冷華堂身子一僵，機械地走近王爺，顫著聲道：「父王，孩兒來看您了。」

王爺聽了嘴角便勾起一抹譏誚，虛弱地坐了起來，伸出自己的手掌，細細地察看著，聲音卻有點漫不經心。「你用針的手法是從何處學來的？你三叔也是你下的暗手吧？」

冷華堂聽了，立即就想往外退，硬著頭皮道：「父王您說什麼？堂兒聽不懂。」

王爺聽得心火直冒。到了這分上他還在裝，他以為所有人都是傻子嗎？用那麼卑劣下作的手段對待自己的父親，真是喪盡天良。

「喔，聽不懂嗎？你在湖邊做的事情，真的全忘了？你對我做過什麼，你不記得，我可是全都記得清清楚楚呢。」王爺自床上翻身而下，慢慢地逼近冷華堂。

冷華堂背上冷汗涔涔。那劉醫正明明說，王爺半年後才會醒，如今也真是此時才醒，足見他的醫術真的高明，但不是說會失憶的嗎？怎地……

「父王，您是被那藥物迷了心智吧？您在床上躺了這麼久，一醒來，怎麼說起胡話來了。」他眼中閃過一絲陰狠，臉上卻很是震驚。

「裝，繼續裝，我本想看在父子一場要饒你一次的，沒想到，你還是如此不知悔改，讓我太失望了。」王爺又逼近了幾步，雙眼憤怒地逼視著冷華堂道。

冷華堂聽了，撲通一聲跪下來，納頭就拜。「父王，您身子安好，兒子也放心了，您還是好生再將養將養吧。」

說完便爬了起來，轉身往外走。王爺揮掌便劈向他，他也不躲，生生地受了王爺一掌，回了頭，一臉痛楚地看著王爺道：「父王，您究竟有沒有當我是您兒子過？您病了這麼久，我日日都到這裡來看您，先前還可以侍奉床邊，後來……真是太子不讓兒子近您的身。兒子若是想要害死您，會在太子派人來之前下手了，可是，兒子可有做過？在父王眼裡，兒子真的就如此不堪嗎？」

上官枚自進屋起，便默默地一言不發地站著，當聽到王爺說是冷華堂下的手時，她震驚得無以復加，不可置信地看著自己的相公。人可以為了權力和利益要些陰謀詭計，但絕不能喪了倫理道德，若是連生身父親也能下得手去，那不是豬狗都不如了嗎？

但看冷華堂生受了王爺一掌，又說得有理有據，不由也生了疑。畢竟是自己的丈夫，哪怕是有萬分之一的希望，她也不願意將他想得太壞，便對王爺道：「父王，相公說得有理，您病了期間，他每日都來看望您，幫您擦身，服侍您吃飯用藥，如此孝順，又怎麼可能做那種無恥之事？」

王爺微瞇了眼看著上官枚，眼裡有了一絲憐惜，半晌才嘆了口氣，對上官枚道：「枚兒，簡親王府對不住妳啊。」

上官枚眼睛酸澀起來，哽著聲道：「枚兒不覺得委屈，只要父王您公正些對待相公就好，枚兒願意一生孝順父王和母妃。」

王爺聽了長嘆一口氣，對上官枚道；「孩子，妳不要怪父王狠心，他……真的是禽獸不如啊，他如今這假面都是裝的——」

「父王，您無真實憑據，請不要詆毀了相公名聲，外人怎麼看他不重要，您是他的親生父親，若您也如此待他，不是真要將他往死裡逼嗎？」上官枚立即截了王爺的話，她不敢再往下聽，害怕聽到更讓她心驚和難過的話來。

「枚兒，再縱容他，以後他會自尋死路的，妳的位分我求皇上給妳留著，但他的世子之位，我是非拿掉不可的。」王爺踉蹌著向外走去。

冷華堂衝口喊道：「父王憑什麼拿掉我的世子之位，給小庭嗎？他還是個殘廢呢，皇上不會允了的！」

不提這殘廢二字還好，一提，王爺心火更盛，猛地一巴掌向冷華堂甩去。「畜生！當年你對小庭做過什麼？不要說你不知道！如今還敢說小庭是殘廢，我現在就廢了你！」

冷華堂早有防備，他也是被逼急了才說了那個詞，內心裡，他是最不想刺傷小庭的，但是事關利益，他也顧不得許多，見王爺打來，他身子一閃，縱身便向屋外穿了出去。王爺在後面追，冷華堂卻在正堂處站定，冷冷地回過頭來對王爺道：「父王，您儘管去見皇上，看皇上會不會允了您的請求，也請您不要再打兒子，兒子昨日便升了戶部侍郎，官居四品，您不能動用私刑。」

王爺聽得身子一僵，倒是真的不再打他，卻道：「我打你，是因為你是我的兒子，老子打兒子，乃是天經地義的事情。如今你卻是拿皇命和官位來說事，那便是不再將我當成父親，那咱們便寫下文書，自此斷絕父子關係，從此再無瓜葛。」

冷華堂聽得一陣心寒，他無比傷痛地看著王爺，哽了聲道：「父王糊塗，兒子不會跟著您意氣用事的，今日父王太過激動，兒子先行退下，明日再來看望父王。」說著，再不等王爺說什麼，轉身走了。

王爺看著他遠去的背影，心中一陣氣血翻湧。養了二十幾年的兒子，突然要斷絕父子關係，任誰都會痛心。

雖然那日裕親王在山洞外一再地調笑，說堂兒是老二的兒子，可他不是很相信。老二說得沒錯，他身上並無青龍，而堂兒是有的，老太爺在時，並不知道老二身上的秘密，但王爺卻是知道的，這其中道理，至今他都沒有弄明白，不知道為何明明是一父傳下的血脈，老二會不同，但如今看老二的行徑，他越發懷疑，老二是有問題的。

這時，錦娘和王妃還有冷華庭自裡屋走出來，看王爺臉色很不好看，王妃忙扶了王爺坐下。上官枚向王爺深施了一禮，淚如雨下，緩緩地跪在王爺面前道：「父王，您……您就是再生氣，也不能說出斷絕父子關係的話來，您這是要置枚兒於何地？您與相公斷了關係，那枚兒又成了哪家之媳？是不是要連枚兒也一併趕走呢？」

王妃心中一陣發酸。枚兒雖說高傲任性了一些，卻還算是心地純厚，進府幾年來，從未做過大惡，就是有那一、兩處不是，也是在冷華堂和劉姨娘的教唆之下所為，情有可原。

她心疼地去拉上官枚起來。「枚兒，妳父王不是說過，會保了妳的分位不變嗎？妳不要擔心了。」

「保枚兒分位不變，枚兒夫未死，便要當未亡人？母妃，虧您說得出口，枚兒正年輕，丈夫安好，為何要得這名分？」上官枚聽得一滯，心中火氣直冒，沒想到一向仁厚的王妃也是如此狠心。

王妃正要再勸，外面劉姨娘扶著玉娘進來了。「姊姊果然不是一般的心狠手辣，竟然說出如此有違人倫的話來，堂兒就如此礙了姊姊的眼嗎？竟要活活咒死他，咒我的孫兒無父，咒我媳婦守活寡，妳天良何在！」

玉娘挺著大肚子，也挨著上官枚身邊跪下，淚水盈盈地看著王爺道：「父王，您看兒媳身懷六甲，您的孫兒很快就要出世，您忍心他的父親被趕出王府？讓他一出生，便沒有了父親？」

王爺聽得難受，踉蹌著向後堂走去。斷絕父子關係的確不是個最好的法子，堂兒這種品質，著實不能成為世子，他繼了爵位之後，會將簡親王府往火坑裡推。皇上如今怕是還不知道，堂兒與老二的關係密切，一旦事發，連累的將會是整個簡親王府。

劉姨娘大哭著向王爺奔去。「王爺就算看不起妾身，也不能如此對待親生兒子。人說虎毒不食子，難道就只有姊姊生的，才是您的兒子嗎？」

錦娘聽得實在煩躁，長途的跋涉之後，王妃和她自己也都疲累得很，便對劉姨娘道：「姨娘，妳也別鬧了，父王才醒過來，很多事情還沒有考慮清楚，也不是這會子就能辦得了的，鬧下去，對姨娘也沒有好處。」

劉姨娘正一肚子的火無處發，尤其是看到粉妝玉琢的揚哥兒，嫉恨便如泉水般湧出，再聽得王妃說要讓上官枚守活寡的話，就更是恨，破口大罵道：「別以為我不知道妳的居心，妳是想害了我的堂兒，好讓妳兒子承爵，作夢吧妳！莫說堂兒的兒子即將出世，就是枚兒，她是郡主，身分要比妳這小婦養的高貴到不知道哪裡去，妳真當妳是鳳凰呢！」

錦娘高傲地揚起頭道：「不要用那齷齪的思想來衡量別人，那世子之位在我眼裡一錢都不值，我不過是看著父王母妃的面上給他幾分顏色，姨娘若再口出不遜，我絕不輕饒。」

說著，又逼近劉姨娘，冷笑著在她身邊轉了一圈道：「姨娘在浣衣房裡的工作，可是已經完成了？不知道王嬤嬤在浣衣房又過得可好？」

劉姨娘聽得一怔。她上回受罰，一直就以傷為名賴在自己院裡沒有出去，當然便是想躲過那責罰的，原以為都過去一年了，王妃都沒有計較過，孫錦娘也不會太在意了，沒想到她如今又將舊事重提……如此一想，她不由膽怯了起來。

王妃也道：「劉清容，妳立即去浣衣房，一年之內不得再回屋，否則，本妃要以家法論處。」

劉姨娘聽得大怒，她是豁出去了，講理講不贏，打又不能打，一時大哭大鬧地撒起潑來。錦娘看著厭煩，對外大喝道：「外面的婆子呢？送她去浣衣房。」

兩個婆子將劉姨娘往外拖，劉姨娘大哭，對上官枚道：「枚兒，妳怎麼能夠眼睜睜地看著姨娘我被她們欺凌？妳才是這個府裡的少主子，憑什麼要讓著孫錦娘？」

上官枚無奈地看了她一眼，嘆了口氣道：「姨娘還是消停一點吧，老實待在浣衣房裡，不要亂跑，一年之後，枚兒再去接了姨娘回來就是。」

劉姨娘哪裡甘願？她一輩子苦苦追求，捨了尊嚴和良心，機關算盡，為的就是成為人上人，能在幾個嫡姊面前揚眉吐氣，沒想到臨老，竟然被打下成為最下等的奴婢，這叫她情何以堪？

兩個婆子一路拖著她往外去，她便一路嚎哭卻無人理會。

錦娘著實乏了，便給王妃行了一禮，抱著揚哥兒起身回了自己的屋。

冷華庭卻是並沒有跟著，他直接進了王爺的書房。王爺正皺了眉坐在書房裡，見冷華庭進來，不由有些詫異。「小庭怎麼沒有回去休息？」

「我來看爹爹。」冷華庭淡笑著說道。

「是不喜歡爹爹的心軟吧。」王爺無奈地嘆了口氣，對冷華庭道。

「爹爹確實心軟了。他那個人，留著終究是個禍害，對簡親王府也沒有好處，爹爹不是為了王府忍氣吞聲了很多年嗎，怎能為了他一人而置簡親王府的將來於不顧呢？族裡還有幾百人要靠著咱們王府過日子呢，難道爹爹就任他如此下去？」

冷華庭心裡確實有氣。他來，就是想要探王爺的底線，自己想要動手了，不能到時候王爺捨不得冷華堂，又傷了父子和氣。

「傻孩子，你以為我現在能動得了他嗎？皇上如今正拿他當你的磨刀石呢，巴不得你兒弟二人鬧意見，他好從中得利。方才我已經派了暗衛跟著他了，指不定這會子他就去了張太師府裡。明兒個，只要我遞了削去他的摺子上去，皇上定然會留中不發，不同意也不反對，就那麼僵著，讓你們兄弟去折騰。」王爺嘆了口氣說道。

「裕親王那天說的話，難道爹爹真沒有懷疑過？姨娘與娘親倒有七分相似，若他真是爹爹的兒子，為何我與他半分也不像呢？爹爹不覺得奇怪嗎？」冷華庭顧不得王爺的顏面，沈吟了一會子，還是說了出來。

王爺聽了，霍地一下自椅子上站起來。當年的事情，一幕一幕地浮現在他眼前，與劉姨娘的那些荒唐往事讓他很難在兒子面前啟齒……但堂兒真的與小庭和自己長得一點也不像，若說真是老二的兒子，那也該像老二才是，怎麼與老二也沒有一點相似之處？

「庭兒，有法子證明他不是爹爹親生的嗎？爹爹如今也糊塗了啊。」王爺越想越糊塗，最讓他無法解釋的就是青龍紋身。

「沒法子，這事只有姨娘最清楚，爹爹何不去問姨娘就是？爹爹，若他真是您的親生，您就要放過他嗎？」這才是冷華庭此次來找王爺的最終目的。

「庭兒，你想如何，爹爹都會支持你的。當初在江南我就對你說過，屬於你自己的東西，你大可以全部討回來，縱然他真的是爹爹的兒子，爹爹也不能一再委屈你去成全他了……爹爹已經給了他不少機會，他仍非要自尋死路，那就由著他去吧。」

冷華庭回了自己的院子，錦娘正在屋裡收拾東西。雙兒因著當初救人一事，得了錦娘的信任，如今也成了錦娘身邊的大丫鬟，她正幫著錦娘在清理著自江南帶回來的東西。

揚哥兒在搖床裡睡著了，兩隻胖乎乎的小手正握得緊緊的，舉在頭部兩側，像是隨時都要與人打架一樣，小臉睡得紅潤的，煞是好看。以往冷華庭很少照鏡子，只知道別人說自己長得如何地美，如今看了兒子才知道，還真是錦娘說的……妖孽呢。

「娘子，妳要回門子？」冷華庭拿著帕子擦著兒子唇邊的泡泡，問道。

「嗯呢，想抱了揚哥兒給老太太和娘親看。如今爹爹不在家，老太太不知道會有多擔心呢，以往爹爹出征，老太太就在家裡唸佛，生怕爹爹出了事，這一次……不知道邊關的局勢又緊張到何種地步了。」錦娘隨口應道，眉宇間，一絲憂愁滑過，冷華庭看著就心疼。

「無事的，岳父是大帥呢，大錦怎麼說也有雄兵十萬，就算打起來，也沒那麼容易就敗了的。」

第二日一大早，冷華庭就與王爺一起上朝去了。錦娘東西沒有整理完，便打算等冷華庭回府之後再一同回娘家。

王妃惦記著揚哥兒，一大早，也不等錦娘去請安，巴巴地自己便來了錦娘屋裡，正要顯擺下她的乖孫，那邊青石一臉猶豫地來報。「主子，王嬤嬤求上門來了。您看，要不要帶她來見見？」

王妃聽得一怔，看了一眼正在屋裡忙碌著的錦娘，沈吟片刻才道：「好吧，讓她進來。」

豐兒將王嬤嬤領了進來，王妃正捏了點心在餵揚哥兒，一抬眸，看到一個蒼老憔悴、衣衫不整、滿臉是傷的婆子進來。

王妃先還未注意，王嬤嬤一進門便跪了下去，半晌，見王妃沒什麼表情，心中更是惶恐，顫聲道：「主子，老奴給您請安來了。」

王妃聽了，這才仔細看她，一看之下，怔住了，王嬤嬤以前在她身邊時，何等的尊貴囂張，可如今竟然像個討飯婆子一樣，原本紅潤的老臉如今乾癟，皺紋爬滿了她的額頭眼角，差點就沒認出她來。

「恭喜主子喜得貴孫。」王嬤嬤見王妃仍沒開口，臉上閃過一絲尷尬，乾笑著討好。她是費了好大的心力才託人找了青石，求她看著以往多年共事的情分上幫自己一把，讓自己能來見王妃一面。王妃向來心軟，自己也受了這麼久的苦了，應該會消了氣才是。

「妳來做什麼？」王妃淡淡地說道。

王嬤嬤被問得一窒，原以為自己這副可憐模樣會引得王妃的同情，沒想到，王妃神情很淡漠……

「老奴久未見主子，實在想念，所以……」

「那如今妳已經見著了，下去吧，該幹麼幹麼去。」揚哥兒坐在王妃腿上一點也不老實，見王妃停了手沒有餵他，他便使勁揪王妃衣袖，嘴裡啊啊地叫著，王妃見了忙哄他，又捏了點心餵。

王妃的話像一盆冰水直澆在王嬤嬤頭上，震得她半晌也沒吱聲。如今的王妃比之以前，好像變了很多，溫柔恬靜依舊，卻是能將情緒收斂得很好了。

「主子，小少爺可和您小時候長得真像，不過，主子小時沒這麼歡實，可乖巧了，靜靜地坐著，從來也不鬧騰呢。」王嬤嬤邊說，那淚水便開始往下掉。

王妃嘆了一口氣，問道：「妳這臉上的傷是如何來的？」

「回主子的話，是被人打的。老奴做不動那粗活，所以……被管事娘子打的。」王嬤嬤終於聽到王妃略帶關心的話語了，喜不自勝。

「那就少做點吧，妳且回去，我讓青石去給管事娘子打聲招呼，讓她不再欺負妳就是。」王妃語氣仍是淡淡的。

「主子，求主子開恩，老奴實在是受不了苦了，主子……老奴錯了，給老奴一條生路吧！」王嬤嬤猛地磕起頭來。

王妃道：「妳不是有新主子嗎？怎麼不求她去？妳當初不是眼光很好，棄了我去護著她嗎？」

「老奴錯了，老奴此來，有很多話要和主子講的，不敢再有半點隱瞞了。」王嬤嬤抽泣著，老眼淚汪汪地看著王妃。

「喔，妳不會是又來騙娘親同情的吧？」這時，錦娘自屋裡轉了出來，看了王嬤嬤一眼，將揚哥兒抱過去。該餵他奶了。

「老奴想明白了，當年那些事情，老奴確實還有些瞞著主子的。主子，老奴願意全部坦白。」王嬤嬤爬到王妃面前，扯著王妃的衣裙說道。

「那好，妳到內堂來，有什麼事情，好生說，若有半句妄言，小心妳這條老命。」王妃點了點頭道。

到了內堂，屋裡只有王妃和錦娘兩人在，王嬤嬤仍跪在地上。「主子，王爺當年……王爺當年並沒有對不起主子。」

王妃聽得一滯，心都怦怦跳了起來。這輩子她最傷心的便是王爺與劉姨娘的那一段，儘管王爺不斷解釋，但事實已經造成，讓她怎麼都難以釋懷，這事折磨了她二十多年，沒想到，今天聽到的竟然會是……

「主子，當年劉姨娘在王爺身上用了迷幻藥，她也想與王爺……但王爺吃過藥後便呼呼大睡，哪裡能夠……所以，王爺是清白的。老奴當初守在門外，雖未親見，但屋裡一點聲響也沒有，自然是……是不可能有那事了。」

「那華堂是誰的種？」王妃震驚得無以復加。這樣的真相讓她驚喜的同時，又有了恨。王爺怎麼就那麼糊塗呢，養了個野種二十幾年，竟然無知無覺，最讓她氣恨的是，竟然還讓那野種害得庭兒殘疾了六年之久，真真可恨啊！

「世子爺他……他可能是……」王嬤嬤突然後背一僵，身子猝然倒在地上。錦娘覺得詫異，忙叫人來看。王妃也是驚得站了起來，卻見王嬤嬤嘴裡吐著白沫，眼睛珠子向上翻，身子連連抽搐著，沒一會兒便不動了。

張嬤嬤幾個聽到動靜，慌忙進來，看到王嬤嬤那慘相，不由倒抽一口冷氣。「像是……中了毒……」

「方才還好好的，怎麼會中毒？」王嬤嬤進來後並未吃任何東西，怎麼會突然中毒？昨夜冷華庭回來後，便與她商議過要出手反擊，而重點便是王嬤嬤。王嬤嬤是當年的老人，定然是知道很多有關劉姨娘與王爺，還有二老爺之間的內幕的，但王嬤嬤太過狡猾，如若不將她逼至絕境，她定然是不會開口的。

因此昨兒晚上，冷華庭便使劉姨娘的手下打了王嬤嬤一頓，說劉姨娘要滅她的口，她才會一大早拚了老命求到這裡來，但是……她又怎麼會中毒了呢？

錦娘心裡思慮著。人是青石帶進來的……一揚聲，她喚了青石進來。

青石在外屋聽說王嬤嬤猝死，也是一頭霧水，進來後也是一臉茫然，不等錦娘發問便道：「她是使了浣衣房的一個小丫頭來求我的，那丫頭以前也是王家的人，應該不會害她才對啊？」

「請忠林叔來瞧瞧吧。」錦娘聽得頭疼。剛要揭露真相的時候，竟然又讓那些人下手了，讓她好不氣惱。

一會子忠林叔進來，給王嬤嬤查探了一番後，道：「是中了西涼毒藥，應該是昨兒晚上就中了的，只是今早才發。老奴想不通，為何不讓她直接死了，非得讓她到了這院子裡來，說了許多話後才死？怪事啊。」

「您是說，她中的是慢性毒藥嗎？」錦娘皺著眉頭問。

「依老奴察看，確實是慢性的。這種藥人服下去得好幾天才會發作的，怎地又突然死了？真是奇怪呢。」忠林叔百思不得其解，又在王嬤嬤身上查探了一番，得出的結論還是一樣的。

「應該是欲蓋彌彰吧，昨日那人肯定見過王嬤嬤，如今王嬤嬤立即就死了，他肯定會遭人懷疑，為了避嫌疑才這樣做的。只是她沒想到王嬤嬤昨夜會遭人暴打，而王嬤嬤又受不了虐，只好拚了命地來求王妃，那人如今只怕是急得不行了，怕王嬤嬤吐露她的秘密呢。哼，她可真是好運氣，那頓暴打引得王嬤嬤身上的毒性提前發作，害得我們只聽了一半，真真可氣。」錦娘又氣又恨地說道。

忠林叔聽了點頭。「夫人說得有理，也只有如此才解釋得通。」

「方才都有誰知道王嬤嬤的死訊？」錦娘嚴肅地問道。

忠林叔一聽便知她的用意。「應該只有青石幾個知道，正堂裡也只有雙兒和豐兒在，那兩個丫頭，夫人可是信得過？」

錦娘點了點頭，豐兒那是不用說的，她是自己的陪嫁，經了這麼些事，已經不用再考驗了。雙兒是自江南帶來的，與劉姨娘、王嬤嬤也不熟，更不可能會洩了密去。「麻煩您將她的屍體先藏起來，封鎖王嬤嬤的死訊。青石，妳一會子去浣衣房，說王妃已經免了王嬤嬤的責罰，接回院裡將養了。」

忠林叔讓兩名暗衛進來，將王嬤嬤的屍體拖走。王妃仍怔怔地坐在堂中，好在揚哥兒吃過奶後睡著了，並沒有看到王嬤嬤死時的慘相。

錦娘道：「娘，這種人不值得傷心，她是咎由自取，怪不得您。」

王妃感慨道：「我不傷心，只是氣妳爹怎地如此糊塗呢，被人當了幾十年傻子。」

錦娘也不好說王爺什麼。「娘，一會子咱們去浣衣房，看望看望某些人吧。或許，她正如熱鍋上的螞蟻，急得不行了呢？」

王妃起了身。「好，她囂張了那麼多年，我也想看看她做粗使婢女會是什麼樣？」

第九十七章

浣衣房說是房，其實是個小院子，裡頭洗衣的婢女就有二十幾個，府裡主子們的、院裡奴婢小廝們的衣服都在這裡洗。

王妃和錦娘進院時，守園婆子很有眼力地說道：「姨娘在東邊屋裡歇著呢，王妃和夫人要去看她嗎？」

王妃聽了與錦娘對視一眼，了然一笑，直接往東邊屋裡去。

劉姨娘正半歪在躺椅裡，手支著頭，皺著眉不知在想些什麼。

荷香焦急地走了進去，看劉姨娘那樣子，沒敢大聲，輕輕喚道：「主子……」劉姨娘便輕輕「嗯」了一聲，眼都沒抬。「讓妳去拿些燕窩來的呢，拿來了沒？」

荷香一抬眼，便看到兩個婆子已經打了簾子，王妃和錦娘幾個魚貫而入，忙行禮。「奴婢給王妃和夫人請安！」

劉姨娘立即睜開了眼，身子猛然坐了起來，眉眼間一派慌亂之色，但見王妃和錦娘臉色還算和緩，便又鎮定下來，明媚的眸子睃了錦娘兩眼，便欠身又躺了回去。

「姨娘好氣魄啊，都到這分上了，還如此鎮定。」錦娘在屋裡踱著步，漫不經心地打量著劉姨娘所住的屋子。這間屋子還算乾淨整潔，一應生活用具齊全，而且好多東西一看便知道是劉姨娘使人自她院子裡搬來的。

劉姨娘冷哼一聲，側過身去，誰也不睬，一副死豬不怕開水燙的樣子。

王妃皺了眉剛要說話，錦娘使了個眼色，笑著對荷香道：「姨娘這些東西是昨兒個夜裡搬來的嗎？」

荷香小聲回道：「回夫人，確實是昨兒個搬來的。是姨娘自個兒院裡的幾個嬤嬤一起幫著弄的。姨娘身子不太好，這屋子有些潮，以前那些個東西又不乾淨，所以都扔了，換了這些過來──」

錦娘突然拔高了音。「來人，把為姨娘送東西的婆子全叫進來！」

荷香聽得一怔，驚懼地看著錦娘，不知道她意欲何為，方才跟過來的婆子之一立即扯了荷香道：「荷香姑娘，麻煩妳去指認，看是哪幾位婆子幫著姨娘辦了差，一併全請了過來吧。」

不一會兒，進來四個婆子，正是劉姨娘院裡的幾個管事嬤嬤，一進門便齊齊地跪在錦娘和王妃面前，大氣也不敢出。

錦娘冷笑道：「昨兒個就下過令，罰劉姨娘來浣衣房洗衣一年，結果，妳們幾個竟然把她服侍得比本夫人我還要過得舒坦，妳們當本夫人是什麼了？嗯！」

幾個婆子一句話也不敢說，劉姨娘的位分還在，雖說是受了罰，但她仍是她們幾個的主子，主子要她們辦事，她們能不辦嗎？

「來人，將這幾個目無家法的狗奴才拖出去，一人打十板子，教她們分清誰是主子、誰是奴才。」錦娘手一揮道。

劉姨娘猛地翻身過來，惡狠狠地罵道：「孫錦娘，妳不要欺人太甚，我好歹也是王爺的側妃，簡親王世子的母親，身上可是有品級的，妳無權處置我！」

「扒去她身上的錦衣。」錦娘冷喝道。

兩個身強力壯的婆子立即開始扒劉姨娘身上的衣服，劉姨娘大喊大叫起來。「孫錦娘，妳個小娼婦！妳敢如此對我，我要到太后那裡去告妳！」

事到如今她還敢囂張，不就是仗個破側妃的名分嘛？

錦娘犀利地盯著劉姨娘。「姨娘可知，今天誰去了我院子？她又說了些什麼嗎？」

錦娘的語氣也是淡淡的，但劉姨娘的臉色卻白了，眼神也開始躲閃起來，嘴角咬得死緊，雖是嚴冬，她的額頭卻是冒著密密的汗，再也不敢如方才般撒潑耍賴了。

「姨娘可是聽懂了我方才的話？呃，妳說王嬤嬤這個人也真是的，娘明明對她那麼好，她卻是被豬油蒙了心，一直將那些事情瞞得死緊，喔，我忘了告訴姨娘了，她中了慢性毒藥，不過，好在發現得及時，讓忠林叔給解了，這會子正躺在床上，準備做證人呢。」

錦娘的話虛虛實實，讓劉姨娘聽得更加心慌意亂起來。她這一生已經混到這地步了，就算真是死了也無所謂，唯一讓她還算寬心的是，冷華堂的世子之位並沒有被奪了，兒子的前途才是最重要的。

但沒想到堂兒的身分竟然會被揭露，如若讓王爺知道，怕是會更加嫌惡和痛恨自己的，堂兒又還有何面目做人？

劉姨娘狡猾得很，錦娘心知在她這裡套不出什麼話來，不過是詐她，但看她並沒否認，便更肯定冷華堂不是王爺的兒子了。

劉姨娘肯定不會放過王嬤嬤的，她如今被困在了浣衣房，又使不了人幫她，很可能會求助於她的兒子……

「將她送到浣衣房去，今天下人們的衣服都由她洗，不洗完沒有飯吃。」錦娘冷冷地對一旁的婆子們吩咐道。

王妃一直輕蔑地看著劉姨娘。這個名為自己妹妹的女人，害得自己痛苦了二十多年不說，竟然為了她那個野種還害得庭兒殘廢六年，今天，不管錦娘會對她如何，自己都不會再心軟半分，錦娘的決定，就是自己的決定。

錦娘扶著王妃自屋裡出來。王妃一言不發地走著，錦娘心知王妃此刻的心情很不好，於是便轉了話題。「娘，您說，這會子揚哥兒不見了咱們兩個，會不會哭鬧呢？」

王妃聽了果然神色緩和了些，臉上就不自覺帶了笑意。「還真是沒離過身呢，不知道會不會哭，咱們快些走吧，別一會子又餓了，揚哥兒可是吃大食的呢。」

「可不，才三個多月，就有二十好幾斤了，老沈老沈的。」錦娘笑著回道。

一回院裡，果然聽到揚哥兒的嚎聲，王妃心疼，也顧不得溫婉賢淑的形象，提了裙就小跑起來，走了一半路，看錦娘還在後面，便沈了臉道：「妳倒是快些呀，得妳餵奶呢。」

錦娘笑著搖了搖頭，加快步子。秀姑抱著揚哥兒在穿堂前焦急地望著門外，一見錦娘回了，忙道：「寶貝哥兒，別哭了，你娘回了喔。」

揚哥兒手裡拽著秀姑的衣領子使勁在扯，小臉兒都哭紅了，臉上鼻涕眼淚一把抓的，巴巴地看著窗外，一見錦娘自外面來，便鬆了秀姑的衣服，兩隻胖小手大大張開，張嘴哇哇大哭，可憐兮兮的，像是被遺棄了一樣。

錦娘也是第一次離開他這麼久，看他哭得直抽泣，心也酸了起來，忙過去抱過了他，拍著背哄著。

揚哥兒一進了錦娘懷裡就停了哭，小手便去揪錦娘的胸襟，鼻涕糊糊的臉就往錦娘身上蹭。

王妃在一旁等著揚哥兒吃飽後，將揚哥兒抱了過去。

秀姑的頭髮和衣服都被揚哥兒弄得亂糟糟的，回去收拾了，轉來時，她身後跟著喜貴和柳綠。

因著富貴叔去了江南，喜貴如今一人打理著錦娘城東的鋪子，錦娘也一直沒有過問鋪子中的生意如何，所以秀姑便將喜貴帶了來。

柳綠是跟著來給王妃和錦娘請安的，一進門便乖巧地給王妃和錦娘都行了禮。

喜貴看著比以前更加俊秀了些，也不拘謹和木訥，經過了一年多的歷練，整個人變得練達精明起來，行禮說話落落大方、圓融可親，一聽便是久於商場的樣子。

「喜貴哥哥，鋪子裡的生意如何？」錦娘笑著問喜貴。

「回夫人的話，奴才將鋪子裡一年的生意帳本全都拿來了，您現在就看不？如今鋪子裡中低檔布料的生意很是紅火，京城裡不少人家都在咱們鋪子裡進貨，每月也有近千兩銀子的收成了。」說起鋪子中的生意，喜貴的語氣有點興奮，人也變得更為自信起來。

「可真是辛苦你了，帳本先放著，趕明兒我有空再看吧。看來喜貴哥在這一年時間裡，倒是操練出來了，也能獨當一面了呢。以後那鋪子你就是掌櫃了，不過，怕是忙不過來吧，不如你在府裡家生子裡頭再挑挑，看看有沒有能幹些的，給你打個下手，幫襯幫襯也好。」

喜貴聽了，說話更放得開了些。「不瞞夫人，鋪子裡還真是一個人忙不過來，尤其是遇上要進貨的時候就更忙了，謝夫人體貼，一會子奴才便到大通院裡去瞧瞧，看看有合適的人選沒。」

柳綠一聽說喜貴要挑下手，神色便有些急，眼睛不時便往喜貴身上睃。喜貴其實也看到了，神色卻淡淡的，並未回應她，柳綠便有些不豫了，眼神有了怨憤。

錦娘皺了皺眉，想起自己以前說過要認喜貴為義兄的話來，而那鋪子也說過要分一半給喜貴的，只是去了江南，一直沒時間兌現，如今喜貴看著並無半點怨言，做事認真老實、一絲不苟，這讓錦娘越發喜歡欣賞喜貴了。

「娘親，喜貴是我的奶兄，去江南之前，我曾跟您說過的，要——」

錦娘話只說了一半時，秀姑便大聲地咳了下，像是在清嗓子，偷偷對錦娘使眼色搖手。錦娘不由怔住，不知道秀姑是什麼意思，但看秀姑神色很急，便將話意一轉，接著道：「……要給喜貴辦喜事的，讓他早些成個家，秀姑心裡也踏實一些。」

王妃聽了點點頭，笑道：「妳這奶兄人不錯，是得尋個好人給他配了，柳綠長得倒是俊得很呢。」

王妃的話裡有話，似乎不太喜歡柳綠的樣子。錦娘聽了，便轉了頭問柳綠。「柳綠，選個好日子，把妳和喜貴的事給辦了如何？」

柳綠正拿著眼猛瞪喜貴，又見錦娘根本不說認喜貴為義兄的事，只說要辦婚事，心裡便懊惱，錦娘一問，她腦子沒轉過筋來，半晌也沒回話，那樣子像是很不情願，錦娘不由嘆了口氣。「怎麼，妳不喜歡喜貴嗎？」

柳綠聽得一怔，她可是妄想舅少奶奶的身分一年多了呢，回娘家時，也總拿這個跟人顯擺，原想著夫人一回來就得兌現了，沒想到言都不言起，讓她好生失望。

見柳綠半天也沒回話，錦娘就更不喜了，而喜貴也有些傷感地看著柳綠。他們結識也有不少時間了，感情是有了的，只是柳綠太過功利，喜貴不喜她這一點。

「這事也不急，你們先下去，我再跟秀姑商量商量，看如何辦吧。」錦娘於是說道，揮一揮手，讓喜貴和柳綠退了下去。

一出門，柳綠便瞪著喜貴道：「不是早就跟你說過，我那兄長在家閒著嗎？說了讓你在夫人面前舉薦他來著，你怎麼一聲都不吭，你什麼意思啊？」

喜貴低聲道：「妳小點聲，還沒出夫人的院子呢！妳那兄長是個什麼德行妳又不是不清楚，他那樣的人進了夫人的鋪子，怎麼靠得住？那樣愛賭，我事又多，一個不小心，讓他將鋪子裡的貨都拿去賭了，我怎麼跟夫人交代去？」

柳綠聽了更是氣，跟在喜貴身後一路罵罵咧咧地走了。

秀姑等喜貴和柳綠一走，便對錦娘和王妃行了一禮道：「王妃、夫人，奴婢有事想求。」

錦娘心中了然。看來，秀姑也是不喜柳綠了，但這事還是她自己提出來的好，畢竟秀姑才是喜貴的娘。

「秀姑，妳我是什麼關係，用得著如此客套嗎？妳有話儘管開口就是。」

「奴婢請夫人再不要提那認義兄的事情，柳綠不是什麼好人，奴婢不喜她，想給喜貴找個真心實意過日子，又不嫌棄我家喜貴是奴才的人做兒媳婦。奴婢如今想通了，兒媳婦能不能幹倒在其次，人品好才是最重要的，喜貴太過老實厚道，奴婢不想找個母老虎壓著他。」

王妃聽了不由高看了秀姑一眼，錦娘聽了也很高興，秀姑並非不願意喜貴當自己的義兄，而是不想認得太早，讓那些心思不純的為著這身分來巴結，她是在認真地挑媳婦呢。

「秀姑，認義兄之事我遲早是要辦的，不過我聽妳的，先不急，等妳給喜貴找著合意的了再辦。柳綠嘛，將她送到鄉下莊子去就是。」說著又頓了頓，對一旁的張嬤嬤道：「嬤嬤，這事煩勞妳，將她送到遠一些的莊子裡吧，給她在那邊配個莊戶人家算了，若是她還不安分，那就賣了吧。」

卻說冷華庭和王爺一大早便去上朝，在宮門外等門時，碰到了冷華堂。他正與裕親王、和親王幾個站在一起，禮貌地打著招呼，見王爺和冷華庭自馬車上下來，也沒過來給王爺行禮，只是淡淡地瞄了一眼，便繼續與裕親王說著話。

裕親王看著坐在輪椅上的冷華庭，嘴角就帶了譏誚，對冷華堂似乎說了些什麼，讓冷華堂眼睛都亮了，立即給裕親王躬身行禮。

宮門打開，如今冷謙不在，一般的暗衛又不得進宮，所以王爺便親自在後面推著冷華庭。

一路上，有官員給王爺行禮問好，但也有不少人嘲弄地看著冷華庭。

皇上高坐於龍椅之上，威嚴地看著朝堂上一眾的文武大臣。簡親王從容地將冷華庭推到了前殿，在央集令後面的位置上停下，自己歸位到親王這一隊站好。

皇上微笑地看著冷華庭道：「冷卿，江南之行功不可沒啊，朕命你為中書令，以後你要經常進宮來為朕分憂才是。」

對冷華庭的任命，旨意是直接下到江南的，很多大臣並不知曉，如今驟然聽皇上提起，一時都驚訝得瞪大了眼，怪不得冷華庭穿了身二品朝服，原來如此，皇上也太看重這個殘疾人了吧？

冷華堂更是嫉恨，自己活動了好久才混個四品，小庭自江南一回，便成了正二品，而且躋身到御書房大臣一員裡去了，這讓他如何不氣？

「皇上，臣有話說。」和親王早就看簡親王府不順眼，世子在江南一敗塗地的回來，一點好處也沒撈著。

「喔，和親王有何話說？」皇上的語氣淡淡的。

「稟皇上，御書房內，太子和各皇子都得站立與皇上奏對，除了幾位德高望重的大人，很少有人能坐著，莫非冷大人的身分比之太子和皇子們都要尊貴嗎？哪有臣坐著，太了站著的道理？」

和親王這話很刻薄，很不厚道。

皇上眉頭微挑。「冷卿又非存心對太子和皇子們不敬，他不是身有殘疾嗎？和親王，你此言沒有道理啊。」

太子也道：「父皇，此次江南之行，若非華庭一力主事，基地便會成為一堆廢鐵，滿朝文武身體健全的倒是不少，同去的四位世子個個身材挺拔偉岸，那又如何？」

太子的矛頭直指冷華堂幾人。江南之行的大致情況，大臣們也都清楚了，太子所言非虛，人家身殘有本事，又能拿他如何？

冷華庭臉上帶著一絲嘲諷，一拱手，給皇上行了一禮道：「臣此番上朝，一是感謝聖恩對臣的眷顧，二是差事辦完，上朝述職，三嘛，便是來辭官的。臣身有殘疾，確實不宜進御書房，請皇上收回成命。」

此言不只是太子，就是整個朝堂上的文武百官都聽得震住。能進御書房位極人臣，這是很多男人一生的夢想，冷華庭年紀輕輕便得此殊榮，卻輕言放棄，這讓別人如何理解？

皇上沈著臉道：「華庭啊，此事不可戲言，朕也是看出你的才能，才會特意提拔你，你怎能不知好歹呢？難不成你不想為國出力，為朕分憂？」

「回皇上，臣簡親王府子孫，世代為皇上效忠，為大錦王朝出力，那是臣之本分，但臣進御書房爭議太大，臣不想皇上為難，故而請辭。」冷華庭微瞇了眼，鄭重說道。

皇上是故意給他一個鏡花水月般的獎賞，看著華麗誘人，其實一點實用也沒有，中書令要服從央集令，而央集令卻是由裕親王擔著，自己上了任，還不得事事由裕親王掣肘？

「華庭此言差矣，江南的差事你辦得很好，朕很滿意，而且你給太子提的幾條治國之策也很得朕心，這個中書令，你不可以辭，那推辭的話就不要再說了，朕不想聽到。」

皇上的這一番話可是將朝堂內大多大臣全都斥責到了，自然更不敢再說什麼冷華庭身有殘疾，而冷華庭也被皇上堵住了嘴，不能再辭。他皺了皺眉，抬眼看了簡親王爺一眼，只見王爺神色平靜。

見冷華庭不再硬辭，皇上便不再在此事上糾纏，默了默，才道：「華庭，朕聽太子說，你提議組建商隊，由陸路去周邊鄰國。朕認為你這提議很好，很及時，正打算與大臣們朝議，儘快將陸上商隊組建起來。各位卿家有何建議，可以提出。」

冷華庭立即明白了皇上非得要他當那勞什子中書令的深意了，是想拿御書房大臣的位置來困住自己的手腳啊……

果然，此一提議一出，大臣們便像炸了鍋一樣，紛紛議論起來。冷華庭沒有參與朝議，也懶得聽他們都說了些什麼，只是看了太子一眼，太子神情有些尷尬和無奈，對他苦笑了一下，示意自己也沒有辦法。

冷華庭也不急，就靜靜坐在朝堂上，等待著朝議的結果。果然，眾大臣對建商隊反對的居少，也充分分析了組建商隊對大錦的好處，最後，在主持人選上，大家有了爭議。

榮親王與寧王舉薦和親王世子，而裕親王和張太師幾個則是一力推舉簡親王世子冷華堂，自始至終無一人提過冷華庭的名字。

冷華庭冷笑地看他們幾派爭論著，靜靜等著皇上的最終結果。皇上心中一定早就有了人選，所謂的朝議不過是走走形式，做給大家看，更是做給自己看的。

果然，沒多久，皇上似乎聽得不耐煩了，伸手向下一壓，朝堂中立即靜了下來，皇上問太子：「太子，你且說說，這個行商大臣要由誰來擔任最為合適。」

冷華庭也默默地看向太子。太子脣邊的苦笑更深。皇上的意思他自然早就明白，而自己又許諾過小庭……皇上是故意將自己放在火上烤呢。

「回父皇，兒臣覺得列位臣工提出來的人選都很不錯，都是大錦朝的青年才俊，也都有獨當一面的能力，但兒子還是覺得，此事由簡親王來主持是為最佳。王叔正值壯年，精明強幹，又對基地最為熟悉，所以，兒臣舉薦簡親王叔。」

太子的話讓冷華庭和皇上同時一怔，可冷華庭脣邊笑意更深。沒想到，太子還真會和稀泥，想了這麼一齣，兩邊都沒有得罪，這個中庸倒是取得很得當，讓皇上和冷華庭都說不出什麼話來，也怪不到他頭上去。

皇上聽了微笑著點了點頭，看不出半點不豫，眼神卻很犀利地掃了太子一眼，太子臉色沈靜淡定，絲毫不為皇上的眼神所動。

「眾位臣工以為，太子所言如何？」皇上不動聲色地問道。

「皇上，父王年紀大了，又是大病初癒，身子大不如從前，已經不適合遠途奔波了，所以臣以為，皇上還是另選的好。」冷華庭不等他人開口，便率先說道。

皇上巴不得有人反對太子的提議，但怎麼也沒想到是冷華庭最先開口。

「那朕就下旨，此次的行商大臣由簡親王的兒子，世子冷華——」

皇上正在宣佈最後決定，冷華庭突然又道：「謝皇上，臣願擔當此次行商大臣之職。」

皇上沈著臉看向冷華庭。自己哪裡說的是他了，這小子怎麼連自己的話也敢打斷，真的太過放肆了。

「華庭，你聽錯了，朕說的此次行商大臣之職由簡親王世子擔當，並不是你。」

裕親王與榮親王幾個卻是斜睨著冷華庭，嘴角帶著譏誚。行商可比不得在基地裡修修設備、管管生產、動動口就行了，這可是要行萬里路，在各國之間周遊的，癱著一雙腿，怎麼能行？

冷華庭對旁人的譏笑置若罔聞，手一揖，對皇上道：「皇上，簡親王世子之位應該易人而定了，華庭才是簡親王嫡子。歷來世子之位立嫡不立庶，此乃祖制早有規定的，臣被無辜奪去世子之位七年之久，今日於朝堂之上，臣要求皇上還臣一個公道。」

此言如一記重雷擊於朝堂之上，整個朝堂頓時譁然。誰也沒想到，時隔七年，世子之位早就易主之後，冷華庭會在朝堂之上明著對皇上提出奪嫡之言。

當年冷華庭的世子之位可是皇上親自下旨奪去的，這小子竟然當眾要求還他公道，什麼公道？是指責自己當年糊塗，奪了他世子之位存了怨恨嗎？

就是有再好的涵養，皇上這會子也沈了臉。「簡親王，這是什麼意思？」

簡親王對皇上躬身行禮道：「回皇上，臣懇請將世子之位還與臣嫡子華庭，此乃祖宗之法，臣不敢有違。」

「父王，您好狠的心，兒子做錯了什麼？您要無緣無故奪兒子的爵位，您不能偏心至此，我也是您的兒子啊！」冷華堂沒想到王爺真如此無情，當著滿朝文武大臣的面就要奪了自己的世子之位。

「畜生！你對本王做過什麼，你忘了嗎？本王沒有失憶，一醒來，便全都記起來了！」

王爺當眾喝斥冷華堂道。

「父王，請不要冤枉兒子，兒子知道您的心裡只喜小庭，但也不能因為疼愛他而誣陷兒子。您說兒子對您做過大逆不道的事，可有證據？您不能為了一個兒子而毀了另一個兒了的前程啊。」冷華堂傷心欲絕地看著簡親王，撲通一聲跪了下來，淒苦地看向簡親王。

很多大臣聽了也為之側目。早就聽說簡親王甚是偏心，對那嫡子愛若珍寶，對世子冷華堂冷淡得緊，一時間，朝堂裡又議論紛紛了。

「華庭啊，當年朕免你世子之位實非得已，你……突然身染怪疾，久治不癒，以致雙腳殘疾，礙於皇家顏面，簡親王又是親王之中最為尊貴的一支，不可能讓一個殘疾之人繼承親王爵位的。」皇上臉上帶著傷感，似乎當年他也是非常痛心和情非得已，讓大臣們聽了也深為贊同。

冷華庭聽了皇上所言，便問道：「啟稟皇上，依您方才所言，若臣並非殘疾，是否就要還臣世子之位？」

皇上聽得一怔，不禁看向冷華庭的雙腿，不答反問道：「華庭，莫非你的腿能走了？」

冷華庭也沒有回答，只是痛苦地看了自己的雙腿一眼，嘴角抿得緊緊的，那副樣子便像很是痛恨自己那雙腳一樣，皇上便以為他的腳並沒有好，所以，皇上也鬆了一口氣。

冷華庭又追問道：「臣想知道，是不是，臣的腿沒有殘疾，世子之位就要還給臣了呢？」

皇上抬眼看著冷華庭，見他幽深黑亮的眸子薄霧矇矓，那樣子，彷彿是受盡委屈，想在大人面前討個公道的孩子，他不由點了頭道：「是的，若你不是殘疾，自然當年也不會免了你的世子之位。可如今你大哥已經承了爵，進了皇家玉牒，他又並沒有犯過大錯，不能隨便再又奪了他的世子之位，朕無可奈何奪了你的位，傷了你的心，難道又要在華堂身上做同樣的事，又讓他也受傷害嗎？」

皇上說得情真意切，跪在地上的冷華堂立即對著皇上連連磕頭，三呼萬歲。

冷華庭鄙夷地看了冷華堂一眼，又追問了皇上一句。「請問陛下，那若是他殺父弒母，殘害親兄弟，是否就能免除他的世子之位？」

皇上聽得怔住，不由看向地上的冷華堂。方才簡親王的話他也聽清楚了，難道此子真的品性如此之壞？竟然會對簡親王下毒手？

不是說沒有證據嗎？若真有證據，簡親王早就寫了摺子遞上來了，又怎麼會一直緘默，只在冷華庭提出來之後，再來開口……

當著一眾臣工的面，冷華庭又問得不是沒有道理，皇上不得不作出回答。「那是自然，若世子做下此等喪心病狂之事，不只是要免了他的世子之位，還要按律法嚴懲不貸。」

「那好，臣可是將陛下之言全都記下了，將來，臣若憑著本事封得爵位，也知道要如何對待自己的兒子了，謝陛下解惑。」冷華庭出人意料地對皇上一拱手說道。

皇上聽了暗鬆一口氣，還真怕這小子能拿出證據來，地上的冷華堂也聽著鬆了一口氣。

冷華庭冷厲地看著趴在地上如狗一樣裝可憐的冷華堂，突然揚起他那醇厚好聽的聲音。

「陛下，世子之位是否當傳親生兒子，當沒有親生兒子時才傳姪子？如果不是自己親生，是否就不能繼承爵位？」

冷華庭一副好奇模樣，這樣的話問得很是幼稚，讓滿堂文武，包括太子和皇上在內都笑了起來。皇上又好氣又好笑道：「那是自然。有誰親子在會將爵位傳給外人的道理，雖說世子傳給誰得由朕首肯，但說穿了，還是各位王爵的家事，總要依著倫理道德而定的。」

冷華庭鄭重地給皇上又行了一禮道：「謝陛下，臣明白了。」

裕親王聽到此處，高懸著的心也落了下來，一拱手，對皇上道：「陛下，這行商大臣的人選應該定下來了吧。如今西涼人逼近邊關，戰事一觸即發，南下商隊至少得有三個月才能回來，而且，最怕就是海上氣候變化會阻了商隊的行程，如今已經在等米上鍋了啊，再不開闢新的財路，朝廷可就真的會連軍餉都發不出的。」

裕親王這一番話可不是危言聳聽，孫大將軍已經上了前線快一個月了，邊關形勢一日緊似一日，大錦雖有幾十萬雄兵，但吃用都是一筆很大的費用，靠稅收根本就不夠塞牙的，確實要儘快執行新的策略了。

「朕已經決定了，行商大臣之職由簡親王世子擔任，無須再議。」皇上看了一眼冷華庭後說道。

冷華庭嘴角帶了一絲譏誚，淡淡地對皇上道：「組建商隊原就由臣和臣妻提出來的，請皇上將行商大臣之職授予臣。」

「華庭，朕念在你年輕不懂事，且原諒你這一次，若再質疑朕之決定，朕定不輕饒。」

皇上眼神銳利如刀，直射向冷華庭，聲音也冰寒威嚴，熟悉他的都知道，龍顏已然震怒了。

但冷華庭不以為然，仍是拱手說道：「臣請皇上將行商大臣一職授予臣。」

皇上氣得霍地一下自龍椅上站了起來，指著冷華庭道：「你不要太過恃才傲物了，你當朕捨不得治你嗎？冷華庭，這天下是朕的，你只是朕的臣子，你若再無理取鬧，朕——」

太子在一旁急得不行了，他早就知道小庭是個倔性子，看皇上真的發怒，他忙在一旁勸道：「父皇息怒，小庭他只是一時衝動，他自小就是個彆扭的性子，父皇千萬不要和他置氣，不值的。」

太子也是沒有法子的，只能打親情牌。小庭小時候還是很得皇上喜歡的，希望皇上看在舊情上，不要太過責罰小庭。

其實皇上說的時候便頓了一頓，為的就是等人來勸自己，找個臺階下。冷華庭夫婦對大錦的重要性，他哪裡不知，只是……若生產是他兩口子通包了，銷售再讓他們夫妻主持，那將來誰還能撐控他們？

皇上左思右想，拿不出兩全的法子來，一拂袖，冷冷地丟了一句。「此事容後再議，退朝。」竟是起身走了。

卻說冷華堂，明明差一點就得到了那行商大臣之位，沒想到，小庭的一力阻止，皇上竟然真的就妥協了，不由好生失望。

不過，小庭說什麼……不是親生兒子的話，他是說自己嗎？自己怎麼會不是王爺的兒子？他是惡意中傷還是真有其事？以王爺對待自己的態度來看，還真的不像親生父親所為，莫非……不，不可能，王爺只是偏心而已。

但是，他如今也像驚弓之鳥了，疑心一起，便再難放下。

一回王府，他便去了後院。劉姨娘被打入了浣衣房，他因著忙，還沒有去看過她呢。

劉姨娘穿著粗布衣服，正被幾個粗使婆子逼著在洗衣服。冷華堂好不容易才找到劉姨娘，見兩個婆子正對劉姨娘粗聲粗氣地喝斥著，不由大怒，走過去便一人甩了一巴掌，罵道：「大膽奴才，竟然敢對本世子的親娘無禮！」

那兩婆子被打得暈頭轉向，定下神來看是世子來了，嚇得掉頭就跑，一個就機靈地去向錦娘報信了。

劉姨娘一見兒子終於回來了，又喜又悲，凝視著兒子那英俊的臉，眼淚止不住地就往下掉，顫著手伸出來，半天都無法觸摸到冷華堂的臉。

冷華堂心中一酸，將劉姨娘攬進懷裡，哽著聲道：「娘，她們怎敢真的如此待您？」

劉姨娘只是哭，什麼也說不出來。她心裡有千言萬語，卻不知要如何說，或者說，她根本就不敢說。

「娘，兒子帶您回去，回兒子的院子裡去，我看哪個敢到我院中要人？兒子好歹世子之位還在，又是四品官員，難道護著自己娘親的本事都沒有嗎？」冷華堂也是在朝中受了太大的委屈，這會子越發憤懣了，只想要找個地方發洩一下才好。

他攬著劉姨娘就往回走，劉姨娘也覺得浣衣房裡人太多，不是說話的地方，也就沒有掙扎，跟著冷華堂回了世子院。

上官枚正坐在屋裡看書。劉姨娘的品性，上官枚如今是看得清清楚楚，這種事情，她不好管也管不了，當家的是王妃，王妃願意縱著錦娘，自己也沒法子。

「娘子，妳好歹也是個世子妃，怎麼眼看著娘受如此欺凌，都不聞不問呢？」冷華堂果然衝著上官枚吼道。

劉姨娘一聽，忙捂住冷華堂的嘴道：「堂兒，不怪枚兒的事，她……幫過娘了，是那孫錦娘太過囂張，枚兒也是沒有法子。」

冷華堂聽了稍稍緩了臉，但仍是狠狠地瞪了上官枚一眼，攬著劉姨娘進了屋。

上官枚默默地起身，無奈地嘆了一口氣，著侍畫幾個去打了熱水給劉姨娘梳洗，又讓小廚房燉些補品給劉姨娘，自己拿了套輕軟的羅衣跟著進了裡屋。

冷華堂正給劉姨娘擦著淚水，見上官枚進來，臉色仍是不太好看。上官枚默默地將衣服放下，對劉姨娘道：「姨娘，爭了一輩子了，服個軟吧，何必呢？若是爭得贏，早贏了，到了這時候，您還是安分一點的好。」

冷華堂聽得大怒，霍地站起來，怒視著上官枚道：「妳這是跟婆婆說話的態度嗎？妳出去、出去！」

上官枚忍著心裡的酸楚，默默地退了出來。

劉姨娘忙拉住冷華堂的手道：「堂兒啊，你如今可不能得罪枚兒了，你二叔如今也不在了，能幫你的人少之又少，枚兒身分高貴，又有太子妃護著，你再惹了她，將來真沒人護著你了。」

冷華堂忍著怒火坐下，劉姨娘看屋裡侍書還在，便道：「妳們都出去，我有話跟世子說。」

侍書也退了出去，劉姨娘起身將門窗關好，冷華堂原就有話要問劉姨娘，看她如此慎重，心下便更是忐忑起來。突然間，他就不想聽，怕聽劉姨娘的話，起身就想要走。

劉姨娘一把抓住他的手道：「堂兒，娘對不住你，你現在很危險，得快些想個法子才是。」

「危險？娘，您說清楚一點，又出了什麼事？」冷華堂聽著也心驚，不由又坐了下來。

「王嬤嬤那賤人，她將娘過去的秘密全都告訴王妃和孫錦娘了，只怕你父王知道後，真的會殺了我們母子的……」劉姨娘期期艾艾的，但又不得不說出口，雖然羞愧難當，可如今也到生死關頭了，不說，只會更加危險。

「什麼秘密，值得娘您如此害怕？父王竟然還要因此殺了咱們？」冷華堂的心懸到了半空，驚恐地看著劉姨娘，既害怕又期待。只要不是身分問題就好，只要不會說，自己不是王爺的親生兒子就好。

「堂兒，你……你不是王爺的親生兒子，你是──」

劉姨娘話還沒完，冷華堂猛地將她往地上一推，吼道：「怎麼可能？我怎麼會不是父王的兒子?!」

劉姨娘嚇得忙爬了起來，捂住他的嘴道：「你小點聲，會讓人聽了去的。」

冷華堂這會子如瘋魔了一般，又一掌將劉姨娘推開，哭道：「我叫了二十幾年的父親，尊敬了二十幾年的父親，竟然說他不是？這要我情何以堪？情何以堪啊！妳……妳怎麼就會如此下賤呢？我怎麼會有妳這樣下賤淫蕩的娘親？」

劉姨娘被自己的兒子罵得臉上一陣紅一陣白，卻又只能生受著。兒子罵得沒錯，自己給了他生命，卻沒能給他一個尊貴的出身，還……還是如此見不得人的身分，兒子不難受才怪。

「堂兒，如今不是說這個的時候，這事情只有那王嬤嬤一人知道，她手裡的證據也不知道給了孫錦娘沒，只要她死了，就無人能指證你。當年，娘也是沒有法子了，那幾個男人，一個個都不是好東西，是他們逼娘這麼做的啊！」劉姨娘扯著冷華堂的衣袖哭訴著，想著往日的事情，她又恨又怕，更多的是痛苦和無助。

冷華堂雙目赤紅，一把抓住劉姨娘的雙肩，猛烈地搖晃著，大聲吼道：「我的生父究竟是誰？是誰？我要殺了他……」

劉姨娘差點被他晃暈了過去，好半晌，才抖了聲道：「娘……娘如今也不知道，究竟是誰了，當年跟娘有……染的有兩個男人，他們……他們強迫娘……利用娘，為的就是打擊簡親王，你二叔……就是其中一個，但他現在逃了，你想要殺他怕也不易了。」

「那另一個姦夫是誰？妳快說，我要殺了他！」冷華堂快到崩潰的邊緣了，他的心再也難以承受這樣的結果。劉姨娘的所作所為太讓他憤怒和羞恥了，生下他，竟然連他的親生父親都不知道是誰？

他原本是簡親王世子，如今一下便像自萬丈高空中直跌下來，摔了個粉身碎骨。

他抱住頭，猛然嚎叫起來，死死揪住自己的頭髮用力扯著，像是想要用身體的痛來壓抑撕心裂肺的痛苦。扯完頭髮，他還覺得不夠勁，猛地將頭往牆上撞了起來。

劉姨娘痛苦地看著兒子那近乎瘋狂的樣子，她的心像刀絞一般地痛。

她很想要抱住兒子，對他說，不管別人對他如何，他仍是自己心中最珍貴的寶貝，是自己最愛的兒子。

她緩緩走近，試探著觸向兒子。

冷華堂被劉姨娘一碰，像被雷擊一樣跳了起來，一掌擊在了劉姨娘胸前，劉姨娘的身子便似一塊破布一樣飛了起來，撞到對面的牆上才滾落下來，一口鮮血噴濺而出，人還沒清醒過來，就聽冷華堂在罵道：「賤人……還害得我跟著賤，我要殺了妳，妳死了，就沒有人能知道我不是爹爹的孩兒，只有妳死了，才能還我清清白白的出身……」

「堂兒，我是你娘啊……」看到如魔鬼一般走近自己的兒子，劉姨娘心中萬念俱灰，但她最擔心的還是王嬤嬤，她想要喚醒冷華堂，讓他先處理了王嬤嬤再說。

「堂兒，你二叔和裕親王兩個人都以為自己是你的父親，你……你以後可以找他們助你，他們都是有本事的人，雖然，是他們害了娘的一生，但是，娘……還是只想你好啊。」

第九十八章

冷華堂聽得更怒，走上前去，一把揪住劉姨娘的衣領子將她提了起來，怒道：「妳還有什麼更羞辱的事，一併說完好嗎？妳是怎麼為人母親的，連兒子的父親是誰都不知，妳……妳真是……」

劉姨娘眼中全是痛苦之色，脖子被揪得死緊，有些喘不過氣來，扳著冷華堂的手道：「堂……堂兒，娘當年是被人害的，你……若真的如此難堪，那就殺了娘吧，娘……沒有怨言，只要能保得住堂兒你的地位就好。」

冷華堂漸漸鬆開了手，終是有些清醒，看清眼前這個如風中殘燭般的女人，心中一酸，總算起了一絲憐憫，將劉姨娘扶住，好生拉她坐在椅子上，自己卻是垂了頭。

不行，絕不能讓別人知道這件事情，他不想被千人指、被萬人笑——一想到這一點，冷華堂就要炸毛，猛地又抓住劉姨娘的手道：「娘方才說什麼？說誰還知道當年的事情？」

「是王嬤嬤，王妃以前的那個奶媽，她如今被孫錦娘關起來了，她對娘的事情一清二楚啊，而且，她手上還握得有證據，一旦那些東西公諸於世，堂兒，你的一生就要毀了！」劉姨娘見兒子總算恢復了些心智，心中鬆了一口氣，卻是因著王嬤嬤的事更急了，不能再耽擱下去了。

冷華堂眼裡射出陰戾的光。「娘，您還是回浣衣房吧，如今咱們只能低調、隱忍一些，不要再惹惱小庭和錦娘了。今天小庭已經在皇上面前提出要奪回世子之位了，好在皇上不允，才躲過了這一擊。暫時委屈一段時間，等兒子將一切解決了，再接了娘出來。娘，您受了一輩子委屈，兒子一定要讓您揚眉吐氣，一定要讓您過幾年舒心的日子，有個好晚景。」

劉姨娘聽得熱淚盈盈，心裡是無限的酸楚和愧疚。

「堂兒，娘只要你過得好就行。孩子，你要記住，除了裕親王、你二叔，還有一個人也能幫你的，她……掩藏得很深，雖然也不是個什麼好東西，但是，只要你能運用得當，她是會幫你的。」劉姨娘諄諄教導。

冷華堂聽得心中一振，兩眼放光地問道：「娘，這個人是誰？他真的會幫孩兒嗎？」

劉姨娘聽了嘴角勾起一抹冷嘲，輕咳了一聲才道：「只要有人比她幸福，她就不喜歡，而你母妃卻正好是她最為嫉妒的。她裝得再清傲高貴，其實骨子裡與為娘又有何不同，不過一樣也是卑鄙下賤罷了。」

「娘說的是……劉妃娘娘？」冷華堂很不確定。

「就是她，你大可以在危機關頭去找她，她會幫你的。當年你之所以能順利得到世子之位，與她的幫助也是分不開。堂兒，娘不會害你的。」劉姨娘自嘲地說道。

冷華堂雖仍存疑慮，卻深知劉姨娘不會騙他，便是應了。

得讓枚兒再去太子妃那邊多走動走動，太子妃自從生了兒子後，在太子府裡的地位更是無人能撼動了，所以如今，萬萬不能與枚兒搞砸了關係。

可是方才、方才自己好像吼過枚兒了……冷華堂一想到這個，心下便有些忐忑，將自己稍事收拾了下，便開了門，喚道：「來人，扶姨娘回浣衣房。」

喚了半天，也沒看到一個人來，他不由怒了，正要發火，突然又反應過來，心裡為枚兒的細心而感動。自己方才在劉姨娘屋裡的那番吵鬧，聲音大得很，若是讓有心人聽了去，那不是自尋死路了嗎？「娘子、娘子……」冷華堂又喚了幾聲，過了一會子，上官枚才自東廂房那邊走過來，侍書和侍畫兩個跟著，神色平靜得很，既無驚奇也無怒意。

冷華堂看著，柔聲道：「娘子，使個人把姨娘送回浣衣房吧，著兩個人去照看下她。妳使的人，弟妹怎麼著也會給幾分面子的。」

上官枚面無表情地應了，讓侍書親自帶了兩個婆子，去扶劉姨娘出來。劉姨娘自裡屋出來，抬眼看向上官枚，眼裡便蘊了淚。「枚兒，以後，堂兒就多虧妳照顧了。」

上官枚聽了微頷首，讓侍書扶了劉姨娘走了，她也沒再理睬冷華堂，自己出了正堂，到東次間的廂房裡歇息去了。

卻說冷華庭和王爺回了府，父子倆各回了各屋。冷華庭一進門就站了起來，心思沈重地走到窗邊，看著窗外蒼翠的香樟樹，半晌沒有吱聲。錦娘端了一杯熱茶走近，遞給他，將今天早上發生的事情，一一跟冷華庭說了。冷華庭聽得眼睛一亮，他立即便明白了錦娘的意思。看來，這幾日晚上得多派些人手，好生守著放王嬤嬤屍體的地方了。

冷華庭愛憐地將錦娘拉進懷裡，撫著她的耳根道：「娘子，辛苦妳了，揚哥兒太皮，還是找個奶娘來的好，可不能累著自個兒了。」

錦娘聽著笑了，點了頭，看他眉宇間仍有憂色，便問道：「相公，你還沒有回答我的話呢，皇上今兒沒怎麼著你吧？」

「說是要儘快組建陸路商隊，卻將行商大臣之職給了冷華堂，我在朝堂跟皇上槓上了。皇上這事做得不地道，處處想著要怎麼掣肘咱們，為朝廷做起事來都窩囊呢。」冷華庭皺了眉說道。

「喔，那相公打算怎麼辦？這樣槓著可不行，畢竟人家是皇上，指不定就能將咱家抄家滅族呢。」錦娘聽著有點擔心，這可是皇權大於天的社會，皇上想要臣子死，那可只是一句話的事，跟皇上硬來，並沒有好處。

「娘子，妳怕了嗎？」冷華庭深深地看著錦娘。錦娘的思想向來與眾不同，就是不知在這件事情上，她會有什麼看法。

「有相公在呢，我怕什麼？」錦娘俏皮地說道。

冷華庭捏了捏錦娘小巧的鼻子，眼中滿是寵溺。

一會子，豐兒在外面稟報。「夫人，浣衣房裡的婆子說，世子方才將劉姨娘接走了。」

錦娘聽得眉頭一皺，看向冷華庭，冷華庭唇邊卻是露了笑意，在她耳邊說道：「只怕有些人今晚會睡不著了，不知道他知道了自己的真實身世會做何想？有那樣不堪的母親，要是我，非得投河自盡了不可。」

「他怎麼會投河自盡？依我看來，定然會殺人滅口，而且是，連他母親一起殺了，這樣任誰也找不著證據了。」錦娘沈思著說道。

冷華庭聽得一凜。雖然劉姨娘很是可惡，但若她死了，王嬤嬤也死了，那麼，冷華堂的身世就真的難以大白於天下了。

正想著，那邊豐兒又來報。「夫人，王嬤嬤的媳婦王張氏求見。」

錦娘聽得一怔。那王張氏以前自己也見過幾回，聽說是王嬤嬤姊姊的女兒，王嬤嬤也正是因為這王張氏的娘，才背叛了王妃的……

這個人，一定得見一見。「豐兒，讓她在正堂候著。」錦娘從裡屋走向正堂。

王張氏果然站在正堂裡，一見錦娘出來，忙上前跪下來，對王妃磕了一個頭道：「王妃、夫人，一大早，奴婢去浣衣房看望婆婆，卻聽人說奴婢的婆婆昨兒晚上被人毒打了，吃不住苦，求到二位主子這兒來了，可到現在還是沒見人回去。她治心的藥該喝了啊，奴婢都熱好幾回了。」

果然是找王嬤嬤來了，只是不知道這王張氏究竟是何居心，錦娘一時不知道要如何判斷她的好壞。

「帶她去見見吧。」一直沒有說話的王妃突然開口道。王妃沒有錦娘的城府，看著王嬤嬤的兒媳，她便覺得心酸，畢竟她是吃王嬤嬤的奶水長大的，當親人一樣一起生活了幾十年，一下子就沒了，總要讓她的兒媳見一面吧。

那王張氏聽王妃的話音不對，猛一抬頭，便看到了王妃眼中的一滴淚，她驟然便明白了，頹然跪坐在地上，眼裡也浮出淚來。好半晌，她才緩緩說道：「既然少奶奶已經使人照顧著她了，那奴婢也就不去看了，只是……奴婢這裡有她平日裡常穿的一件衣服，煩勞夫人親手交給她吧，就說她的心願，奴婢幫她了了就是。」

說著，將手裡的布包放到錦娘手上，便踉蹌著退了出去。

錦娘聽她話說得怪異。若只是件普通衣服，大可以交給豐兒或是雙兒就是，怎麼又會要自己親手去送？

她不禁就捏了捏那布包，感覺裡面真的像件衣服，不過又似乎太小了。一件成人的衣服，不可能那樣輕的……心中的疑惑漸深，便假借說要再拿兩件衣服一併送給王嬤嬤，起身進了裡屋。

王妃見了，只是深深看了錦娘一眼，繼續抱著揚哥兒玩著。

錦娘進得屋去，將手裡的小布包打開來，那布包裡竟然是一塊薄如蟬翼，似布不是布、似皮不是皮的東西。錦娘將之舉高，對著光亮，立即發現上面竟然是一幅完整青龍圖印，她看著就覺得眼熟，正要再細看，那邊正在看書的冷華庭一抬眸，看到她手裡的東西，立即就變了臉，問道：「這是從哪裡來的？」

「王嬤嬤的兒媳婦送的，不知道是什麼意思，有什麼用呢？」錦娘喃喃地說道。

「那是紋身，與我身上的一模一樣……妳拿的像件衣服呢，妳說是王嬤嬤的兒媳送的？」冷華庭立即走過來，將那件似衣非衣的東西拿在手裡細看。

錦娘又去翻那布包，看到裡面還藏著一紙箋，便拿起來看，竟然是王嬤嬤寫的東西。那信上指出，那件人皮小衣是冷華堂曾經穿過的，那皮上的紋印很淺，估計真要穿在小孩子身上，也得發了熱才能顯現得出來，所以當時王爺竟然沒有發現有假。

錦娘將信遞給冷華庭，自己拿了那人皮小衣放到水裡打濕了下，再將之貼到手上，果然那薄如蟬翼的人皮便貼在了錦娘的手上，稍一抹平，好似她的手上多了一層皮膚一樣，一點也看不出假來，她不禁讚嘆這個時代人的智慧。

「娘子，這下可好，真的有了切實可以證明他身分的證據了，看來咱們今兒晚上可以讓他得手一次了。」冷華庭拿著那件人皮衣服，笑得春光明媚。

錦娘不由又看怔了眼，嘟了嘴罵道：「真是妖孽啊，不行，我家揚哥兒一學會走路就要讓他練武，可不能像他爹爹那樣，男生女相、妖媚惑眾。」

冷華庭聽得又好氣又好笑，擰了擰她元寶似的白皙耳朵，嗔道：「妳說什麼，男生女相？」錦娘這才笑著忙認錯。

「今晚月色肯定不錯，娘子，不若咱們請了太子殿下和三姊夫一起過府來賞玩吧？」玩鬧了一陣，兩人出了屋子，冷華庭突然道。

錦娘抬頭看天，青灰色的天空，看不到一片雲彩，更看不到太陽，這樣的天氣，晚上會有月亮出現？還賞月？她不由白了眼自家妖孽相公，沒好氣地說道：「你不換個說法嗎？這麼著去請人，太子定然以為你發高燒了。」

冷華庭聽得哈哈大笑，寵溺地擰了下她的鼻間，嗔道：「妳這可是在咒為夫？」

錦娘懶得理他，緊走幾步去找王妃，頭靠在王妃的肩頭，撒嬌道：「娘，妳看相公欺負我。」

王妃愛憐地拍了拍她的手道：「他哪裡捨得欺負妳，含在口裡怕化了，捧在手裡怕摔了，妳不欺負他就好了喔。」

錦娘聽得臉上嬌紅一遍，一抬眸，看到王爺正走在前面，心中一凜，想起自己才看過的那件人皮小衣，不知道王爺知道了那件人皮小衣會做何感想。

回眸看冷華庭，也是定定地看著王爺的背影，眼裡透著淡淡的哀傷和憐憫。他也在猶豫要如何對王爺說明吧？今夜若真的將太子殿下和白晟羽等人請到府裡來，只怕真相就會大白，在那種情況下出來的真相，對王爺的感情會是更大的衝擊……想到這裡，錦娘不由嘆了口氣，搖著頭繼續往前走。

回到自己屋裡，一會子，有婆子來報，說世子爺又著人將劉姨娘送回浣衣房裡了。

錦娘與冷華庭聽得面面相覷。那人還真是做得出，原以為他會來找麻煩的，結果風平浪靜得很，竟然真的將自己的生母送回浣衣房去了，這是為人子孫的做派嗎？

「姨娘可還好？」錦娘淡淡地問那報信的婆子。

「回夫人，劉姨娘好像受了傷，臉都是腫的。」那婆子老實地回道。

「喔，妳下去吧，好生看著劉姨娘，既是受了傷，那就不要讓她再洗衣服了，讓她好生歇著就是。」錦娘吩咐那婆子道。

那婆子應諾下去了，錦娘便看向冷華庭。

冷華庭唇邊勾起一抹冷笑道：「妳指望畜生能做出人事來？」

錦娘一想也是，這時豐兒打了簾子進來道：「稟夫人，世子妃來了。」

錦娘聽得一陣錯愕。上官枚怎麼會這會子來了？是為劉姨娘求情的？

忙起身迎了出去，就見上官枚穿件碧青色緞面繡梅暗紋夾襖，前胸開著小襟，領口繡著銀色的雙線羅紋，腰身收得很緊，襖裙的下襬卻是撒著的，蓮步輕移，婀婀娜娜而來，如月中仙子般亮麗脫俗，錦娘不由看怔了眼，想到冷華堂那般畜生的作為，心裡難受了起來。

「嫂嫂怎麼這會子來了？若是有事，使個丫頭來知會一聲就是，怎麼親自過來了呢？」錦娘笑著迎到穿堂外，打了簾子站在門口說道。

「就是想來看看弟妹，看看揚哥兒，也是來特地知會妳一聲的，嫂嫂我一會子要回門子去，府裡上下的事情可就要煩勞弟妹打理了。」上官枚神色鎮定自如，唇邊帶著淡淡的微笑，看不出半點心緒。

但錦娘聽她那話卻覺得她有心事，又不好問，忙下了臺階，上前去拉了上官枚的手一同進了屋。

在正堂坐下，雙兒機靈地沏了茶過來，錦娘又讓豐兒拿了些自江南帶來的時新果品擺上。「嫂嫂怎麼這會子要回門子？晚上可回府？」

上官枚優雅地輕抿了一口茶，微瞇了眼，也不回答錦娘的話，卻道：「妳這江南龍井果然不同一般，清香沁人，真是好喝呢。」

錦娘聽著便笑道：「嫂嫂若是喜歡，一會子我讓豐兒送些到妳屋裡去，我帶了好幾斤來了呢，原想著送些給嫂嫂的，一時事忙，耽擱了。」

上官枚聽著笑了笑道：「那敢情好，弟妹盛情，我就卻之不恭了。」她見錦娘有些忙，喝過茶後，便起身告辭。錦娘覺得她今日有些怪，便送到了門口，想著自己問的話她還沒回呢，又問道：「大嫂這次回門子是今兒回，還是住一宿呢？」

上官枚頓住腳，緩緩回頭，眼眸深幽，似有千言萬語，卻不知從何說起的樣子，眉間，淡淡的哀愁和無奈緊鎖，半晌才說道：「弟妹，妳好福氣，嫂嫂我，真的好羨慕妳啊。」上官枚輕聲喟嘆，下了臺階，頭也不回地走了。

錦娘想起她一直也沒說究竟回家會住多久，一會子自己要怎麼跟王妃解釋？想要再問，卻又止了步，前面漸行漸遠的身影，步子看似從容，卻很沈重，每踏出一步，似乎都踩在行路之人的心上一般，錦娘突然明白，那個心靈剔透的人兒，怕是有所察覺，心灰意冷了。

長嘆一聲，錦娘回了屋，冷華庭這會子卻是歪在椅子上閉目養神，見錦娘進來，微睜了眼，問道：「大嫂走了？」

「嗯，走了。」錦娘拿起自己給揚哥兒做的一件錦披，繡起花來。

一會子，豐兒和秀姑兩個抱了揚哥兒回來，對錦娘道：「方才王妃帶了信來說，王爺身子不太妥當，王妃侍候王爺歇下了，讓二少爺和夫人不用去那邊用飯，在自己院裡用了便好。」

錦娘聽了看了冷華庭一眼，冷華庭不由皺了眉，但什麼也沒說，卻是自己推輪椅進了裡屋。

王嬤嬤的屍體就放在錦娘院裡東邊耳房裡，門外有幾個婆子守著，周邊也布了不少暗衛。夜幕降臨之際，烏雲遮住了娥眉彎月，起了風，颳得人臉上呼呼生痛，兩個守夜的婆子有些扛不住，一個悄然走近另一個身邊，小聲說道：「我說劉洪家的，咱們打些酒吃吃吧，我那屋裡還藏了罈酒呢！」

「這大半晚上，風吹得怪冷的，吃吃酒倒是不錯。那好，一起去，快去快回就是，府裡的護衛多了去了，這一會子也出不了什麼事。」

兩個說好了，一同離開那間關著王嬤嬤的耳房。

兩個婆子一走，便有兩個穿著簡親王護衛衣服的人，正在靠近王嬤嬤的房間。他們環顧四周，並沒有看到有暗衛出現，不由心中一喜，輕輕推開王嬤嬤的房門，一個站在外頭看著，另一個便閃身進去了，不一會兒，那進去的人便握著一柄帶血的刀閃了出來，兩人縱身一躍，很快便消失在夜色之中。

不久，又有兩個暗衛出現，兩人同時閃進王嬤嬤屋裡，察看了一番後便走了。

一切進行得渺無聲息，以至於兩個婆子拿酒和菜來，盤腿坐在椅子上喝酒吃菜，也沒發現屋裡有何異樣，照樣守著。

卻說劉姨娘被侍書送回浣衣房後，便因著被冷華堂打的那一掌，加上踢在腰間的那一腳，傷痛難忍，一進門便躺在床上，身邊也沒一個來照顧她，她便在兩個粗使婆子的看護下，躺在床上休息。

門簾子突然被人撩起，只見玉娘身邊的紅兒提著一個食盒進來了，回身又掀起簾子，慢慢地，玉娘撐著腰也走了進來。

「姨娘，您受苦了，相公讓我給您送些吃食來呢。」

劉姨娘聽得心頭一暖。堂兒還是有孝心的。

「妳身子重，不該來的，使個人來不就得了？黑燈瞎火的，可千萬別摔著，嚇著了。」劉姨娘的聲音溫和親切。她如今著實真心地關心玉娘，且不說她懷了自己的孫子，就是這樣的境遇下她能看自己，也讓劉姨娘感動。

玉娘臉上帶著溫和的笑，殷勤道：「我這裡拿了兩碗燕窩來，一碗是相公請您用的，另一碗，是我自己給您燉的，您想喝哪一碗？」

劉姨娘聽得一怔，不解地看著玉娘。玉娘臉色很平靜地親自端了兩碗燕窩出來。「左手邊的，是相公的孝心，右手邊的，是兒媳我的孝道，您只能喝一碗，選一個吧。」

劉姨娘就沈了臉。兒子媳婦不是都要孝敬父母的嗎？為什麼只能選一樣？她覺得孫玉娘太不會說話了，而且，有些嘮嘮叨叨的，心裡有氣，便伸向玉娘的左手，玉娘卻故意在她的手還沒接穩之時，將手一鬆，好好的一碗燕窩便全灑了，好在並不太熱，沒有燙到劉姨娘的手。

孫玉娘分明就是在捉弄自己，劉姨娘大怒，卻又發作不得，狠狠地瞪著玉娘。玉娘卻是將右手裡的碗放下，忙拿了帕子幫劉姨娘拭手，連聲道歉。「對不起，方才手突然抽筋了，所以沒拿得穩，婆婆您沒有燙著吧？」

劉姨娘聽了臉色這才緩了些，玉娘忙又端了另一碗燕窩給劉姨娘，劉姨娘卻戒備地看著玉娘。

玉娘微微一笑，自頭上取了根銀簪子來，在碗裡插了下再拿出來，給劉姨娘看。劉姨娘臉色立即紅了起來，不自在地說道：「娘怎麼會懷疑妳呢，看妳這是啥意思，咱們娘兒倆不用如此防著的。」

玉娘卻是笑道：「還是試過的再吃好一些，姨娘您放心，我也放心。」

說著，將所有的飯菜都試過了一遍，又再次請劉姨娘喝燕窩，看著劉姨娘吃過後，又忙著給她挾菜，服侍她用飯，劉姨娘心中感激，很愉快地將飯都吃了。

等玉娘離開後，劉姨娘怔怔地看著灑了一地的燕窩，鼻子就發酸了。方才玉娘那番舉動分明是在說，堂兒給自己下了藥？可是，怎麼可能呢，難道他不知道這世上最關心他、最愛護他的便是自己嗎？

一時又白我安慰，也許，堂兒根本什麼也沒做，是自己多心了，玉娘不過是在表孝道而已呢……一時衝動，她突然自頭上也撥了根銀簪出來，正要向地上的燕窩探去，便聽到冷華堂喚道：「娘，我著人把王嬤嬤解決了。」

劉姨娘聽了，立即收了銀簪子，放入自己的袖袋裡。

「是嗎？那就好、那就好，孫錦娘就算聽王嬤嬤說過了又怎麼樣，她沒有證據，空口白話，說出來，人家也只會說她是無中生有，惡意中傷你。堂兒，你可以不必害怕這事了。」

「娘，我當真不是父王的兒子嗎？您是不是弄錯了？」冷華堂傷心地看著劉姨娘，似乎很不願意相信事實一般，再一次問道。

「我也想你是你父王的兒子，可是當初，他連碰都不肯碰娘，又怎麼……怎麼可能有兒子呢？堂兒，你……不要再想這件事情了，只要王嬤嬤死了，這事就再也不會被洩漏出去了，那兩個人都以為自己是你的生父，怎麼著也是虎毒不食子，一定會幫你的。」

「是的，不用害怕了，可是，娘親您不也還知道嗎？您是最清楚我的身世之人啊……」冷華堂緩緩走近劉姨娘，眼角帶著一絲狠絕的笑容。

劉姨娘看得心一驚，嘆了口氣道：「堂兒，你連娘都不肯放過嗎？這個世上任誰會背叛你，娘是絕對不會背叛你的。」

「這種事情，我只相信死人不會說出去。娘，您是自己動手，還是讓兒子動手呢？」冷華堂逼近劉姨娘。

「你怎麼會變得如此喪心病狂？」劉姨娘又害怕又憤怒，一時，又想起地上的那碗燕窩來，後背冷汗直冒，顫著聲音道：「方才你讓玉娘送來的燕窩裡，真有毒藥？你使了她來害娘？」

冷華堂眼中陰戾之氣更甚，怒道：「那個賤人自作聰明，竟然敢違背我說的話！哼，看我怎麼收拾她?!」

「她只是心存善念而已，堂兒，她還懷著你的孩子呢，你千萬不能亂來啊！」劉姨娘聽得嚇住。兒子的樣子已經失去了理智，殺了自己倒還好，可不能連他自己的孩子也要殺死啊。

「娘，我捨不得您死，不如，您吃下這粒藥丸吧，它只會讓您失聲，說不出話來而已，不會要了您的命的。」冷華堂見劉姨娘到了如此境地還在關心著他，泯滅的良心似乎又收回了一點殘渣碎片，拿了一顆藥遞給劉姨娘。

劉姨娘頓時淚流如注，哽聲說道：「你……真要讓娘吃下去？從此娘再也不能喚你一聲，你真捨得？」

「時辰不早了，我還有事，娘，吃了吧，沒有痛苦的。」冷華堂看了看窗外，不耐地催促道。

劉姨娘不肯接那藥丸，冷華堂急了，一手捏住劉姨娘的下巴就要將那藥塞進劉姨娘的嘴裡，這時，突然門窗全部大開，幾條人影飛身進了屋裡，一支錢鏢射向冷華堂的手腕，他不得不收回給劉姨娘塞藥的手，但另一隻手卻只是在劉姨娘身上輕輕一拍，人也跟著縱身躍起，向窗外逃去。

飛身進屋的人竟然全是宮中侍衛，冷華堂見勢不妙，自腰間拿出一顆彈珠向地上一摔，頓時黑煙瀰漫，人們被煙燻得睜不開眼，等到煙霧散去時，冷華堂已然不見了蹤影。

太子和白晟羽、冷華庭自暗處轉了出來，看到此種情形，惋惜不止，冷華庭一掌拍在輪椅上，怒道：「千算萬算，沒算到他手裡竟然有西涼的煙幕彈，竟然又讓他逃走了，真真好不氣惱！」

「小庭何必氣惱，他的真實面目已然揭開，我立即派人追捕他。明日上朝，你儘管向皇上奏明便是，該你的東西，這次一併要全部還給你了，我和白大人都可以為你作證的。」太子安慰道。

話雖如此，冷華庭還是氣，沒能親手抓那個畜生進朝堂，當著文武百官的面揭露他，心裡很不暢快啊。

「呃，四妹夫，你邀我們前來賞月，今兒這月色可真是與往日不同啊，的確是人間美景啊，好看、好看。」白晟羽笑著拍了拍冷華庭的肩膀，推了他往屋裡走去。「善惡到頭終有報，小庭，他如此喪心病狂，連生身母親也能下殺手，這樣的人，終會自食惡果的。」

正說著，一名侍衛來報。「稟殿下，屋裡的那個女人身中劇毒，只怕不行了。」

太子一急，大步向屋內走去，白晟羽也推著冷華庭跟進。劉姨娘臉色烏青，神情痛苦，一看便是中毒的樣子。太子看到地上滾了一粒藥丸，奇道：「小庭，你分明已將那藥丸擊落，她是如何又中毒了的？」

「毒針，定然是施了毒針，就如我爹爹身上中的毒針一樣，那種毒針殺人於無形，我三叔也中了此針，都是這個畜生下的手！」冷華庭恨恨地說道。

「真是禽獸不如，可憐的小枚，怎麼會嫁了這麼一隻禽獸啊……」太子喟然唏噓，扼腕長嘆道。

「殿下不用可惜，這個畜生在此，你想如何教訓都行。」這時，窗外傳來簡親王清朗的聲音，他身形矯健地提著個人大步走進屋裡，隨手一扔，將手中之人丟在了地上，對太子說道。

太子等人定睛一看，地上之人果然是剛剛逃走的冷華堂，不由大喜。王爺眼中閃過一絲苦澀，臉色羞窘。「臣糊塗，竟然被人蒙蔽了幾十年，害苦了庭兒。臣守在屋頂，就是防著這廝用這一手，他是老二一手教出來的，老二的鬼域伎倆他學了個十成十，臣料定了他逃離的方向，於是手到擒來了。」

太子微微嘆息，勸道：「王爺還是放開心懷，不要太過自責，此等賊人太過狡猾又善於偽裝，令人防不勝防。」

冷華庭冷冷看著地上縮成一團的冷華堂，見他一臉的痛苦和憤恨，四肢都在不停地發抖、抽搐著，眼睛卻瞪得老大，正怨毒地看著王爺，不由冷笑道：「爹爹不過給你用了分筋錯骨手而已，還沒有廢掉你的四肢呢，你可也有過千刀萬剮、骨頭寸斷般的痛苦？我受了六年，不如也讓你受一點？」

冷華堂如今已是萬念俱灰，想死的心都有了。

這明著是個局，卻沒有看出來。王嬤嬤殺得太過順利了，所以，他才以為小庭沒有防備……都是孫玉娘那該死的賤人！竟然敢違背他的話，將那有毒的燕窩打翻，不肯毒死劉姨娘，不然自己也不會親自出手了。

而後，太子將冷華堂提走，連同那兩名刺殺王嬤嬤的護衛一起。

第二天，錦娘正要吃飯，便看到玉娘挺著個大肚子，一臉是笑地走了進來。

「昨兒夜裡上演了一齣好戲，四妹妹看了沒？妹夫呢，沒有跟妳說嗎？」玉娘環顧著屋裡，沒有看到冷華庭的身影，不由微微有些失落，臉上卻仍是笑意盈盈。錦娘看她那笑就有股幸災樂禍的味道，心中一凜，不知道是誰倒楣了，讓玉娘如此高興。

「發生什麼事了？」錦娘隨口問道。

玉娘的臉色立即變得哀悽了起來，拿了帕子拭著眼角不存在的淚。「姊姊命苦啊，四妹妹，妳可一定要幫姊姊……」

錦娘聽得莫名，不解地看著她。玉娘又道：「我那相公……妳的大伯，他……他竟然是個冒牌貨，昨夜花言巧語地哄騙我，逼著我去送東西給劉姨娘喝，若非我從來就沒有信過他，還真的被他騙了。」說著，頓了頓，這會子真傷心了，漂亮的杏眼裡淚水朦朧。

「既是要下毒，使個下人去就好了，幹麼要讓妳親自去呢？」錦娘也覺得這事不合常理。畢竟玉娘懷著冷華堂的孩子，陷害玉娘，不就等於間接害了自己的孩子嗎？

「哼，開始我也想不通呢，後來見過劉姨娘後才明白，那劉姨娘也是精得很，別人送的吃食，她都要試過才肯吃，所以那畜生才使了我去。上官枚不在，除了我，劉姨娘也不會再信其他人……」玉娘越想越恨，手中的帕子快被她撕開了。

「劉姨娘沒死吧？」錦娘聽得起了一身雞皮疙瘩。怎麼會有那樣喪心病狂的東西，為了自己的私利，母親、孩子全都可以利用，這……還是個人嗎？

「那畜生還是親自動手了，若不是我懷有身孕，恐怕妳今天也看不到姊姊我了。妳不知道，他當時的眼神有多可怕，像要將我生吞活剝了似的……」玉娘一臉後怕地說道：「妹夫還沒回嗎？其實，我也可以幫他作證的。」

第九十九章

錦娘眉頭微跳。玉娘什麼意思？她要作什麼證？

正思慮著，外面的鳳喜急急地跑進來報信。「夫人，二夫人可在？宗人府來人了，說是要請二夫人上堂作證呢！」

玉娘聽了拍了拍手，施施然站了起來，對著錦娘綻了一個大大的笑臉，和氣地說道：「四妹妹，怎麼著咱們也是親姊妹，將來姊姊無依無靠時，妳可要多幫襯幫襯姊姊啊。」

說著，扶了紅兒的肩，轉身離去。她的話說得辛酸，可是轉身那一瞬，錦娘分明看到了她眼底滑過一絲得意，心下更是奇怪了起來。

冷華庭一大早便與王爺一起上了朝。朝堂之上，眾大臣已然列隊整齊，皇上似乎心情不好，一旁的太監便大聲唱喏。「有事請奏，無事退朝。」

冷華庭推著輪椅出列。「稟皇上，臣有事要奏。」

「愛卿請講。」皇上淡淡地說道，似乎以前的不愉快沒發生過。

「臣請皇上將簡親王世子之位授予臣。」冷華庭聲音清朗，鏗鏘有力。

皇上一聽眉頭皺得更高了。這小子彆扭，但也不能總在一件事上糾結吧，上次自己還算是給他一個臺階了，今天又不識時務了。

「昨日朕已然與你說明這件事了，愛卿就不要在此事上執著了，你有才華朕知道，只要好好為朝廷出力，你的前程一定似錦，又何須在意一個小小的世子之位呢？」

「臣只是想拿回屬於自己的東西。」冷華庭對皇上道：「皇上當日回覆臣三個條件，列位臣工全都聽到。」

「朕的確是答應過你，不過，殺父弒母、殘害兄弟，愛卿，口說無憑，你可得拿出證據來才是，污辱朝廷命官、皇室宗親，那也是要犯下誣衊之罪的。」皇上實在不相信，不過一夜之間，不會就出現如此大的變故吧？

「自然是有確實證據的，臣既有人證又有物證，這人證，便是當朝太子殿下，還有工部侍郎白晟羽，他們昨夜親耳所聞親眼所見的事實。」冷華庭對皇上躬身行了一禮道。

皇上聽得怔住，不由看向太子，太子臉上浮出一抹苦笑，對皇上一躬身道：「回父皇，兒臣昨夜與白晟羽白大人去簡親王府喝酒聊天，不小心看到一樁駭人聽聞的事情，昨晚處理此事到深夜，故而沒來得及報給父皇，請父皇見諒。」

皇上嘴角微抽，陰冷地看著太子，是來不及嗎？哼，不過是想給自己一個措手不及罷了。

「喔，不知道太子殿下昨夜究竟看到了什麼可怕的事呢？」吏部老尚書一臉八卦地問道。

太子笑著對他點了點頭道：「此事確實可悲，堂堂簡親王世子竟然親手下毒殺害自己生母。」說著又對皇上一拱手道：「父皇，兒臣無能，極力阻止之下還是讓他得了手，如今簡親王側妃劉氏已然昏迷，就與當初簡親王叔所中之毒如出一轍。」

皇上聽得太陽穴猛跳，看向太子的眼神更加銳利陰冷，半晌他才沈聲道：「凶犯人呢，可有捉拿？」

「凶犯就在殿外，父皇可要現在就提審？」太子仍是拱手躬身回道。

「帶上殿來吧。」皇上覺得整個人都有些虛軟。冷華堂這個不中用的東西！

被捆得五花大綁的冷華堂被拖進了大殿之上，裕親王一見之下，神魂驚蕩。這還是當初那個溫潤清朗的少年世子嗎？一夜之間竟似變了一個人，渾身抽縮成了一團，四肢不停在顫抖，可見何其痛苦，那是簡親王常用的分筋錯骨手法，簡親王……心還真狠呢。

裕親王的心一陣抽痛，不禁就要去扶他的頭，手伸到半空中，冷華堂緊閉的眼睛驟然睜開，眸光如狼似鷹，看得裕親王心頭一緊，手又縮了回去。

「太子，此人可是當場捉拿的？」皇上問太子。

「回父皇，兒臣與白晟羽白大人還有兒臣的護衛幾個，全都聽見了這廝與他生母的對話。此人先是令張太師的外孫女，孫老相爺的孫女去給他的親娘下毒，結果，被那孫氏識破，打翻了毒藥，他便自行動手，被兒臣幾個當場捉住。最可恨的是，他身上也有西涼人的毒藥，和逃跑用的煙幕彈，與冷二所用伎倆如出一轍，父皇，此賊通敵。」太子從容地對皇上說道。

「冷華堂，對太子方才所言，你有何話講？」皇上問地上的冷華堂。太子說他與西涼有勾結，這讓皇上心中很不舒服，心態與方才完全不同。他如今被西涼人弄得焦頭爛額的，教他如何不惱恨？

「皇上，臣……冤枉，臣只是與母親吵嘴而已，並沒有殺母，臣之生母究竟是如何暈迷，臣還想弄清楚呢。」冷華堂一副死豬不怕開水燙的樣子。方才裕親王那一眼，讓他又有了新的希望，於是原本等死的心又復活了，便不要臉地狡辯著，逃得一齣是一齣。

「你不是我父王的兒子，你母親在進王府時，便同時與幾個男人有染，卻用齷齪的手段欺騙我父王，將你硬栽給我父王，你們母子無恥至極。」冷華庭道。

「你根本就沒有證據！有本事，不要夥同那些人一同來害我，拿了證據來說話！」冷華堂吐了一口血水說道。

「證據當然是有的。」冷華庭自懷裡拿出早就準備好的證據遞給一旁的太監，太監再雙手呈給皇上。

皇上看完後，臉都黑了，他有些無奈地看向簡親王，柔聲道：「簡親王，你……唉，不要太過難受了。」

簡親王臉色很平靜，對皇上一揖道：「臣無能，竟然認賊作子，養了個畜生二十幾年，卻對臣下毒手，豬狗不如啊！」

「將他帶下去，送給宗人府嚴懲。」皇上揮了揮手，讓人將冷華堂拖了下去。

裕親王還想說什麼，皇上眼睛一瞪，他便住了口，沒有繼續往下說，眼睛卻是瞪著皇上手裡的那個小黑布包，眼神複雜。

冷華庭又追問皇上：「皇上，請加授臣為簡親王世子。」

皇上聽得眉頭一皺，心火直冒。這小子一點臺階也不給自己下，就算是要授他爵位，也不在這一時吧？不由沒好氣地說道：「你的腿腳不利索，做親王有礙觀瞻。」

冷華庭聽得大怒，對著皇上就吼道：「皇上，人人都說您是明君，沒想到您竟然以貌取人，老祖宗的規矩裡有身殘便不能承襲這一條嗎？若是沒有，請您收回方才所言。」

「大膽！黃口小兒，竟然敢當庭咆哮，冷華庭，你不要恃才傲物，太過囂張了！別以為，朕不敢治你。」皇上氣得大喝一聲，猛地一掌拍在了龍案之上。

冷華庭冷笑一聲道：「你不只是昏聵，而且無知淺薄，竟然聽信婦人之言，不以德才舉賢用人，卻以身體外貌為基準，皇上如此不只是寒了臣的心，也會寒了邊關將士的心。」

皇上被冷華庭罵得臉上一白，他也知道自己方才那話確實是傷了不少人的心，很多臣工家裡，總有親人或者朋友身患殘疾的，聽了那話只怕也真的會寒了心去……還有為國身殘的邊關將士……

只是冷華庭這小子也太不給自己面子了，若不懲治，自己的威嚴何在，皇權何在，帝王的尊嚴何在？

「來人，將此逆臣拖下去，打二十大棍。」皇上怒極，頭腦發熱，不打冷華庭一頓，難消他心頭之火。

太子聽得大急。小庭可打不得，那二十軍棍一下去，孫錦娘還不翻了天去？那個小女人看著溫軟，可最是護短，又深愛小庭，莫說是建新基地了，就是舊的那個，只怕也會停了去……

「父皇息怒，父皇息怒，打不得啊！」太子顧不得許多，忙攔在冷華庭面前說道。

皇上聽得更怒。他原就懷疑太子有貳心，這會子更加確定了自己的懷疑，大喝一聲對一邊的侍衛道：「將太子拖開，誰敢再阻攔，一併打了。」

頓時四名宮廷侍衛走進殿裡，一個去拉太子，另一個便去拖冷華庭。

冷華庭突然自輪椅上站了起來，高傲地昂著頭，輕蔑地看著皇上。

他身材修長又俊挺，頭束玉冠，黑髮如瀑垂於雙肩，而站起來的他，更如仙人臨世，顯得清朗出塵，如此神仙般的人物，令人不敢直視、褻瀆。

殿中大臣頓時被他吸引，似乎忘了他與皇上的爭執，只覺得此等人物若被毒打，那不是暴殄天物了嗎？

一時，有不少大臣跪了下來，對皇上磕頭下拜道：「求皇上收回成命。」

冷華庭朗聲道：「臣並非殘疾，只是被小人所害，身中劇毒，方才所言，不過是為大錦天下身體有疾之人抱不平而已，皇上，臣勸您還是不要對臣動手的好，不然，臣不保證會有什麼樣的後果發生。」

看到眾多大臣都為冷華庭求情，皇上原本有些後悔了，聽冷華庭如此當眾威脅，心火就再也壓不下去，冷笑道：「你敢威脅朕？」

冷華庭哂然一笑道：「您要將此言看作是威脅，臣也不反對。西涼如今大軍壓境，他們悍勇好戰，以大錦現有的兵力根本就難以抵擋得住，而現在最為迫切的便是國庫空虛，糧餉難以為繼。皇上不以國事為重，卻糾纏於這些小事物，做事不公不正、無輕無重，如此下去，就等著西涼人攻破大錦邊關，一路南下，直指京城吧！臣，只要今天挨了這二十軍棍，必攜妻帶子、歸隱山林。」

皇上聽得冷汗涔涔，臉上青紅交替，半晌也說不出話來。

皇上又看向太子，太子臉色鐵青，偏過頭去不看皇上。

皇上做事越發不顧後果，火燒眉毛了，還要自毀城牆。

皇上又求助地看向簡親王，可這會子簡親王正眼含熱淚地看著自己終於肯立身於朝堂的兒子，哪有心思管皇上？皇上頓時便下不了台，只好又看向裕親王。

裕親王這會子心神恍惚著。他怎麼也沒想到冷華庭的雙腿竟然是好的，這小子如今勢頭太盛了，連皇上都不放在眼裡，只怕以後會更加囂張，到那時，這朝堂之上還有自己的立足之地嗎？

一抬頭，看見皇上正苦著臉看著自己，眼裡有乞求之色。哼，你們鬧僵最好，皇兄這些年越發沒有魄力了，連個毛頭小子都制伏不了。

「皇上，此子太過大膽無狀，二十軍棍太少，不如，打五十軍棍，讓他長長記性吧。」

「王叔，明兒我便去簡親王府，告訴王嬸，是您攛掇著皇上打小庭棍子的，我看，婉清王嬸定然會哭得死去活來，傷心至極的。」太子又恨又氣，斜了眼睨著裕親王。

裕親王聽得一窒，只顧著恨簡親王，差點就忘了傷了冷華庭這小子，婉清必會很傷心。可話又說出了口，再收回又不太好意思，一時，急得眼珠子都快瞪出來了，只好又求助地看向太子。

太子自然是不理他這一茬的，一轉頭，看到了張老太師，走過去碰了碰張老太師的肩膀，誰知張老太師就如一根腐朽了的木樁子，一碰便向地上倒了去，雙眼緊閉，嘴角直抽，正是中風偏癱的症狀。他看著一喜，大叫道：「唉呀，不好，老太師病了！皇上，快快請太醫來為老太師診治，遲了可就要壞事了呀！」

皇上聽著也是一喜。老太師可真是自己的心腹啊，連中風也是如此及時，一時間，朝堂上亂作一團。

冷華庭若無其事地站在大殿內，看到亂成一團的人群，瀟灑一轉身，退出大殿去。

皇上怔怔看著那抹偉岸的人影，一時心潮起伏，頹喪地站了起來，向後宮走去。

沈著臉，皇上直接到了劉妃娘娘的棲霞宮。

劉妃聽聞皇上駕到，忙率宮娥迎了出來，跪在石階上。

皇上心情不好，匆匆對劉妃娘娘說了聲「起」，便甩袖進了內殿。

劉妃娘娘看得莫名，忙起身跟了進去。

等皇上坐下，劉妃忙親手沏了杯蔘茶斟上，小意地問道：「今日朝堂之上可是有人冒犯了皇上？」

皇上一聽，氣便不打一處來，將手中茶杯往桌上一放，怒道：「你們當年都做了些什麼？弄半天，冷華堂竟然不是簡王弟的兒子，這可真真是讓朕惱火透頂了！」

「他是裕親王的兒子，這不是更好嗎？讓裕親王的兒子親手操持基地，一步一步將簡親王府手中的大權奪過來，這不是正合皇上您的心意嗎？」劉妃娘娘淺笑如花，輕柔地對皇上說道。

「裕親王，哼，那小子根本就不是裕親王的兒子，妳呀妳，自認為聰明，卻是被妳那三妹愚弄了！如今冷華庭與太子兩人關係越發融洽了，妳自己親手將最大的助力推走了，朕就是有心幫小六，也是難了啊。」皇上語氣蒼涼無奈得很。

劉妃娘娘聽在耳朵裡，越發難受，卻對他更是感激。「多謝皇上對小六的寵愛。事情沒有走到最後一步，說什麼都早，冷華庭不過也就是有個好老婆而已，若是……」

皇上聽得眼睛一亮，親熱地握住劉妃的手道：「若是如何？莫非愛妃心裡有了成算？」

被皇上如此親密地握住了小手，劉妃清麗的嬌顏上及時地露出一絲嬌羞的小女兒神態，看得皇上心頭一震，大拇指輕輕在劉妃手心裡摩挲著，劉妃臉色更紅，聲音也細若蚊蚋，嬌嗔地看了皇上一眼輕喚道：「皇上……」

皇上笑著用另一隻手拍了拍她的手道：「愛妃還沒有說，有什麼好法子能治得了冷華庭呢？妳那姨甥今兒可是把朕氣得下不了台呢。」

劉妃眼裡露出一絲譏諷，笑道：「皇上怎地忘了當年的葉姑娘，簡親王的祖母了？」

皇上聽了目光微凝，眼神也變得幽深起來，似乎想起了一些往事，不由微嘆口氣道：「聖祖爺那樣做……效果不太好啊，以至當年沒有讓葉姑娘將一身本事傳給後人，反倒使得大錦差一點就失了這好不容易得來的經濟支柱，此法……」

「皇上，當年聖祖爺想得不夠周全，皇上大可以吸取前人的教訓，將計劃再設計周詳一些，若能讓孫錦娘心甘情願為朝廷所用，又直屬皇家，皇上所有的顧慮便全都煙消雲散了。」

劉妃慢慢地偎進皇上的懷裡，明明說出的話句句透著陰毒，偏生她嬌唇如櫻，聲音甜美輕柔。

皇上愛憐的輕撫著她烏青的秀髮，嘴角卻勾起一抹陰冷的笑，柔聲說道：「朕國事繁忙，愛妃向來足智多謀，不若愛妃幫朕謀劃謀劃？」

冷華庭自朝中出來就與太子一道去了宗人府。冷華庭和太子到時，裕親王也正好下了馬，冷華庭一見，譏諷地看了裕親王一眼，便走了進去。

裕親王上前來給太子見禮，太子嘆了口氣道：「王叔，何苦呢？」

裕親王聽得一怔，臉色微鬱，乾笑著道：「就是來看個熱鬧而已，殿下也知，臣與簡親王向來不和，難得看他們家出了這麼一樁醜事，自然是要湊湊的。」

太子聽了搖搖頭，沒再說什麼，率先走了進去。

冷華堂被衙役按壓著跪在正堂之上，主審官是老好人恭親王。

大家進去後，相互見了禮，冷華庭見簡親王已然在座，心中微酸。父王心中定然是很痛心難過的吧，這件事情受打擊最大的應該是父王，養了二十幾年的兒子，近幾年當王位繼承人培養著的人，竟然是一隻禽獸，而且還是個野種，這要一個男人的臉面往哪兒擱？

冷華堂跪在堂中，頭卻是高高揚起，他桀驁地冷視著簡親王。「父王來是怕宗人府給兒子判得太輕了嗎？就算不是親生的又如何？我也叫了這麼多年的父王，沒有血脈，總有一分親情在吧？您真的能眼睜睜地看著兒子被處以極刑？您良心能安？」

簡親王眼裡滿含痛苦。冷華堂說得沒錯，莫說是個人，就是養條狗，養了二十幾年都會有感情的，何況還是付出了不少心血的。

或許，能多付出些心血給華堂，兩個孩子之間能夠公平對待一點，他也不會變成如今這種喪心病狂的人……

想到這裡，簡親王痛苦地閉了閉眼，轉過頭去，不再看冷華堂。

冷華堂譏諷地笑道：「父王心中也有愧的嗎？當年您可不知道我不是您的親生，但又哪裡當我是親生來養過？您對我最多的感情便是怨吧，我的存在就是恥辱，是您對不起王妃的證據，對吧？」

他越說越激動，跪著便向簡親王挪了過去，簡親王終於長嘆一聲道：「對你的教養，我確有虧失，但是，我再怎麼沒有管你，也好吃好穿地養了你，也曾教你要好好做人，在小庭被人殘害之後，更是將世子之位也傳於你，但你做了什麼？你竟然敢對我下毒手，試圖殺死我？若非我功力深厚，只怕早就死於你的毒針之下了。」

「是父王！是父王逼我下手的！父王要廢了我的世子之位，憑什麼？我好不容易才奪來的，你竟然輕易就要奪走？我恨你……恨你，我現在最後悔的就是我當時手軟，捨不得讓你死，所以才沒用最毒的藥，應該讓你一命嗚呼了才對，那樣我就可以正式接了簡親王的位，做真正的簡親王了……哈哈哈，一念之仁啊，二叔教得對，我還是不夠狠啊！」

「你說爹爹待你不好，你就恨爹爹，那我呢？我何曾虧待過你？你又是如何對待我的？你分明就是自私自利、喪盡天良，不找自己的原因，還要怨天尤人，你真是豬狗不如！」

冷華庭實在看不得冷華堂到了如今這個地步，還在想著法子摧殘簡親王的心智，緩緩走近他，冷冷地說道。

冷華堂下意識地回頭，立即怔住，不可思議地看著冷華庭，浮腫的雙目拚命地瞪著，張口結舌道：「小庭……你……你的腿好了？」

「是啊，好了，你是不是很失望？」冷華庭譏諷地看著他。「你是不是巴不得我終生殘疾？是不是很後悔，當年沒有直接下最毒的藥毒死我？」

冷華堂聽了，微閉了閉眼，再睜開時，眼裡閃過一絲柔情，臉上露出一絲欣慰的笑來。

「小庭，你也知道當年我曾放你一馬嗎？若非我一力堅持，你早已作古了，大哥……是真的很疼你的。」

冷華庭聽得大怒，抬腳便將他踢翻。「你這個畜生！親手下毒殘害自己的兄弟，還有臉說你放了我一馬？這麼多年的輪椅生涯，每月劇毒發作時非人的折磨，都是你害的，你竟然還敢說你……疼我?!」

冷華堂受不住他這一踢，急劇地咳了起來，嘴角滑落一絲血跡，他毫不以為意，仍是盯著冷華庭。「小庭，大哥……真的沒有想害你的，只是，你為什麼要生得那樣美？為什麼你是王妃的親生兒子，而我只是個外室所生的賤種？為什麼父王只喜歡你，卻從來不肯多看我一眼？這都是你的錯，是你逼我這樣做的，這都是你自己的錯，是父王的錯，是命運的錯……我肯饒你一死，已經是最大的仁慈了，小庭，你欠我一次人情，是我救了你的命……」

還有更無恥的邏輯嗎？因為自己不夠優秀，便要毀去一切比他優秀的人和物？冷華庭再也聽不下去，抽出腰間軟劍直指冷華堂的喉嚨，真想殺了這畜生才好。

但他的劍剛一抽出，便被人架住。「王姪，此乃宗人府，他犯的罪再大，也要由宗人府定案審理，按律法處治，你無權殺他。」裕親王冷冷說完，將長劍挽了一個花，抖向冷華庭。

冷華庭唇邊含了絲譏誚，冷笑道：「王爺可真是一片慈父之心啊，如此畜生，王爺還想要收回去養嗎？」

裕親王聽得一窒，臉上露出一絲赧色，惱羞成怒道：「你胡說些什麼？」說著，不覺看向太子和坐在正堂上裝睡的恭親王，訕訕地回了自己的座位，對恭親王道：「王叔，你該審案了。」

於是恭親王便照著程序開始審案，每問一件事情，冷華堂都矢口否認，就是他方才親口承認對王爺和冷華庭下了毒，他也反口不認，只說要拿證據說事，後來，太子無奈，便讓人請了孫玉娘出來作證。

玉娘挺著個大肚子，慢悠悠地走到堂中。恭親王見她身子不便，便免了她的禮，使人搬了把椅子讓她坐著。

冷華堂死死地瞪著她，似乎要將她生吞活剝了似的，孫玉娘一看他那如地獄鬼魂般的眼神，便嚇得一陣瑟縮，窩進椅子裡不敢抬頭。

太子殿下見了不由搖了搖頭，眼裡閃過一絲憐憫之色，溫和地問道：「昨晚妳家相公可是要妳送了有毒的吃食給妳婆婆用？」

玉娘聽得微微抬頭，轉眸看了一眼坐在一旁的冷華庭。「回殿下的話，昨晚相公確實是讓臣婦送吃食給劉姨娘，臣婦對相公並不放心，便先用銀簪試過，發現有毒後便將那吃食給換了，臣婦並沒有對劉姨娘下毒。」

「賤人，妳誣陷我！」冷華堂怒罵道。

玉娘嘴角噙了一絲冷笑道：「相公，你應該也看到了，我故意將那碗燕窩灑在了劉姨娘的房間裡，如今怕是死了一地的蟲鼠了吧。大人們若是不信，大可以去簡親王府後院浣衣房察看察看，小婦人可不敢妄言半句。」

「賤人，妳何其心狠，妳懷著我的兒子，竟然陷害我？妳就不怕妳的兒子一出生沒有了親生父親？」冷華堂咬牙切齒地說道。

玉娘一聽，淚水就下來了，抽抽噎噎地轉過身，對冷華庭道：「二叔，你也聽到了，你大哥若真的伏了法，那我母子可就成了孤兒寡母了，以後我母子可就只能依仗著二叔而活了啊。」

她哭得傷心，說得又情真意切，讓在場的眾人都為之動容，既為這女子的聰慧感佩，又為她的境遇可惜，怎麼說也是遇人不淑，好好的年紀就要守寡，真真可憐。

老恭親王抹了抹眼角，對玉娘道：「可憐的孩子，簡親王不是那狠毒之人，應該會給收容妳母子好生待妳的。」

說著又對冷華庭道：「小庭啊，華堂雖是可恨，但你兩個嫂嫂無辜，以後，她們的生活，就真的要靠你來照顧了。好在你簡親王府向來富足，多養幾個人也不成問題。唉，都是皇家的事，怎麼就弄成這般境地了呢？」

冷華堂的罪行早就人證物證俱在，玉娘來不來作證都無所謂，他看不得這女人拿這事來賣乖的樣子，她也不是個好東西，當初是如何對待錦娘的，錦娘不介意，他可從來沒有忘記過。

而且，這個女人看自己的眼光太過討厭，與那畜生如出一轍，不由更是惱火。「只要她安分守紀，簡親王府自然不會虧待她的，但若她心懷不軌，也莫怪我不客氣。」

說著，便站了起來，對恭親王和太子殿下還有簡親王一拱手道：「小庭家中還有事，就不在此影響老王爺斷案了，告辭。」說罷，揚長而去。

玉娘一時看傻了眼。他……他真的站起來了，真的……玉樹臨風、丰神俊朗，這世上……還有比他更完美的男子嗎？

當著太子、冷華堂，還有裕親王、恭親王的面，玉娘的眼睛膩在冷華庭身上就沒有錯開，直到冷華庭的身影消失在門外，她還引頸長探，只差沒有流下口水了。

簡親王厭惡地看了玉娘一眼，轉了頭對冷華堂道：「你且認了吧，再抵賴只會讓人更瞧不起你。男子漢，敢作敢為，死也死得有尊嚴一點吧。」

冷華堂聽了哈哈大笑起來，半晌才對簡親王道：「只怕要讓父王失望了，我……沒那麼容易死的。」

說著，便轉了頭，陰狠怨毒地看向裕親王。劉姨娘說過，裕親王可能是他的父親，雖然這麼些年來，他從來都沒對自己表示過什麼，但他每每看過來的眼神很是複雜，似恨似憐、又似有愧。哼，二十幾年沒有履行過父親的責任，到了這分上，總要有點表示吧！

簡親王聽了他的話突然醒悟過來，按皇上如今對簡親王府的態度，很有可能真的會放過冷華堂也不一定，這畜生可是什麼事情都能做得出來。

他突然起了身，慢慢走近冷華堂，臉上露出一絲欣慰的笑，眼神也變得慈愛起來，俯下身去，將冷華堂自地上扶起，柔聲道：「堂兒，叫我一聲爹爹吧，爹爹這一次，一定會答應你的。」

冷華堂一聽，淚水便濕了眼眶，怔怔地看著簡親王，半張了嘴，半晌才喚道：「爹……爹……你……你……好狠的心。」

他的話，前半句聲音充滿孺慕之情，但後半句卻變得慘厲起來，令在座的各人都摸不著頭緒，只當他仍是恨著簡親王，誰也沒有在意。

只有孫玉娘看到冷華堂的額頭大汗淋漓，臉色便如打了霜的茄子似地蔫了下來。

玉娘的嘴角便勾起一抹冷嘲，趁著太子和裕親王等沒有回神之際，起了身，向他們告辭，如此正好引開他們的注意力。

錦娘自玉娘被人請走後，就有些心神不寧。揚哥兒吃過奶後，便在她身上不停地蹬著腿，揪了她領子上的流蘇一根一根地扯著。

只見鳳喜像一陣風似地捲了進來，上氣不接下氣地報道：「夫人……夫人，看……看，二少爺回了。」

錦娘沒好氣地白了她一眼道：「都巳時了，再不回來，我就帶著揚哥兒自個兒回門子了，不要他了。」

「不是啊，夫人，奴婢看到二少爺他……他不是坐輪椅回的！」鳳喜難掩心中的驚喜，大聲說道。

「不是坐輪椅，難不成是被人揹回來的？」錦娘漫不經心地說道，轉而眼睛一亮，抱住揚哥兒又猛親了一口，不可置信地說道：「兒子，莫非你爹爹開了竅，腦子裡擰著的筋被人拉直了？」

她立刻抱起兒子，疾步迎到了穿堂外，果然就看到那個如竹似月的傾城男子，正淺笑盈盈地向自己走來。冬日的陽光灑在他身上，如綴了一身碎金，閃亮奪目，小風吹過，將那人一身青白色的長袍揚起，一頭垂於雙肩的髮絲也在風中飛捲，如水洩流光，將他的人襯得翩若謫仙。

不知不覺，錦娘就濕了眼。幻想過多少次，他會堂堂正正地站立在自己的面前，站立在世人面前，但一直只是泡影，如今他真的站起來了，正緩緩向自己走來，卻讓她覺得不真實了起來，揉了揉眼睛，對一旁也是紅著眼的秀姑道：「秀姑，妳看清那個人了嗎？他……真的是二少爺？」

秀姑拿了袖子拭眼角，猛地點著頭道：「是、是，真的是二少爺！夫人，妳……苦盡甘來了，二少爺他、他的腿終於好了。」

錦娘還要說什麼，懷裡的揚哥兒卻是踩著她的肚子不斷地蹬著小胖腿，一雙小手拍得啪啪作響，嘴裡咿咿呀呀的，人彷彿要自錦娘懷裡蹦出去一般。

秀姑便自錦娘懷裡將鬧得正歡的揚哥兒挖了出來，哄著他道：「你爹爹和娘親有話說呢，不許鬧啊，小寶寶。」

錦娘站在門邊一動不動，只是含笑靜靜地看著那漸行漸近的人。冷華庭也含笑看著門口的錦娘，生過孩子的她變得越發豐潤柔美，沈靜淡雅，是他心中的寶，他的心，他的魂。

越走近她，他的心便跳得越厲害，明明很想要她看到自己立在陽光下的樣子，偏生真的立於她面前時，卻生了怯意，這怯意是愧，是對她期盼太久才予以實現的歉疚。

「娘子，我回來了。」他含著笑，淡淡地說道。

「相公，你回來了。」她也含著笑，淡淡地回道。

然後，他伸出了一隻手，將她的柔荑放入掌心。「娘子，走，我帶妳去逛街，再回門子。」

她微笑地看著他，隨他慢慢走下石階，走到庭院之中，肩並著肩，手拉著手，向院外走去。

這一刻，兩人的心都被幸福填得滿滿的。前路還會有艱難，但那又如何，他們的心是貼在一起的，只要夫妻齊心，沒有什麼是克服不了的，所以，自信滿滿地向前走，荊棘過後，前面便是康莊大道。

「哇……哇……喔……喔……咿……咿……」幾聲震天的哭喊將兩人神思催醒，錦娘無奈地嘟起嘴。「今兒怕是不能去逛了，咱們還得回門子，東西全都備好了，只等相公回來一起去呢。」

冷華庭的臉也垮了下來，拍了拍錦娘的臉道：「日子長著呢，以後等小傢伙睡了後，咱們再偷著去？」

錦娘一聽，眼睛就亮了起來，小聲道：「嗯，偷著去，不讓任何人看到，誰也不帶，就咱們兩個。」

說完，兩人相視一笑，又肩並肩地走了回來。揚哥兒早就哭成了個淚人兒，張著小手伸向冷華庭，眼睛卻是巴巴地看著錦娘。錦娘沒好氣地拿手敲他的頭。「臭小子，你爹爹是我的，你別想搶。」

一家三口，先去給王妃請了安後，再帶著秀姑、張嬤嬤、豐兒、雙兒幾個，還是坐著馬車到了孫相府。

孫相這幾天身子不爽利，一直沒有上朝，錦娘便拿了不少好藥材回來了。

到了孫家大門，卻見另一輛簡親王府的馬車也跟來了，不一會兒，果然看到玉娘在兩個丫頭的攙扶下，下了馬車。

第一百章

「真是巧呢，四妹妹，妳不肯和姊姊我一同回，姊姊只好一個人孤零零地回了，沒想到就在家門前碰到四妹妹和妹夫。」玉娘扶著紅兒的手，慢悠悠地走了過來，神情清爽愜意得很。

冷華庭根本就無視她，抱起揚哥兒就往屋裡走。錦娘對玉娘勉強笑笑。「外面風大，怕凍著揚哥兒，我們就先進去了，二姊妳身子沈，還是慢些走的好，可小心著些。」

玉娘看到冷華庭冷著臉已然走了，心下一黯，隨即又笑嘻嘻地說道：「無事的，孩子要緊，四妹妹妳先走一步吧。」

二夫人聽到有人報，急忙迎了出來。冷華庭一見二夫人，忙將揚哥兒給秀姑抱了，自己躬身下拜，二夫人看著這個身材挺拔、高大俊美的女婿就錯不開眼，鼻子一酸，眼睛就濕了，看著冷華庭不斷地說著：「好、好、好、好，真是好孩子，好孩子啊……」

一旁的冬兒便笑著扯二夫人的衣袖，指了指秀姑手裡的揚哥兒。揚哥兒是第一次來孫家，所以看一切都陌生得很，兩隻墨玉般的眼珠四處張望著，小手不停地拍打著秀姑的肩膀，嘴裡哇哇亂叫著。

二夫人一看便喜歡，伸手就要去抱，揚哥兒四個月了，知道認生，二夫人的手一伸過來，他往秀姑懷裡一縮，小手就去拍二夫人的手。

二夫人看著就笑了。「這孩子，才一點子大就認生呢，看著就是個精明的。來，外婆抱抱啊。」

錦娘見了忙過來拉住二夫人道：「娘，女兒難得回來，都沒看我一眼的，就知道去抱這小子。別抱他，他皮實著呢，一會兒能將您的頭髮都弄散了去。」

二夫人慈愛地抱住錦娘。出去了近一年，女兒已經長大了，個兒長高了，臉兒豐潤水靈，比在娘家時簡直就是一個天上一個地下，原本只是清秀的樣子，如今出落成了個大美人，雖然和女婿是不能比，卻也秀美可愛。

「傻丫頭，娘怎麼會不理妳呢？妳……受苦了吧。」二夫人說著聲音就有些哽咽，摸著女兒的秀髮，柔聲道。

錦娘伏進二夫人懷裡膩歪了一陣，揚哥兒看到自己娘親與二夫人親熱，拍著手就向錦娘伸來，嘟著嘴要抱抱，錦娘擰著他的小鼻子道：「就不抱你，教你認生，外婆都不認得，小沒良心的。」

揚哥兒聳聳鼻子，將眉眼鼻子皺成一團給錦娘做怪臉，二夫人見了笑得腰都彎了，指著揚哥兒道：「這孩子太有意思了，可真逗呢。」

一會子到了老太太院子裡，冷華庭和錦娘雙雙給老太太行了禮。老太太坐在炕上，一年多過去，人也沒見老態，反倒精神了很多。看著站起來的冷華庭，她不停地抹著眼淚，哽著聲對錦娘道：「我的兒，妳有福啊！」

錦娘聽著也濕了眼，給老太太磕了幾個響頭才站起來，又去抱了揚哥兒來給老祖宗見禮，老太太見了如此可愛又漂亮的曾孫，含著淚笑得合不攏嘴，一家子其樂融融，笑逐顏開。

沒多久，小丫頭打簾子進來稟報。「老太太，二姑奶奶回門子了，如今正在院子外頭呢。」

老太太臉上的笑容有點僵。一會子，玉娘扶著腰進來了，微微屈膝，算是給老太太行了禮，嬌嗔地叫了聲：「奶奶，孫女的命好苦啊！」

老太太聽著就沈了臉，一屋子的好氣氛全被她給攪了。「妳這又是怎麼了？嫁出去的姑娘，潑出去的水，不要在夫家一受了丁點大的委屈，就要鬧到娘家來。」

「奶奶，這事滿京城都鬧開了，那是個畜生啊……孫女要與他和離！」玉娘哭得像個淚人兒，抽抽噎噎的。

老太太一聽就怒了。「烈女不嫁二夫，妳就死了這份心思，好生在簡親王府守著吧，還好妳有個孩子伴身，老了也有靠，和離這話再不可以說了，孫家丟不起這個人。」

玉娘聽著就哭得更凶了。錦娘看著有點煩，轉了頭，發現自家相公臉色很不好看，便對冷華庭道：「相公，咱們抱著揚哥兒去見見老太爺吧，正好帶了些好藥材回了，不知道對老太爺的病有幫助沒。」

小倆口給老太太行了禮，退了出來，錦娘抱著揚哥兒走在後面，一會子，雙兒悄悄地跟了上來，附在錦娘耳邊說道：「夫人，奴婢總感覺那個紅兒不太對勁，奴婢怕她起什麼壞心思呢？」

錦娘聽得一怔，回頭看雙兒。雙兒比四兒要機敏，每每念頭特別靈驗似的，對危險很敏感。

「要不……妳去跟住她看看，一會子發現什麼再來報我就是。」錦娘拍了拍雙兒的肩膀，小聲說道。

雙兒立即點了點頭，一臉興奮地走了。她對這種事情特別感興趣，又大膽細心，得了錦娘的許可，便悄悄地打了回轉。

錦娘陪著冷華庭到了老太爺的書房，老太爺見了臉上也浮出笑意。「嗯，很好，四丫頭，妳是個有福的。」

錦娘與冷華庭忙給老太爺磕頭，老太爺看著身體健康的冷華庭一點也不驚訝。「肯站起來，看來，你是認為自己有能力護著妻兒了，爺爺我看著也高興啊。」

冷華庭聽得一怔，深邃的鳳眸複雜地看著老太爺。

「那所謂的行商大臣，不過是個名頭而已，你們應該自己成立這樣的商隊才是，何必將這指派權交到皇上的手裡？皇上為人心胸太過狹隘，不足以成大事，所以你們只要真有力量，那就暗中行動吧！只要自己擁有強力之後，不管是皇上還是其他人，都得對你們忌憚三分，那時你們才能充分地保護好自己。」

老太爺一席話，可謂智慮深熟、考量周詳，也正是冷華庭之所想，所以冷華庭越聽眼睛越亮。「老太爺說得極是，只是，如今皇上處處掣肘著孫婿，讓孫婿還轉艱難，不知有何法子可解？」

「唉，你岳父如今在邊關，朝中銀糧短缺，怕是難以支撐一個月了，偏生皇上還在內鬥，明明應該安撫你們，卻用些見不得光的伎倆，肯定是會寒了你們的心的。」老太爺眉頭深鎖，無奈地搖了搖頭道。

正商議著，老太爺的長隨長忠在外面敲門，聲音很是急迫。「老相爺，大老爺送信回來了！」

老太爺聽得一怔，忙叫長忠拿了信進來，接過一看，果然是一封火漆信。撕開封口，老相爺一看之下，臉色大變，對站著的小倆口道：「西涼人等不得了，戰爭已然開始，妳爹爹所率十萬大軍，只經兩役已折員兩萬，西涼這一次是志在必得，想速戰速決，將全國的兵力都逼到了邊關，妳爹爹危險了啊！」
錦娘聽得心中一緊，冷華庭也覺得事態緊急，得趕緊找太子商量商量才是。
老太爺卻是狡黠地一笑道：「急什麼？難得回一次門子，用過飯在娘家過一宿，等明天再回吧。」
冷華庭先是聽得一怔，隨即明白了老太爺的意思。這當口，皇上和太子比自己更急呢，與其自己找上門去，不如讓他們求來，有什麼條件也好提得多。
遂對老太爺點了頭道：「孫婿謹遵老太爺的吩咐。」
老太爺聽得哈哈大笑，知道冷華庭明白了他的意思，拍著他的肩膀道：「走，咱們殺個盤去。」
錦娘悄悄地抱著揚哥兒退了出來。揚哥兒早就偎在錦娘懷裡睡著了，錦娘一出門，便用披風將他包緊，張嬤嬤坐在外堂等她，一見她出來，忙附在她耳邊道：「雙兒那小丫頭才回來，正在外面等呢。」
錦娘聽了，忙將揚哥兒遞給張嬤嬤，去了外堂。雙兒在錦娘耳邊嘰哩咕哩地說了幾句，錦娘聽得眉頭緊皺，怒火直冒，差一點就要衝出門去，雙兒卻是一把拉住她道：「夫人何不將計就計……」
錦娘一聽，緩過頭看著雙兒，然後唇邊勾了一絲笑意，拿手指戳了下她的頭道：「妳有前途，來，咱們合計合計。」

中午用過飯，玉娘仍坐在飯桌上，老太太和二夫人只當她身子不便要歇口氣再走，也沒說什麼。錦娘對老太太道：「好久沒有回過門子了，我們今兒就在娘家住一宿再走，奶奶，您不會趕孫女吧？」

老太太便笑著要打她。「別說住一宿，就是住一年奶奶也由著妳呢，說得好像奶奶小氣，捨不得給妳飯吃似的。」

錦娘笑了笑，對冷華庭道：「相公，你方才喝了點酒，不如讓雙兒陪著你到院裡逛逛，等舒服了一些，你再去我的院子裡歇息歇息吧，我就陪揚哥兒在奶奶屋裡歇息。」

冷華庭聽得詫異，但看錦娘目光炯炯，便沒說什麼，徑直去了。玉娘見了也起身告辭道：「奶奶，我也乏了，先回我的院子裡歇息會子，再去看我娘。」

老太太自然不會攔著她，點頭許了。

錦娘在老太太屋裡坐了一會子，等揚哥兒醒了，便讓秀姑抱了，卻是起身向老太太告辭。「奶奶，我還備了些禮，這會子都放到我那小院子裡去了，有不少江南帶回的好料子，想要送給孫嬤嬤和紅袖姊姊呢，就是不知道她們喜歡什麼顏色的，一會子請孫嬤嬤和紅袖姊姊一起隨我去挑些來。」

老太太自是願意，孫嬤嬤和紅袖心裡也是喜孜孜的。

錦娘帶著秀姑、張嬤嬤還有豐兒、紅袖、孫嬤嬤幾個，一行人慢慢地朝自己的小院子裡走。

孫家人丁不多，幾個姑娘嫁了後，院子照樣收拾著，就等姑奶奶們回門子有個歇息的地方，所以錦娘住過的院子仍是很乾淨，冷華庭很喜歡，住在這裡能感覺自己也參與了錦娘成長的歲月，心裡安寧甜蜜。

雙兒則在穿堂裡候著，眼睛不時地看著院子外面。果然不多時，玉娘扶著紅兒往這邊來了，雙兒的唇邊就勾起了一抹冷笑。

玉娘走到穿堂裡，雙兒笑吟吟地迎了她進來。「我家夫人還沒回呢，二夫人怎麼沒去自個兒院子裡歇著？」

玉娘一聽錦娘果然沒來，心裡一鬆，便道：「就是來看看四妹妹以前住過的地方，我在屋裡坐會兒，等四妹妹回了說會子話，妳不用管我了，自個兒玩去吧。」說著，塞了個荷包給雙兒。

雙兒歡喜地接了，當真退出了穿堂，紅兒也沒有跟在玉娘身後，玉娘獨自一人進了錦娘的屋。

冷華庭聽到有人走進來，見是孫玉娘，臉便沈了下來，以為她是來找錦娘的，便沒理她，繼續觀看著屋裡的東西。

「妹夫怎麼還沒歇息呢？」玉娘徑直走到正屋裡，一點也沒當自己是外人的坐在了椅子上。

冷華庭冷冷地看她一眼，發現這屋裡一個旁人也沒有，覺得奇怪，便起身想要出去避嫌，玉娘卻道：「我知道妹夫對我的心思，我今兒特意來便是找個機會跟妹夫說幾句私房話的。」

冷華庭聽得莫名，不由回頭看她。玉娘又道：「你大哥如今是沒指望了，我對妹夫的心，妹夫應該也明白，古時也不是沒有先例，夫死從叔，我今兒來，便是想跟妹夫說，我願意給你做小，你只給個姨娘名分也成，只要能跟妹夫你在一起，我不在乎那些個了。」

冷華庭聽得又好氣又好笑。他還是第一次看到如此不知羞恥的女人，自己什麼時候對她有心思了？莫名其妙，他連與她多說一句也不屑，抬腳就往外走。

「妹夫，我這裡可有你送的定情之物，我當寶貝一樣收著呢，若是讓四妹妹看到，不知道她做何想呢。」玉娘在他身後又悠悠然道。

冷華庭聽得一怔，回過頭來看她，就見她手裡正拿著一根碧玉簪子，看著有點面熟，不由走近幾步去，誰知，玉娘突然大叫：「妹夫，你這是要做什麼？你不能這樣！」

冷華庭聽得不慌不忙，嘴角還帶了絲笑意，冷冷地斜睨著玉娘，看她接下來，又要出什麼醜態。

玉娘見他難得給自己幾分顏色，心中一喜，緩緩起身朝他走了過去，雙眼閃著狡黠的光，邊走邊道：「這根簪子，我還是還你吧，免得你在四妹妹那兒不好解釋。」玉娘舉著簪子走近，那樣子便像是在誠心送還簪子給冷華庭，但是突然腳下一滑，故意將整個身子向冷華庭靠去。

依照常理，見到孕婦摔倒，作為男人都會伸手去扶，但冷華庭出人意料地身子向後一閃，退開幾步外，根本就沒如玉娘預料地扶她。玉娘哀怨地看著冷華庭，身子重重地向地上摔去，頓時，下身一陣熱流湧出，肚子也劇烈地疼痛起來。

玉娘是算準了冷華庭會扶她一把的，而這時候，紅兒便會拉了雙兒一起進來正好看到這一幕，但她怎麼也沒想到，冷華庭會見死不救。

這時，紅兒果然拉著雙兒進來了，錦娘也帶著孫嬤嬤和紅袖幾個自偏房裡走出來。孫嬤嬤搖著頭，憐憫地看了眼地上的玉娘，嘆口氣道：「二姑奶奶，妳這又是何苦？」

紅袖忙招呼著請人將正慘叫的玉娘從地上抬起，又著人快快去請產婆和太醫。

冷華庭笑道：「娘子，戲好看嗎？」

錦娘臉一窘，瞋了他一眼道：「我不過是想要看她究竟要做什麼，總這麼拖拖拉拉的，不如讓她死了心。沒想到你真的不扶她呢。」

「又醜又髒，我為什麼要扶？」冷華庭笑著擰了下她的鼻子道。

玉娘嚎叫著被人扶到擔架上，她睜開眼，看到錦娘和孫嬤嬤都在屋裡，立即明白了一些。「孫錦娘，妳設計我?!」

錦娘無奈又憐憫地看著她道：「我沒有設計妳，這一切，都是妳自己主導的，我只是給了妳唱這一齣醜戲的機會而已。」

玉娘如瘋魔了一般被人抬著出去時，還在破口大罵。「冷華庭，是你推我流產的！你要負責！」

孫嬤嬤幾個都搖了搖頭，安慰錦娘和冷華庭道：「四姑爺、四姑奶奶，這些奴婢們全都看見，也聽見了，老太太和老太爺也不是昏聵不明事理的人，你們大可以放心。」

玉娘不足月就動了胎氣，當天便大出血，孩子又胎位不正，足足痛了二十幾個時辰，才將孩子生下來，而她自己卻是因出血過多又難產，生下一個女嬰後便暈了過去。

後來，月子裡，她還吵鬧著要老太太和老太爺給她作主，要冷華庭負責，要嫁給冷華庭做小。老太太和老太爺哪裡丟得起這個人，月子裡便將她訓斥了一番，讓她死了這個心，玉娘便在月子裡日日哭鬧，精神處於極度瘋狂狀態，常用手掐那新生的孩子，老太太無奈，便請了奶娘來將孩子抱開，不給她自己養，玉娘便更是瘋狂了，老太太見著煩，便將她關在院子裡不許她出來。

於是，孫府大院裡，便出了個半夜鬼嚎的瘋子，誰也不敢靠近那個院子。

錦娘還是等著玉娘生了以後才回府，後來，王妃知道了玉娘的情況，便著人將那孩子接回簡親王府好生養著。好在是個女兒，將來養大了，好生嫁了就是，就算她父母再怎麼不好，孩子是無辜的。

但是出人意料的是，孩子回家沒幾天，一直躲在娘家不肯回的上官枚回府了。

那日與上官枚一道回來的，還有上官枚的表妹，太后娘娘的姪外孫女，落霞郡主。上官枚一身素淨地帶著落霞郡主來給王妃見禮，那落霞郡主生得千嬌百媚，性子溫和、舉止文雅，最是那一雙水靈的大眼，流轉間，總有股風流的媚態，渾身上下卻又透出一股清淡雅致。

王妃很是詫異。簡親王府與太后的外家走得並不親近，這位落霞郡主也從未來到簡親王府，此時突然到訪，不知是何用意？

落霞舉止大方有度。「落霞給王妃請安，落霞此來是為了陪伴表姊，開解表姊的，打擾之外，還請王妃見諒。」

王妃忙笑著點頭道：「郡主客氣，妳能來給枚兒作伴，開解於她，我高興還來不及呢，何來打擾之說？郡主只當此處是自己家裡便好，隨意啊。」

王妃自然是要留她們用飯。上官枚神情一直是淡淡的，眉宇間，也不見憂愁和傷痛，這讓王妃看著更是揪心。

「小枚，妳……要想開一些。」王妃關切地說道。

「母妃放心，枚兒哭過了、氣過了、傷心過了，如今，只想要好生過日子，不想再給爹娘長輩們添麻煩了。」上官枚苦笑道。

王妃聽著鼻子就覺得酸，濕著眼眶道：「嗯，可憐的孩子，妳能想通就好，妳還年輕，日子還長著呢，要是……母妃也不是那迂腐守舊之人，會全力支持妳的。」

上官枚聽得心中一暖，終是扛不住，濕了眼。「多謝母妃，枚兒知道了。」

一會子，錦娘和冷華庭抱著揚哥兒來了，一見上官枚也在座，錦娘看得微怔，隨即上前行禮道：「嫂嫂安好。」

上官枚唇邊扯出一絲苦笑。「還好，弟妹看著氣色不錯。」又回轉身，對落霞道：「落霞，這是妳世嫂，過來見個禮吧。」

落霞落落大方地起身給錦娘行了一禮。「見過世嫂。」

錦娘忙起身回了個大禮。錦娘不過二品，落霞乃是郡主，比錦娘的身分要高貴不少，上官枚介紹時，卻忽略了落霞的身分，差點就讓錦娘失禮了。

落霞卻是笑著托起錦娘的手，道：「世嫂不必多禮，當我妹妹就好。落霞聽聞世嫂有經天緯地之才，仰慕多時，今日才得以相見，實乃幸事。」

說著，又過來給冷華庭見禮。「落霞給世兄見禮。」

冷華庭淡淡一抬手。「郡主多禮。」便徑直坐到了飯桌前。

這時，張嬤嬤來報。「王妃，玲姊兒又發熱了。」

王妃聽得一怔，問道：「怎麼又發熱了？唉，這孩子，生下來就身子不好，又是早產，快，青石，讓大總管去請劉醫正來。」

上官枚聽得眉眼微動，問道：「玲姊兒……是相公的女兒？」

王妃點了點頭，嘆了口氣道：「這孩子命苦，她娘如今瘋了，關在孫家呢……」

「母妃，交給我來養吧，反正我一人也孤單得很，讓她……給我作個伴。她娘既然瘋了，就過繼到我名下吧，將來我也能給她個好前程。」上官枚聽著，眼淚便出來了。

王妃很是欣慰，這孩子上官枚肯養那是最好的，將來母女倆都算是有個伴，便不會太過孤苦。

坤寧宮裡，太子妃道：「母后，不知那天小枚進宮見了劉妃娘娘，您可知曉？」

「宮中之事，哪有本宮不知道的道理？她可沒打什麼好主意，不過，本宮倒覺得她那主意不錯，只是咱們要在裡面加些料進去，既不能讓她得逞，又要讓她發現不了。太子，你可要加把勁，希望那從中得利之人，會是你啊。」皇后優雅地抿了口茶水，淡淡說道。

太子聽得莫名，不解地看向太子妃。太子妃的臉色微黯，目光裡有些幽怨，太子似是明白了一些，忙道：「母后，您快些打消了這念頭，不要捉雞不成反蝕了米。那夫妻倆情比金堅，不是別人能插足得了的，還是另作他圖的好，兒臣只要將小庭緊緊地綁在身邊，錦娘就會全心為兒臣出力。」

皇后眼神中帶了笑意。「你自江南回來，可沒少在本宮跟前說那女子的好，如今怎麼……若是她能成為你的人，不是更能幫你嗎？當年的葉姑娘……」

「母后，錦娘和葉姑娘不一樣，她只是想過平淡日子的小女子，她善良又堅忍，小庭和孩子還有家人，才是她最在乎的，若非她心甘情願，誰也別想強迫她做任何事情。」

「母后，殿下說得對，咱們如今最應該做的，就是拉攏孫錦娘和冷華庭，破壞劉妃娘娘的計謀，讓她那惡計胎死腹中，而且要讓孫錦娘知道，是咱們助了她，以後殿下登基，她一樣也能施展所學，為大錦、為殿下，打下更好的經濟基礎。」太子妃微笑著對皇后說道。

皇后很是動容，沈吟片刻才道：「但是，如今你父皇卻很是支持劉妃的這個計劃，若是……」

「母后，父皇越發老邁糊塗了，都火燒眉毛了，不想法子快些退敵，卻是總想著內鬥，再如此下去，大錦危險啊！」太子皺緊眉頭說道。

「也是，不過那又能如何？你父皇什麼性子你還不知道，他要肯聽勸，也不會鬧得現在這個地步了。」皇后嘆了口氣道。

「母后……」太子妃輕喚了一聲後，頓住，看了看四周的宮人，皇后立即會意，一揮手，周邊的人全都退下了。

「母后，那日冷華庭與殿下商議，他希望殿下能夠……痛下決心……兒媳倒也是很贊成，咱們是在挽救大錦，所以……」太子妃接著說道。

皇后聽了神色一黯，眼裡滑過一絲傷感，隨即又浮上了堅毅果決之色。「太子，你怎麼說？」

太子猶豫了。殺父弒君，太過狠毒，太子想做明君，卻不想背罵名。

皇后看到太子的猶豫，不由嘆了口氣，對太子妃道：「既然劉妃將妳妹妹召進宮裡來了，那妳抽空也去召了冷大人之妻來妳宮裡坐坐吧。她可是太子的救命恩人，本宮還聽太子提過，若她有了女兒，咱們就要給皇長孫訂下做妃子呢，正好，妳們也可以一起拉近感情。」

太子妃聽了便笑道：「正是呢，只是她這一胎生的是個兒子，太可惜了，要是下一胎她能生女兒就好了，皇長孫有福了。」

說著，又看了眼太子，眼睛裡挾了笑意道：「小枚不是把落霞都帶到簡親王府去了嗎？不如，明兒個兒媳抱了皇長孫，也去拜訪拜訪小庭夫婦，做不成夫妻，做兄弟也成啊。」

卻說六皇子，這會子也正在劉妃宮裡。

劉妃屏退了所有宮人，也正與他密談。

「聽說孫大人之妻如今被那二姑娘氣得直抽筋，怕是時日不多了，而今張大人又中了風，你去看望看望老太師吧，就算老太師不肯出力，有張大人的支持，也是好的。母妃再想法子，將西山大營的令牌給你討過來，只要你掌握了京城護衛的兵力，咱們就是走一步險招又如何，人總是要拚上一拚的。」劉妃眼中露出一絲戾色，目光如鷹一般銳利。

六皇子聽得一震，不由苦笑。「母妃，西山大營可是向來由太子管著，父皇憑什麼會將令牌交給孩兒？再說了，光西山大營的人也成不了事，九門提督還有羽林軍，這幾位統領都不是孩兒的人，他們若要反抗，那可就不是冒險，而是送死了。」

劉妃一聽，唇邊勾起一抹笑容來，讚賞地對六皇子道：「不放心吧，母妃今生的希望全在你身上，又怎麼會讓你去送死呢？」

六皇子聽得稍感心安，不過他還是不放心，正要再說些什麼，劉妃一擺手，說道：「跪安吧，本宮累了，想要歇息。」

六皇子只好抿了抿嘴，躬身行禮告退，但沒走多遠，劉妃又道：「喔，對了，你沒事，還是多到你姨父家走動走動。你那表嫂可是個妙人兒，若她真與當年的葉姑娘是同一種人，那麼落霞若事成，你倒可以多一個賢妻了。」

六皇子一時沒聽明白，不由回頭看向劉妃，劉妃勾了唇道：「不要嫌棄人家是已婚的，當年的葉姑娘可是香餑餑，多得是人喜歡呢。你沒看你表兄如今有多風光，殘了六年，愣是讓那女人給治好了，還成了最炙手可熱的人物，而且……這也是你父皇的意思。」

六皇子聽得臉都綠了，一甩袖冷著臉出去了。

這天，錦娘正在屋裡逗揚哥兒，外面鳳喜來報，說是喜貴來見，錦娘便讓鳳喜將人帶進來。

喜貴躬身進來，見了錦娘便要行禮，錦娘忙道：「喜貴哥哥，不用客氣，且坐吧，雙兒，去沏了茶來。」

「奴才是來請夫人示下的，給店裡找了三個夥計，以前都是在別地做過的，熟門熟手，夫人要不要見上一見？」

喜貴仍是有些拘謹，說話也是小心翼翼的，雙兒端了茶出來，正好看到他黑裡透紅的臉，不由噗哧一笑，將茶遞了上去，喜貴抬頭看了雙兒一眼後，接過茶，臉更紅了。

錦娘看著眉眼微動，正要說話，秀姑卻是將揚哥兒抱在腿上，漫不經心地說道：「你要是聽了那小蹄子的話，將柳家的人弄來，可仔細你的皮。」

喜貴聽得臉色微赧，紅著臉對秀姑道：「娘……兒子是那種人嗎？」

秀姑聽了撇了撇嘴。「沒有最好，我就怕你有了媳婦沒了娘。哼，都還沒成親呢，就開始指手畫腳的，當自己是少奶奶，咱們是夫人的家生子，有她做少奶奶的分嗎？」

錦娘見秀姑越說越氣，忙道：「妳說什麼呢，什麼家生子，喜貴是我哥哥呢。喜貴哥哥，你手下的人，你自個兒挑用，我不管。」

喜貴一聽，眼睛都亮了，一副躍躍欲試的樣子，整個人看了都容光煥發起來。

一旁的雙兒看著又想笑，正好豐兒自後堂出來，看到她這表情，不由在她後面敲了下她的頭，半挑了眉，眨了下眼。

雙兒立即粉面染上紅暈，將頭縮到衣領子裡去了。

「是，夫人，奴才謹遵吩咐。」喜貴恭敬地回道。

錦娘看看再沒什麼事，便又問道：「喜貴哥哥，以前給你和柳綠指了婚，但聽秀姑的語氣甚是不喜歡，如今我就問你自個兒的想法了，若是你也不喜歡，那我就要另有打算了。」

喜貴聽得眼睛一黯，看了秀姑一眼，秀姑正好拿眼瞪他，他吶吶的，半晌才道：「奴才全聽夫人的，只是柳綠她已被指了婚，若是再退，怕是會壞了她的名聲，奴才覺得有些對不住她。」

錦娘聽著，心中對喜貴更是多了幾分敬重。

「這事你就別管了，由我來安排就是。她若是心性兒好的，我便另外給她許個好人家，若還是如過去那般，也怪不得我了。」錦娘擺擺手道。

喜貴聽了也沒再說什麼，起身行禮告退。

秀姑看著臉色仍有紅暈的雙兒。「丫頭，妳方才可是看見了，我兒子怎麼樣？」

雙兒立即鬧了個大紅臉，捂著臉便往後堂跑去，邊跑邊嗔道：「秀姑，哪有您這樣問人家姑娘的？」

秀姑聽了呵呵笑。

豐兒將雙兒自後堂拉了回來，嗔道：「妳羞什麼羞，夫人還要去世子妃院裡頭呢，妳不跟著，倒跑到後面偷懶來了。」

雙兒被她說得臉更紅了，揪著衣角，卻也不再扭捏，抬了頭，走過去拿了錦娘的錦披。

「夫人，這就去嗎？」

錦娘笑著看她一眼，率先走了。

上官枚正焦急地坐在玲姊兒的搖籃前，眼睛微濕地用手探著玲姊兒的額頭，對身邊的侍書道：「好像退了些燒，就是怕一到晚上又起了熱。唉，這孩子，可要早些好了才好啊。」

侍書便在一旁勸道：「會好的，劉醫正說了，只要沒燒得肺出問題，就不會有事的。」

一回頭，看到雙兒正打了簾子進來，有些詫異。夫人來了，院子裡的小丫頭怎麼沒有來稟報？

上官枚一抬頭，見了眉頭也皺了皺，但繼續垂了眸，看向玲姊兒。

錦娘也不介意，笑著走近道：「玲姊兒今兒可是好些了？」

侍書忙去搬繡凳給錦娘，又去沏茶，上官枚抬了眼道：「還是熱，又餵不進藥，唉。」

錦娘聽了，也拿了手去探玲姊兒的頭，說道：「拿些棉團來，沾了酒，讓玲姊兒抓在手心裡吧。小孩子，最熱的就是手心了，那藥就讓奶娘吃了，藥性過奶，也一樣有效的。」

沒看到落霞，她便笑著問道：「怎麼沒看到落霞郡主？」

「說是到花園裡去走走了。她的娘親，以前可是劉妃娘娘的手帕交。」上官枚淡淡說道。

這話，說得有些沒頭沒腦，錦娘卻是聽出了她的意思，哂然一笑道：「我知道，我也看得出她的心思，只是這種事情，如果人家自己想要將閨名和聲譽不顧的話，我就只能等著看她出醜了。若是個明白人，肯在這裡多陪陪嫂嫂，我也是歡迎的。」

上官枚聽著臉上便浮了笑意，聲音卻放低了，半晌，嘆了口氣，對錦娘道：「妳明白就好。人是我帶來的，我也沒法子，希望妳明白我的苦衷，再怎麼，那個人是我的相公，能救上一救，我是不會放棄任何希望的。」

錦娘聽了便嘆了一口氣。「嫂嫂的心思我理解，但是，嫂嫂，妳還是放開了吧，那樣的人，真的不值當啊。」

上官枚聽得眼淚婆娑，拚命地搖著頭道：「不要說了，弟妹，這些我都想過了，哪怕是……哪怕是跟著他流放，只要他人還在，我都情願，只要他遠離了誘惑，他會變好的……」

錦娘帶著雙兒往自個兒院裡走，卻見冷華庭與落霞站在湖邊說話。按冷華庭的性子，他早就看出落霞的心思，應該早就掉頭走了才是，怎麼這會子兩人還在一起？

不是又有什麼其他的么蛾子吧？錦娘對自家的妖孽白了一眼，便轉了彎，向另外一條路上走去。

果然錦娘沒走多遠，那邊冷華庭一偏頭，看到錦娘的身影，便扔下落霞，大步走了過來，臉色卻是陰沈沈的。

錦娘見了嘴就嘟起來。自己和美女約會，被撞見了，還朝我甩臉色？給誰瞧呢？哼！扭頭繼續走，當沒看見他。

「娘子站住。」冷華庭長腿一跨，不過三、兩步便趕上錦娘，一伸手便拽住了她，手裡拿著一個亮晃晃的東西搖著。

「妳看這是什麼？」

錦娘瞇了眼，覺著有些眼熟，是串珍珠鍊子，好像丟了好久了，怎麼會在他手裡呢？

「好像是我的呢，丟好久了，你怎麼撿著了？」錦娘不解地問。

「還問我是怎麼撿著的？」冷華庭眼裡滿是醋意。

錦娘看他神色不對，便在腦子裡回想起來，想半天也沒想起來。這東西是掉哪裡了，只好放軟了音。「我真不記得了嘛，就是一只項鍊，又沒多貴重，丟了就丟了，哪裡還記得那麼多，又不是相公給我的定情之物，我幹麼要放在心上？」

「可這東西是落到冷青煜手裡了，這妳怎麼說？」冷華庭聽她說沒將這東西放在心上，心裡的酸意便淡了些，不過錦娘貼身之物，怎麼會落到冷青煜的手裡，又讓落霞拿了出來？

一說冷青煜，錦娘終於想到了，拍了拍自己的頭，狠狠道：「想起來了，原來是那廝拿去了！相公還記得不，我第一次去太子府，被那小子欺負，踩壞了我的裙襬，差點就讓我摔了一跤。原來是他撿了去，真是的，要不就扔了，要不就還我，這會子拿來，算個什麼事？」

這樣一說，冷華庭就放心多了。「既是這樣，那便算了，咱們且回屋去吧，這東西我扔了啊，別的男人拿過的不許妳再戴。」

冷華庭臉上的陰雲全都散去，將那項鍊一收，扯了錦娘便往回走。

第一百零一章

小倆口坐在屋裡嘀嘀咕咕的好一陣子。落霞郡主那人肯定不簡單，竟然能拿到冷青煜手裡的項鍊，她與冷青煜是什麼關係？難道，這陰謀裡也有冷青煜的參與？

想到這裡，錦娘又搖了搖頭。冷青煜曾經救過自己兩回，雖說他是裕親王的兒子，但看他的眼睛也知道，他是不會害自己的人，只是，這項鍊……

錦娘決定探訪這位郡主，就帶著張嬤嬤一起進了落霞住的東廂房裡。

落霞正拿著本書在看，見錦娘進來，一點也不詫異，起身相迎。

錦娘徑直在她對面坐下來，見她手裡拿著本琴譜，很是詫異。「郡主琴技定然很精湛吧？」

「世嫂想不想聽我彈奏一曲呢？」落霞淡笑道。

「能聞郡主彈琴，實乃我之幸，洗耳恭聽。」錦娘淡笑著坐在一旁。

屋裡正有一把鳳尾琴，落霞大方地坐到琴架前，素手輕撥，指尖流瀉出來的果然又是那曲〈梁祝〉。落霞指法確實高妙，錚鏦之間，清雅悠揚，琴聲婉轉纏綿、如泣如訴。人說聞琴聲而知雅意，錦娘聽得出來，落霞心中有思念之人。

一曲終了，落霞款款起身。「世嫂對此曲可是熟悉？」

「自然，此曲原是我在裕親王府裡所奏，只是不知道郡主原來也會此曲，倒是我孤陋寡聞了。」錦娘淡笑著，又喝了一口茶說道。

「因為，有個人經常會一個人站在寒風蕭瑟的河邊，以簫吹奏這一支曲子。第一次聽，落霞便感覺很是心酸，再聽，落霞會心疼。後來，落霞如飲毒酒般上了癮，天天都躲到他看不見的地方，聽他吹奏這一曲。」

落霞的聲音婉轉柔媚，一如她柔媚的容顏，神情黯然，大而媚的眼睛卻定定地注視著錦娘臉上的表情，似乎想從錦娘眼裡尋出一絲端倪。但錦娘神情淡淡的，一如初進門時一樣，她有些迷惑了，難道他那樣傻，只是一廂情願？

「妳說的，可是青煜世子嗎？」錦娘問道。

落霞一怔，苦笑道：「世嫂果然知道，既是如此，世嫂可願開解於他，讓他不再如此痛苦無助下去？」

這話倒是讓錦娘怔住了，好半晌才回了神。

「那個，項鍊是他給妳的？郡主，我們不如開門見山地談談吧，我看郡主也是個有主見的人，難道甘心做人棋子？」

落霞聽得一噤。這位世嫂果然與眾不同，說話一點也不拐彎。

「世嫂，我貴為郡主，雖說世兄很有可能成為簡親王世子，但是，我也沒有給人做妾的道理，不過人家也許了我一個正妃之位，但我看不上。」落霞倒也說得坦誠。

「但是妳拿了項鍊並沒有交給我，而是直接交到相公手裡，這又是何意？」錦娘聽她說得有理，倒覺得這個落霞確實不似那種自降身分、無恥愚蠢之人。

「呵呵，那原就是人家交給我的任務，我自然要做給別人看的。我也是想要看看，世兄與世嫂夫妻，是否真如旁人所言，情比金堅啊。」落霞眼裡閃過一絲頑皮，笑著說道。

要問的，大約都問清楚了，錦娘便起身要離開，落霞卻道：「世嫂若是肯幫我，落霞也願幫幫世嫂。」

錦娘眼睛一亮，又轉了回來，看著落霞，卻沒有吱聲。

落霞微有些不自在，垂了眸道：「若是世嫂能幫我……得到那個人，我也能幫世嫂一些忙的。別的不行，演個戲什麼的，落霞還是會的。」

錦娘越發覺得這個落霞郡主是個妙人兒了。「那我先謝謝妳了，等我想好了對策時，再來跟妳說。」

這一天，錦娘正坐在屋裡，就聽鳳喜來報。「夫人，太子妃殿下來了，王妃請您到前邊去呢。」

錦娘到了王妃屋裡，果然太子妃一身常服坐在堂中，王妃稍坐下首，正與太子妃聊天。太子妃手裡抱著皇長孫，揚哥兒手裡拿著博浪鼓，正對著皇長孫不停地搖著，手舞足蹈的，只想引起皇長孫的注意力。

但人家皇長孫斯文得很，太子妃沒讓他下來，他便端坐如小山，只是一雙黑亮的星眸好奇地看著揚哥兒，回頭對太子妃道：「母妃，小弟弟好可愛。」

太子妃低頭親了他一下。「想去跟弟弟玩嗎？」

皇長孫重重地點了點頭，太子妃微微一笑，便將他放下來。皇長孫歪歪斜斜地就往揚哥兒身邊衝，揚哥兒看著更加興奮了，手撲騰得更厲害，等皇長孫一走近，他拿著手裡的博浪鼓，對著皇長孫的頭就敲了下去。

皇長孫被打得一懵，嘴巴就癟了起來，眼裡淚水在打轉。

太子府裡的宮人臉都綠了，冷著臉就要過來給皇長孫討公道。

太子妃卻道：「無事的，小孩子家懂什麼？再說了，揚哥兒能有多大的力氣？乾兒不會哭的對不對，你很堅強的對不對？」

皇長孫聽了，果然將淚水生生地逼了回去。錦娘看得一臉的黑線，走過去便擰住揚哥兒的鼻子，回頭和顏悅色地對皇長孫道：「殿下，我已經罰了小弟弟喔。」

揚哥兒最近被錦娘擰慣了，也皮實了，擰兩下根本不當一回事，鼻子聳了聳，繼續對皇長孫咿咿呀呀的。錦娘無奈，忙給太子妃行了禮，太子妃卻揮了揮手道：「弟妹別介意，原就是帶了皇長孫過來，和揚哥兒拉拉感情的，以後指不定就常在一起玩了。小孩子嘛，打打鬧鬧的才有趣呢。」

錦娘笑著謝過，在王妃的下首坐了下來，太子妃便將皇后娘娘賜的紫金長命鎖拿來給錦娘，錦娘又行大禮接過，給秀姑收著了，一應虛禮寒暄過後，太子妃道：「小枚這些日子還算好吧？不知落霞可回府否？」

「還沒有呢，正住著。」錦娘笑著回道：「殿下不若先去臣婦處坐一坐吧，臣婦自江南帶來的清明龍井還不錯，請殿下賞光品一品？」錦娘笑著邊走邊道。

「如此正好，我也喜歡喝龍井呢，江南的茶可比京城要好喝得多了。若是有機會，我也想到江南去看看。」太子妃笑得很親和，與錦娘說話時，也如太子一樣，並不用自稱，讓錦娘很放鬆。

到了錦娘屋裡，她一個眼色，屋裡的人便都退下了，雙兒和豐兒兩個很有眼力地守在外面，不讓閒人進來。

太子妃對錦娘的聰慧很是欣賞。「看來，弟妹是知道了落霞的來歷和來意？」

「是的，不過，她心中另有所屬呢。」錦娘笑著回道，又將自己與落霞的一番談話告訴了太子妃，太子妃點了頭道：「你們明白就好。如今太子決心未下，我和母后都急，今天來，就是想與弟妹商量一個對策的，咱們可以聯手，將……」

錦娘俯近太子妃，兩人悄悄地說了一大通，太子妃邊聽邊點頭，到最後，唇邊便帶了笑意，說道：「如此，咱們依計行事，我會與太子好好配合你們。」

太子妃出門，錦娘卻沒有送，連給太子妃打簾子的人也沒有，兩個在外面等著的宮娥看著詫異，再看太子妃，甩了簾子，一臉怒容地向外走去。

而緊接著，便聽到屋裡錦娘摔東西的聲音。

太子妃怒氣沖沖地走到王妃院子裡，卻正好看到揚哥兒正揪著皇長孫的頭髮呢，不由勃然大怒，對一旁的奶媽喝道：「豈有此理，如此犯上作亂，欺負皇長孫，妳們幾個都是死的嗎?!」

宮娥奶媽們被罵得莫名。方才不是太子妃自己說不要緊的嗎？何況皇長孫一點也不生氣，只是用手護著頭，哄著揚哥兒呢。

王妃很害怕，忙抱了揚哥兒給皇長孫和太子妃陪禮，但太子妃甩袖揚長而去，臨出門時，對王妃道：「小枚的世子妃身分一日未除，你們便不可以將府中掌家之權全交給孫錦娘。世子妃才是簡親王府的當家主母，本宮的妹妹，可容不得一個庶出的來欺負！」

王妃被她說得一臉愁容起來，而太子妃前腳剛走，後腳錦娘就來了，找著王妃一頓哭訴，說太子妃如何不講道理，逼自己交掌府之權，但更多的是罵落霞郡主，說她狐媚子，說她居心不良，與冷華庭關係曖昧。

王妃一時被錦娘弄得摸不著頭緒，錦娘又哭得真切，那樣子，像是受了天大的委屈，只好小意地哄她。這事還沒完，就見冷華庭回了，手裡拿著一只珍珠項鍊在王妃屋裡與錦娘理論，非要問出錦娘這項鍊怎麼會落在別的男子手中，錦娘更是氣急，一怒之下，帶著揚哥兒回了娘家。

這還是錦娘頭一回因著與丈夫賭氣衝回娘家的，老太太和二夫人都莫名得很，只好好生相勸，讓錦娘回簡親王府去，但錦娘揚言，冷華庭不跟她道歉，她便不再回簡親王府，要出府單過。

而冷華庭卻在王府裡與落霞郡主談笑風生，兩人時不時會在府中花園中散步，落霞的臉上常常掛著欽慕的微笑，住在簡親王府樂不思蜀，不肯回自己家。

這些消息傳到皇上耳朵裡，皇上很是高興，六皇子卻是將信將疑。終於有一天，冷華庭親自去孫府接孫錦娘回府，不但遭到孫錦娘的拒絕，還被大罵一頓。

劉妃娘娘將六皇子叫進寢宮，罵了他一頓，六皇子很無奈地退了出去。

但出了皇宮的六皇子沒有回自己府邸，卻是騎了馬，直接去了孫相府，說是看望病重的孫大夫人。

這一日，錦娘正住在孫家自己的屋裡抱著揚哥兒玩，時不時，眼裡就泛了濕意，身邊的張嬷嬷和秀姑幾個看著就傷心。她們誰都不知道夫人和二少爺那樣相好的一對璧人，怎麼就會鬧到了如今這步田地？兩人便好言相勸。

錦娘怒而大罵道：「男人就沒一個是好東西！我今日若忍下這口氣，容了他，將來便會是一個又一個地往屋裡抬，不過是個忘恩負義、過河拆橋的負心漢？」

錦娘憤怒之下的吼叫傳到了院外，孫府下人們議論紛紛，都在罵錦娘太過狂妄，不應該如此不大度。

正從孫老太爺書房裡出來的六皇子果然聽到了這種議論，心裡不由又信了幾分，面上與老相爺告退，請相爺不必相送，但相爺一回轉，六皇子就改了方向，直接進了孫家後院，說是要去佛堂看望孫大夫人。

他身分高貴，守園的婆子們沒有敢攔他，而他的理由也還算合情理，便沒說什麼，讓他進去了。

六皇子一進後院，便直奔錦娘所在的院落。結果，看到錦娘正孤身一人，坐在花園小亭發呆，神情悽苦憤恨，六皇子裝作偶遇，風度翩翩地走進了亭子。

錦娘曾經見過六皇子一面，識得他，乍見之下有些詫異，臉上露出驚慌之色，起身給六皇子行禮，六皇子忙大步向前托住她，默默地注視錦娘，眼神清亮，灼灼華光流轉。

錦娘被他如此突兀的深情弄了個紅臉，垂了頭便要避開。

六皇子卻道：「表嫂天仙般的人兒，表哥怎麼捨得妳傷心的？」

此話正好觸到錦娘痛處，一聽之下，就淚眼婆娑了起來，六皇子看著便將自己的帕子遞給錦娘，很有禮地請錦娘坐下。錦娘哭過之後，便絮絮叨叨地和六皇子說起自己與冷華庭的事情，說自己如何幫他解毒，如何幫他改造基地，而他又是如何負心負義，言談到傷心處，又免不了淚盈於睫。

六皇子耐心地聽著錦娘的哭訴，不時好心安慰她，兩人越談越是投機。六皇子善於說話，言談風趣，不過半個時辰的工夫，錦娘再與他說話時，已經不再哭泣，偶爾也會忍不住笑一笑，六皇子看著便很是高興，離別之時也是親自送錦娘回了院子，而他也狀似依依不捨地離去了。

再後來，錦娘在孫家住著的日子裡，六皇子時不時便會來孫家陪錦娘小坐一會兒，兩人相談甚歡，錦娘心中的怨恨逐漸減少，一人坐回屋裡時，偶爾還會發下呆，臉上露出嬌羞之色。

這一日，錦娘正一人坐在與六皇子常見面的小亭中，六皇子來後，錦娘深情地看著他，交給他一樣東西。「……太子勢力太過強盛，你想要成功，就必須要先下手為強。這包裡有兩樣東西，一樣是我的印信，我這一年多來所賺的錢便放在大通錢莊裡，你若急用，拿它去大通錢莊提取現銀就是。另一種東西，你小心著點用，簡親王府裡的劉姨娘至今昏迷不醒，用的就是類似的藥物，而且中此毒者，會如中風一樣偏癱，終生不會再清醒。最重要的是，此毒不會當時發作，得過兩、三天才會有效。」

六皇子聽得將信將疑，面上卻露出激動深情之色，一伸手想要將錦娘抱入懷裡。錦娘向後退了一步，躬身行禮道：「請殿下尊重錦娘，錦娘雖是庶出之女，但最在乎的便是名聲，錦娘還等著殿下堂堂正正來娶我的那一天。」

六皇子一出孫府便直奔大通錢莊，當時便印證了印信的真假。掌櫃的一見那印信便臉都變了，生怕六皇子將錢全部提走，顫著音道：「貴客，您……要多少？」

六皇子也不好直問這印信裡究竟可以提取多少銀子，只好試探著說道：「兩百萬兩。」

掌櫃臉色一鬆，高興地點頭。「您是要現銀，還是銀票？」

六皇子聽得怔住，張了嘴，半天都沒說出話來。他萬萬沒想到，錦娘會掙得如此多錢，兩百萬兩在那掌櫃來說還只是個小數目，看來這印信裡怕是存得有上千萬兩銀子，這幾日裝得太過辛苦，倒是很划算啊。

六皇子一回宮，便與劉妃娘娘商議了好一陣，然後再進了皇上的書房，將錦娘給他的印信呈給皇上，同時，拿出在大通錢莊取來的兩百萬兩銀票也呈給皇上看。

皇上見後大喜過望，直誇六皇子能幹、本事，龍顏大悅之下，走下案前，伸手拍了拍六皇子的肩膀。「皇兒，你果然深得父皇之心，好好做，父皇一定會讓你如願的。」

六皇子眼睛微濕，回手握住皇上拍在自己肩膀的手，顫著聲道：「謝父皇，兒臣一定不會辜負您的期望。」

說完，便起身告退，但人還未走便聽得身後一聲重響，一轉頭，便看到皇上高大的身子倒在了地上，眼都直了，一旁的太監看得大驚失色，大喊：「有人行刺皇上！救駕！」

外面衝進來不少帶刀侍衛，將六皇子團團圍住，六皇子大驚，不可思議地看著地上的皇帝，半晌也沒說出話來，心裡卻有些明白，只怕是中計了。

這時，宮外響起一片廝殺聲，羽林軍統領率領屬下趕來，揮刀便向那些侍衛砍去。六皇子大喜過望，鬆了一口氣道：「將這殿中所有宮人全都殺死，一個不留！」

那統領果然領命，開始屠殺皇上宮裡的宮人，隨即，突然自殿下衝進一支裝備奇特的軍隊，每人手持一支連環細弩，向殿內的羽林軍連連齊射，還有一人，身材修長、樣貌奇俊，卻是一身銀亮盔甲，英氣逼人，他飛身躍起，長劍直指羽林軍統領，而原在宮裡的宮人便大喊起來。「六皇子造反，六皇子弒君殺父，謀篡皇位！」

六皇子憤然對衝進來的那位銀盔將領道：「你們……設計我？」

銀盔將領冷華庭正帥氣地幾劍挑向羽林軍統領，回頭輕蔑地看了六皇子一眼，冷聲道：「你不說自己狼子野心、心懷不軌，卻要怪別人設計你？」

一時，兩方人大打出手，六皇子且戰且退，想自己畢竟是皇子，冷華庭再怎麼本事，也不敢私自殺了自己，便索性身子向後一翻，退開了戰圈，收了劍，轉身向殿外跑去。

冷華庭心知他必然是去找劉妃娘娘了，收了劍，伸手在皇上的鼻間探了探，感覺氣息還在，對瑟縮在一旁的太監們道：「速速抬皇上到床上，請御醫。」

六皇子逃出御書房，看到身後並無人追，雖然詫異，卻也顧不得那麼多。他現在最要緊的便是逃到劉妃娘娘殿裡尋求保護，先前母子細談過，他去對皇上下手，而劉妃去調動羽林軍和九門提督的兵力，同時發令到西山大營，調大軍過來包圍太子府，控制太子。

但這一切要全部準備妥當就得要兩、三天時間，正好合了錦娘所說的毒發時間，所以，他才趁著皇上興奮莫名時冒險下手。

卻沒想到那個女人是騙他的，剛將毒針刺破皇上的皮膚，皇上就倒地了，他立即明白自己中計了，而且還是為太子作了嫁衣，這讓他怒不可遏。

一路狂奔，總算到了劉妃所在的宮殿，卻不見劉妃，他又去坤寧宮，果然發現這裡圍滿了羽林軍，看那兵力，竟是比方才去御書房救自己的那一支要多得多。

守衛的羽林軍見是他，並沒有阻攔，他很快就進了殿內，果然便看到劉妃正站在皇后宮裡，她身邊跟著的，是羽林軍副統領。

皇后端坐於正位之上，臉上並無驚慌害怕之色，眼神威嚴端莊，神情凜然無懼，冷冷地看著站在她面前的劉妃。

「姊姊果然好氣度、好膽識，到了這當口仍然不急不慌，想來，怕是有了自救之策了吧？」劉妃笑得柔媚，高傲而輕蔑地看著皇后娘娘。

皇后唇邊也浮了笑意，慢悠悠地端起几上的茶杯，揭開杯蓋輕輕滑動著。「時間還早著呢，妳何必太心急？坐下來，陪本宮喝一杯吧，鬥了幾十年了，妳不覺得累得慌？歇歇吧。」

劉妃最是看不慣皇后那寵辱不驚的樣子，不管遇到多大的風暴，她都能淡然鎮定地應付，這讓她的氣就不打一處來，猛然走上前去，一伸手，就去奪皇后手裡的茶杯。

皇后隨手便端了那茶向她潑去，頓時潑了劉妃一頭臉的茶水，劉妃一臉濕濕漉漉的，很是狼狽。

「妳真當自己是個人物呢，本宮手中的東西妳也敢奪？」皇后冷笑著說道。

劉妃氣得嘴唇發白，揚手就向皇后的臉上甩去，但很快，她的手就被一隻大手緊緊捉住動彈不得，定睛一看，竟然是那躬著身站在皇后身邊，一聲不吭的李公公。劉妃不由大怒，喝道：「你這狗奴才，到了這當口，竟然還敢冒犯本宮？來人，先將這閹人拖出去打死，看他還敢狐假虎威不！」

立即有兩名軍士上前便要抓了李公公，但那李公公卻是個深藏不露的高手，那兩人剛出手，便像是碰到了一塊大鋼板，手還沒沾到李公公的衣服，人就被反震回來，根本就近不得身。

站在劉妃身邊的那名羽林軍副統領看得眼神凝住，臉色有些發白了。

六皇子看到這一幕，眉頭也是緊皺起來，走到劉妃身邊叫了聲：「母妃。」

劉妃正氣惱著，六皇子進了殿，不由心中一震，問道：「事敗了？」

六皇子被她問得臉色一黯，唇邊就帶了絲嘲諷，說道：「母妃是不是早就意料到了？」

「哼，我若全告訴了你，以你那軟弱憂柔的性子，又怎麼敢真的動手？」劉妃冷笑著對六皇子說道。

六皇子心中的怒意大盛，對劉妃吼道：「就算如此，若方才我被冷華庭殺死了，母妃所做的一切又有何意義？母妃可曾考慮過我的安危？」

「哼，他不會殺你的，頂破天，也就把你抓起來，不過本宮也好奇，他怎麼會放過你了？你既然來了，就好生躲在本宮身邊吧，看本宮怎麼對付這個女人。她可是一直誇她的兒子最誠孝的，本宮倒要看看，在皇位和她的性命之間，太子殿下會選哪一樣？」

皇后一直靜靜聽著劉妃母子的對話，心中對外面的形勢也有了些瞭解。皇上中毒不醒人事，那是肯定的了，也就是說，事情已經成功了一半。

劉妃喝斥完六皇子，又轉而看向李公公，看他一派沈著冷靜、不動如山之感，眼中戾光一閃，大喝道：「來人，放箭，殺了那閹人！」

六皇子聽得大驚，忙道：「母妃，放箭會射殺皇后的，您瘋了嗎？」

劉妃聽得氣急，反手就是一巴掌打在六皇子的臉上，罵道：「愚蠢！你給本宮閉嘴，滾一邊去！」

六皇子被打得又氣又羞，怨恨地瞪了劉妃一眼，不再說話。

皇后的臉色終於有了些變化，光潔的額頭上冒出細細的汗珠來。李公公的雙手握得緊緊的，面色也很沈重。皇后不由微嘆了口氣，對李公公道：「你若有法子，就自逃吧。」

李公公眼中浮了淚意，躬著的身子也挺直起來，淡笑道：「老奴都這個歲數了，又是個殘破之人，就是逃了，又能到哪裡去？不如還是在這裡服侍著娘娘吧，能服侍多久便多久。娘娘您寬心，老奴就是豁了命去，也不會讓半枝箭沾您的身。」

而兩邊一直站著的幾個宮女太監見李公公如此，臉上也浮現出一副視死如歸之色，不約而同地走到皇后身邊，將皇后嚴嚴實實地護在中間，真有箭來，他們就是那擋箭的盾，或許擋不了多久，但能擋一時是一時。

劉妃聽得咬牙切齒，沒想到皇后身邊的人如此忠心，竟然以死相護那女人。她的心中戾氣更盛，原本只是想要恐嚇恐嚇皇后的，心一橫，手便往下揮。「放箭！」

頓時羽箭齊飛，咻咻作響，向李公公等宮人直射而去，立即便有兩名宮女應聲而倒，李公公手中拂塵揮灑如一枝淩空點墨的畫筆，舞將出來，竟是將皇后和自己周身罩了個密不透風，硬是沒有一枝箭能傷到他和皇后娘娘。

一輪羽箭下去，只死了幾名宮女，但皇后身邊的圍護也因之倒了一大半，剩下的宮人自覺地又移了步子，重新又圍成了一圈，將皇后護住。

皇后自座上站了起來，將李公公拉開道：「退到一邊去吧。」

李公公聽得一震，慌道：「娘娘，危險。」

「無事，她不敢殺本宮的，不過就是想擒了本宮來要挾太子罷了，你們不要做無謂的犧牲，她就是想要殺了你們，讓我失了怙恃。李安達，你走吧。」皇后眼中也浮了淚，看了眼地上血淋淋的宮女，哽了聲對李公公道。

李公公哪裡肯，皇后的話讓他老淚縱橫。「老奴不走，娘娘放心，殿下很快便會進來救您的，老奴只須再撐個一時半刻就成了。」李公公再次走到皇后面前，將她攔住。

皇后無奈地搖了搖頭，對劉妃道：「妳死了那心吧，本宮就是死，也不會讓妳如願的。沒有了本宮，看妳還有何籌碼威脅我兒。」

劉妃聽得哈哈大笑，狀若瘋狂，陰怨狠毒地看著皇后道：「就是不能威脅又怎麼樣？本宮跟妳鬥了幾十年，從來就沒有贏過，本宮就算做不成太后，也要殺了妳，讓妳也做不成，哈哈哈，能讓妳死在本宮的手中，那也是人生一大快事啊！」

六皇子終是聽不下去了，這樣的母親天下少見，她爭來爭去，沒一點是為了自己的。皇后肯為太子而死，而她呢，明明還有可能會贏，卻要爭一時之氣，在她心裡只要爭贏了皇后就夠了，哪裡就將自己的安危放在眼裡過？

果然，劉妃娘娘手一抬，又要下令放箭，六皇子突然一劍向她刺去，將劍橫在了她面前。劉妃大驚，不可思議地看著六皇子，喝道：「你瘋了嗎？竟然對本宮下手，本宮是你的娘親啊！」

「母妃也知道是我的娘親？您可曾想過我的利益？您殺了皇后，那就等於將我也送上了死路。您要瘋，我不陪著您，快下令，不許射傷皇后。」六皇子用劍緊逼著劉妃。

劉妃氣得臉色發白，對那羽林軍副統領點了點頭，那羽林軍副統領便親自向李公公攻了過去。

六皇子丟下劉妃便向皇后擒去。只有抓住皇后，他才有一絲勝算。

「皇后娘娘，微臣救駕來遲，請恕罪。」

六皇子差一點就要捉住皇后了，誰知冷華庭又自天而降，攔住了他。那邊李公公見冷華庭來了，立即精神大振，下手便更快了許多。一番打鬥下去，很快，冷華庭便一劍刺中了六皇子的右胸，而李公公也一掌將那羽林軍副統領劈倒在地。

大殿兩側的弓箭手也被冷華庭帶來的私兵射殺，劉妃娘娘眼見情勢急轉，自己已然難逃，而皇后卻安然無恙，氣得如瘋婦一般，不顧一切地向皇后衝去。

李公公拂塵一掃，便將劉妃捲起老高，又一收，將劉妃重重地摔在了地上，劉妃摔得半晌也爬不起來。

冷華庭吩咐軍士將這一對母子綁了，單膝點地，向皇后行了個大禮。「微臣來遲，讓娘娘受驚了，請娘娘責罰。」

皇后親自扶了冷華庭起來，含淚笑道：「本宮怎麼會怪你？感激你還來不及呢。」說著，又連連甩了劉妃幾個巴掌。「不是鬥了一輩子了嗎？妳還是沒能鬥贏啊，剛才如此猖狂，以為可以置本宮於死地了吧？如今落在本宮手裡，妳還有何話說？」

劉妃原本美豔絕倫的臉頰紅腫了起來，嘴角也沁出一絲血跡，眼中怨毒之色更甚，口中血水向皇后噴了過去。皇后臉一偏，嫌惡地退開幾步，對李公公道：「她平日是如何對待別的宮人的，今天也要讓她嘗嘗自己的手段。來人，拿把薄刀來，給本宮破了她的相。她素日以美貌自居，本宮倒要看看，在她的臉上劃下九九八十一刀以後，她還能美到哪裡去？」

劉妃聽得大驚失色。一個女人若是失了美貌，就會生不如死啊，她眼中露出絕望之色，心知皇后對自己恨意太深，只是破相算是便宜了自己……轉頭看到一邊看好戲似的冷華庭，忙軟了音。「庭兒，我可是你的姨母，自小姨母便是最疼你的，你怎麼能幫著外人欺負姨母？」

「姨母？妳還記得是我姨母啊，十二歲那年的毒，姨母也出了一分力吧？」

劉妃眼神一黯。「子虛烏有，我自來就是最疼你母親，又怎麼會設計害她和你？你不要聽人胡說啊！」

冷華庭不由仰天一笑，向前走了一步，逼視著劉妃道：「好，就算當年之事我已難找出人證來指證，那妳使了劉嬤嬤在我娘子生產時下手，差點害死我娘子和揚哥兒一事又怎麼說？妳別又不承認，劉嬤嬤可正被我關在簡親王府的暗室裡呢，她可是妳最忠實的一條老狗了，妳不會不記得她了吧？」

劉妃聽得張目結舌，脫口便道：「她……她不是被你們毒死了嗎？怎麼……」

「終於肯承認了？哼，毒死了她又如何指證妳這陰毒的惡婦？」冷華庭鄙夷地看了她一眼，轉過頭去，對皇后一拱手道：「娘娘，您千萬別手下留情，微臣沒有這樣惡毒的姨母。」

皇后笑道：「小庭儘管放心，本宮一定會讓她生不如死，就這麼死了，可不太便宜她了嗎？」

這時，宮外打鬥聲震天價響，有軍士來報，說太子殿下率兵勤王來了，九門提督見太子到，已經放下武器，束手就擒了。

這樣，一場宮變總算平息下來。

太子看到昏迷在龍床之上的皇上，失聲痛哭。劉醫正正在給皇上把脈，勸太子道：「此毒不會傷身的，皇上過陣子就能醒過來，太子殿下也無須太過悲傷。」

站在一旁的皇后和冷華庭聽得一滯。這是什麼話，皇上一陣子就能醒來，那所有的功夫不就白費了嗎？

太子哭皇上倒是情出內心，但一聽皇上就要醒來，心中也是一震。皇上若這會子醒來，還如原先一樣剛愎自用，那大錦的江山又再危險了，心下一急，便問道：「不知這一陣子得是多久？」怎麼也要等打敗了西涼再醒來才好啊！

劉醫正不緊不慢地摸了摸他的山羊鬍子。「不久，也就是個三到五年吧。」

冷華庭差點沒被他這話給嗆到。這個劉醫正，總是不分場合的耍人，這麼緊張的情境之下，他也能說出如此讓人無奈的話。

太子聽得哭笑不得，又不好將劉醫正怎麼樣，只能瞪他。劉醫正老神在在的開著藥方，對太子道：「唉，其實微臣方才也是往好裡想了說，這病啊，身子是不會傷的，只是會變糊塗，傷了腦子，三年、五年的，醒來了也不能恢復到以往的清明，殿下還是早作打算的好，國不可一日無君啊！」

這時，有宮人來報，說簡親王世子冷華堂就在方才被人裡應外合地劫走了——

第一百零二章

來報的正是恭親王，太子聽得臉色一黯。「冷華堂可是重犯，老叔爺您既說是裡應外合，那自然是知道，這個『裡』是何人？」

恭親王聽得額頭老汗直冒。「殿下，老臣……老臣實在不知啊，大牢裡無一點破壞之處，守衛之人也沒有受傷，犯人……就莫名其妙地失蹤了。」

太子見老恭親王說話時目光閃爍，話裡話外意有所指，他心裡有些了然，沈吟半晌道：「小庭……要不，你自己先去宗人府大牢裡查探查探，看看是否能找出些線索來，如若真是裡應外合，查出那內奸，我一定會給你一個交代。」

冷華庭也知道此之時不能給太子添亂，便看了一眼恭親王後，對太子點了點頭，躬身行禮告退出去。

卻說上官枚，在錦娘一氣之下回娘家之後，一改平日的低調，每日裡除了照顧好玲姊兒，還常去王妃屋裡陪王妃坐坐，王妃因著錦娘的事正憂心呢，有她陪著說說話，心裡也寬慰了些。

這一日，上官枚又來了王妃屋裡，見王妃正鎖眉在想著什麼事，便給王妃請安行禮。

「我想弟妹不過是一時之氣，讓二弟伏個低，放軟下身子，接了她回府就是，弟妹也不是那等不懂事之人，您且放寬了心吧。」

王妃抬眸深深地看了上官枚一眼，眼神裡帶著一絲不忍和猶豫，唇邊扯出一抹淺笑道：「枚兒啊，我不擔心錦娘，她只是在鬧小孩子脾氣，等氣消了，自然就會回來，我是擔心妳啊……華堂那孩子，就算仍能留得一條性命在，妳跟著他也不會有好日子過啊，不如妳和離吧，和離了，再好生找個真心待妳的人嫁了啊。」

上官枚聽得心中一酸。「母妃，您別說了，我心中自有打算。再嫁，豈是那麼容易的事情，外面的唾沫水都能淹死我去……」

她正說著，侍書急急來報道：「主子，玲姊兒又燒得厲害了，您快些個回去看看吧，管事嬤嬤說怕是出麻疹呢，奴婢幾個也沒見過，怕得很。」

王妃聽得一怔。這麼小的孩子怎麼就會出麻疹？不是都得到兩、三歲以後才會出的嗎？

上官枚聽了也是急急地站了起來。「那日劉醫正也說過，玲姊兒可能是奶麻呢。母妃，您有經驗，幫枚兒去看看吧。」語氣裡帶著哀求之色，王妃心一軟，便跟著上官枚一同去了世子妃院裡。

侍畫正抱著玲姊兒在搖著，王妃伸手探玲姊兒的頭，果然燙得很，心裡不免也擔心。

「若真是出麻疹，不能太見光的，更不能傷風，怕臉上會留疤，破了相就不好了，還是抱到裡屋去避上一避吧。」

上官枚忙接過玲姊兒，回頭又看了一眼跟著的侍書，才率先走進了裡屋。王妃不放心，也跟著走進去。

一進屋，跟在後面的侍書便將門關了，王妃有些詫異，碧玉皺了眉，對王妃道：「主子，屋裡太暗，您眼睛不好，可別在屋裡待久了，奴婢先出去給您看著，怕有回事的婆子尋到這邊來呢。」

說著，便伸手開門，門卻是由外鎖緊了，碧玉不由憤怒地回頭看向上官枚。「世子妃，這門是怎麼著了，奴婢開不了呢？」

王妃仍有些莫名，不知道上官枚將自己關在這屋裡是何用意。不一會兒，內堂裡傳來一陣哐噹聲，緊接著連連閃進幾個黑衣人，不由分說便拉了王妃往裡走，而上官枚抱著玲姊兒跟在後面。碧玉氣急，剛要大叫，一個黑衣人一個掌刀劈在她的頸後，碧玉立即身子一軟，暈了過去。

王妃看著上官枚道：「枚兒，妳可知如此便再難回頭，妳可想好了？」

上官枚聽得身子微震，僵木地站住。「母妃，您……不恨我嗎？」

王妃憐憫地看著上官枚，嘆了口氣道：「妳本性不壞，只是命運不濟、遇人不淑，困頓痛苦之下做出過激的事情，母妃是能理解的，母妃只希望妳能回頭是岸啊。」

上官枚淚如雨下，一邊的侍畫也勸道：「主子，奴婢雖然聽從了您的話，幫著您挾持了王妃，但王妃說的句句發自肺腑，您……還是回頭吧，世子的事情總會過去的，時間是最好的心傷良藥，日子長了，總會淡忘的。您不是那惡毒之人，不要做這種傷天害理的事情，王妃待您如親生，您如此待她，確實不地道啊，主子，咱們回去吧……」

上官枚淚眼矇矓地看著侍畫，抽泣著道：「妳也這樣說我嗎？」

王妃走過去，將玲姊兒接過，放到侍畫手裡，輕輕地將上官枚擁在懷裡，撫著她的秀髮道：「枚兒，回頭吧，母妃就當什麼事情也沒有發生過，以後的日子還長著呢。那個人，妳就當他死了吧，而且莫說他，就是妳逃了的二叔，也不會有好下場的，與其將來跟著他一起下地獄，不如現在回頭。」

上官枚終是忍不住抱住王妃大哭。「母妃，枚兒對不起您……」

黑衣人越聽越不耐煩。「不要再嘰嘰歪歪磨磨蹭蹭了，快走吧！」說著，便扯王妃的手臂。

上官枚自王妃懷裡抬起頭來，喝道：「放手，我們不走了，你們放開我母妃！」

那黑衣人臉上露出一絲譏笑。「世子妃最好不要亂動，在下看在世子的面上，不會為難妳，但王妃是大王要的人，今天一定得跟著我們走。」

上官枚聽得臉色一白，道：「你們……連我也要挾持嗎？」

「那是自然，既然好不容易來了一趟，能帶走的人全都帶走，只可惜孫錦娘不在府上，不然，讓妳一併騙了過來，那此行的任務才算圓滿了。」那黑衣人說得狂妄得意，再也不遲疑，拖了王妃就進了秘道。

卻說冷華庭在宗人府大牢裡沒發現任何蛛絲馬跡，心中一沈，便率兵先回了孫府，飛快往錦娘院裡跑去。

錦娘正焦急地等在屋裡。六皇子雖然是拿走了自己的印信和毒針，也不知道他會不會真的動手，這一個多月來，天天對著那虛偽之人演戲，可還真累……相公怎麼還不來，也該來接自己和揚哥兒回府了啊？

二夫人過來勸錦娘，錦娘臉色平靜得很。「他不接我，我就不回去。娘，您就別操心了，男人不能慣著的，我可是給他不少時間了，再不來，我就不要他了，帶著揚哥兒浪跡天涯去。」

「妳敢？再胡說八道，看我如何治妳。」二夫人正氣得又要教訓她，便聽到屋外傳來冷華庭的聲音，二夫人喜出望外。兩個冤家總算見面了，只要見了面，好生說合說合，解了誤會就好。

錦娘心中大喜，擔著的心也總算放了下來。看來，宮裡的事情進行得很是順利，現在只等著太子登基了。

只是好不容易盼到這廝來了，進來第一句便是說要治自己，哼，自己不在府裡的日子，他可是與落霞兩個逍遙自在、風流快活得緊呢……

見那人長身玉立地進來了，她抱起揚哥兒，扭頭就往屋裡去。

二夫人一見便急了，剛要去扯她回來，冷華庭一個箭步便跨了過去，回頭安慰二夫人一句。「娘親不要著急，無事的。」說著，人便閃進裡屋去。

二夫人看得張口結舌，秀姑和張嬤嬤勸了二夫人離開。

冷華庭一進屋，便迫不及待地自後面抱住錦娘的腰，頭枕在錦娘的肩上。「娘子，想死為夫了。」

錦娘聽得抿嘴一笑，背靠在他厚實溫暖的胸膛裡，感覺心中一派安寧，轉頭問：「都解決了吧？太子應該快些登基才是，那藥性可是只能維持半個月呢。」

冷華庭笑著咬了下她白玉似的耳垂。「藥效是忠林叔告訴妳的嗎？」

錦娘點了點頭，不由又著急起來。「時間會不會太倉促了？新皇登基可是大事啊，半個月怕是來不及呢。」

「劉醫正說，皇上很快就要醒來，時間不會很長，一般是三年或是五載吧。」冷華庭想起劉醫正那摸著鬍子，一臉正經地說這句話時的樣子就想笑。

錦娘聽得一怔，隨即反應過來說道：「相公，你的意思是……劉醫正他……他也……」

「嗯，只要太子需要，劉醫正會讓皇上永遠都醒不來的。放心吧，太子可是在宮裡長大的，妳不要把他想得太過良善了。」冷華庭捏了下她的鼻子，眉頭輕皺了皺，但隨即又舒展開來。

一家三口在屋裡膩歪了好一陣子，外頭的秀姑和張嬤嬤沒有聽到半句吵架的聲音，不由相視一笑。張嬤嬤笑著對雙兒道：「快些收拾東西吧，一會子，咱們得回王府去了。」

但過沒多久，就有孫家的丫頭來報，說是簡親王府派了侍衛來送信，府裡出事了。

冷華庭和錦娘聽得一怔，讓人將那侍衛帶進來，一問之下，兩人大驚失色，冷華庭拿起外披就往外走。「娘子，王府不太平，妳還是先在娘家再住些時日，我先去救了娘親再來接妳。」

錦娘也是憂心得很，不知道好好的，怎麼會有人劫了王妃走了？

正想著，便見二夫人又急急趕了過來，拉了她的手便往後院去。錦娘不解，把揚哥兒遞給秀姑，邊走邊問二夫人：「娘親，出了什麼事了？」

「玉娘死了，被人剜了心……」二夫人都不忍往下說，臉色很是蒼白。

「相府裡也算是守衛森嚴，怎麼會有人能進得來又殺了玉娘呢？難道是冷華堂？不好，我得趕緊回去，怕揚哥兒出事呢。」錦娘越想越不對勁，轉身就往自己院裡走。

還好，遠遠地便聽到秀姑與揚哥兒的笑聲，她鬆了一口氣，感覺自己有些草木皆兵。將揚哥兒抱在懷裡，錦娘才覺得心裡踏實許多，好半晌，才對二夫人道：「娘親，報官吧！這種事情，私底下查是不成的了，玉娘可是孫家的嫡孫女，在自己娘家被殺了，這事肯定有蹊蹺。如今府裡掌府的可是您，後院裡出了事，您肯定是脫不了干係的，就怕大夫人會將這事怪罪到您的頭上來，到時就說不清楚了。」

二夫人慌的就是這個。「這事可得老太爺作主才是。錦娘，妳這院子裡怕也住得不安生了，撤到老太太院子裡去吧，多些人看著，也安全一些。」

錦娘聽了點點頭，讓張嬤嬤幾個收拾起來。

老相爺聽說孫玉娘的死狀後，臉色很是凝重，使了人在院子裡查。

王爺得知王妃失蹤的消息，騎馬追出了好幾十里，卻是一點人影也沒有看到，不由大急。冷華庭帶了一千私兵也追了出來，卻也沒看到一點蹤跡，快追到大通縣境內時，自官道上突然撲出一個人來，擋在隊伍前面。

王爺定睛一看，竟然是葉一的兒子葉忠彬。看葉忠彬的樣子狼狽得很，像是也趕了好久的路一般，只是不知道他怎麼會突然出現在這裡？

「你這背主的奴才，擋在這裡是何用意？」王爺心急王妃，沒有時間跟葉忠彬囉嗦，打馬就要過去。

葉忠彬忙攔住道：「王爺，方向錯了，您一直往西找，其實他們將人一劫出來，就往東邊而去了，您快改方向，順著渭河去尋，一定能尋得到的！」

王爺哪裡肯信他的話。按說王妃若是被老二使人劫走的，那定然是向西去才對，怎麼會向東？

「王爺，奴才知道你們不信我，但奴才說的句句是實，再晚一些，只怕人就要到東臨國了！他們就是怕您往西找，所以才故意走東邊，從東臨再轉回西涼。」葉忠彬在馬下不停磕頭。「奴才深知罪過，早生了悔意，這一年多來，跟在他們的人裡面，就是伺機能助主子們，只可惜他們一直不太信奴才，有好些事情奴才都不知情，如今總算知道了一件，您就信奴才一回吧！」

冷華庭下馬在官道上巡查了一遍，看不出半點有車馬經過的痕跡，便對王爺道：「父王，咱們兵分兩路，您帶了五百人向東追，兒子向西追，這樣便兩不相誤了。」

冷華庭斟酌前路再追出十幾里，沒有發現半點蹤跡，想來，葉忠彬說的有可能是真的，心裡又惦記著仍在孫府裡的錦娘和揚哥兒，便不再追，帶了人馬回了京城。

玉娘的死因一直沒有查出來，倒是撿到一塊玉珮，很像冷華堂戴的。老太太在府裡封了口，不許傳到大夫人的耳朵裡去，怕她一時受不住，會沒了去。

但是，貞娘和芸娘作為玉娘的姊妹，老太太還是使了人分別去了寧王府和靜寧侯府報了喪，貞娘和芸娘很快便雙雙回了府來。

那日，先回府的是芸娘。

錦娘帶了雙兒出去接芸娘了，人還未到二門，就看到芸娘一身單薄的棉夾衣，滿臉淚痕地往府裡衝，錦娘忙上前迎住。「大姊，好久不見。」

芸娘抬眸看向錦娘，眼裡閃過一絲怨恨之色，臉上卻是一片哀悽，拉了錦娘的手，有點泣不成聲。「四妹妹，玉娘她……她如何會……是哪個該千刀的，竟然殺死我妹妹？如若抓到他，我要將他碎屍萬段！」

錦娘也是一臉的悲傷。「大姊，人死不能復生，節哀吧。」

芸娘點了點頭，拿著帕子拭著眼角，又問：「玉娘的孩子呢？如今在哪裡？」

「先去見了奶奶再說吧，外頭風大得很，大姊妳怎麼穿得這麼單薄啊？」錦娘脫下自己身上的錦披披在芸娘身上，芸娘身子一震，有些僵木地扭過頭看了錦娘一眼，很不自在地說道：「一聽二妹妹的事情，腦子都懵了，哪裡顧得上拿衣服，叫了馬車就來了。」

芸娘也不客氣，裹緊了錦娘給她披的衣服，兩姊妹便往老太太屋裡走。半路上，芸娘問道：「先前我忙得緊，妳三叔管著的鋪子，因著他突然病了，便沒有了人打理，鋪子裡頭的生意便被裕親王府給搶走了，我那點本錢銀子都還沒收回呢。」

「我聽說，王府裡頭城東那鋪子早都退股了，大姊沒收到錢嗎？」錦娘似笑非笑地說道。

芸娘聽得臉色微赧，支吾著道：「啊，是退了嗎？喔，退了啊，我忘記了，好像是退了……不過，大姊我的日子還是緊巴巴的啊，妳也知道，如今寧王爺不得太子的歡心，我那相公更是只會伸手要錢花的主，哪裡做過一天正經事？」

錦娘聽了只是應付，芸娘臉色就變了，轉了口道：「我聽說，當初玉娘之所以難產，是四妹夫推她的。玉娘再怎麼無賴，四妹夫也該看在她是個孕婦的面上，不該如此對她的。」

錦娘聽著便是冷笑，微挑了眉看芸娘。「大姊這意思是……」

「哼，我也知道你們夫妻如今可是太子爺身邊的紅人，但這事實在做得不太厚道，若是大舅家知道玉娘最先是被四妹夫害的，怕是不會善罷干休吧？妳也知道，如今爹爹可是在邊關打仗，生死難料，若是大舅這裡使點子……那啥，爹爹可就危險了。」

見錦娘聽了也面無表情，只好又嘆了口氣道：「唉，寧王府如今是入不敷出，大姊我的日子可真是難熬啊。」

錦娘總算明白芸娘的意思了。她是在威脅自己呢！

「二姊是自己摔的，無人推她，大姊若非要將此事告知於外，讓二姊死後還背一個……那樣的名聲，那我也沒辦法。大姊若是真為二姊傷心，做事還是考慮周詳些的好。」錦娘唇邊帶了絲譏笑，淡淡地說道。

芸娘沒想到錦娘絲毫不鬆口，怨恨地看了眼錦娘，到了老太太院子裡，頭一昂，先走了進去，一進門便泣不成聲，哪有方才與錦娘討價還價時的從容，讓老太太看著也跟著傷心起來，叫人扶起芸娘，嘆口氣說道：「妳如今倒是懂事些了，遇事也沒再一味地只往娘家跑，這回倒是有幾個月沒回來了，既是難得來一趟，那就在娘家好生歇歇再回去吧，反正妳那婆家，也沒人會理會這些個。」

芸娘聽得眼睛一亮，在娘家住著自然是要比寧王府好多了的。

這時丫頭來報，說是三姑奶奶回了，錦娘聽得眼睛一亮，便主動迎了出去。

錦娘在二門處看到貞娘，她臉色有些蒼白，走路很慢，由身邊的貼身丫頭扶著，錦娘心中一凜，忙走上去拉了貞娘的手道：「三姊，妳……不舒服嗎？」

貞娘一見錦娘，立即喜不自勝。「四妹，總算又見著妳了。」說著就打量起錦娘來，眼裡含著深深的關切，錦娘鼻子一酸。「我好著呢，只是三姊姊妳怎麼看著氣色不太好？」

貞娘臉色一紅，垂了眸看了自己的肚子一眼，道：「無事的，我好著呢，只是……只是有了，反應太大，不適應罷了。」

錦娘聽得驚喜，兩姊妹一路說著別後的話，進了老太太院子裡。

芸娘見貞娘來了，眼睛稍瞟了瞟，沒有起身，貞娘恭敬地給老太太行了禮後，又給二夫人行了禮，才在一旁的繡凳上坐了。

老太太得知貞娘懷孕很是歡喜，幾個大人正說著，秀姑自裡屋抱了睡眼惺忪的揚哥兒出來。「餓了呢，好在今天還沒鬧，只是要娘親。」

錦娘心疼地接過自家寶貝兒子，在揚哥兒的臉上狠親了一口，揚哥兒有樣學樣，也親了錦娘一口，看得老太太和二夫人眉眼裡都是笑。

芸娘是第一次看到揚哥兒，揚哥兒越大越發好看了，芸娘卻是越看心中越堵得慌，幾個姊妹裡，連貞娘都有了，只有自己還扁著肚子。她與寧王世子相看兩相厭，邊都不願沾，又怎麼會有孩子？所以，別人的幸福在她眼裡便越發刺眼起來。

芸娘便起了身，對老太太道自己要去看大夫人，老太太自然是允的，便著人帶她去了佛堂。

但沒過幾刻鐘的時間，便有婆子來報說，大夫人去了。

老太太聽得一震，差點自椅子上摔下來，紅袖嚇得忙扶住她。大夫人雖然早就病了，但一直還算穩定，怎麼一會子的工夫就突然死了？

畢竟是孫府的嫡媳，大老爺的正妻，此事定然是要報到各家親戚的，若是這當口張家的人尋事，那還真是麻煩了。

卻說王爺騎馬快奔，連日連夜地趕，總算找到了一些線索，這才相信葉忠彬的話是真的，如是，行程更追得緊了一些，連追了一天一夜之後，終於在一座荒山野嶺處找到了那夥人的行蹤。

正當王爺焦灼到了極致時，突然聽到對面山邊有打鬥聲，不由精神一振，連忙帶了人過去，果然便看到一夥黑衣人正與一隊行商之人打了起來。王爺定睛一看，為首的正是冷謙，不由喜出望外，大喝道：「阿謙，截住他們，那些賊子劫了王妃！」

阿謙完成東臨的行商任務返回大錦，在路上遇到了這夥西涼人，總覺得不對勁，問話之時，聽到有女子的哭泣聲，似是相熟，便與那夥人動起手來。他帶的全是招回來的武功好手，一下子便纏住了對方，如今再聽王爺的話，大家手下更不留情了，再加上王爺的參戰，不過幾刻工夫，便將這一夥人都抓獲了。

王爺急切地下馬，走到馬車前，掀開車簾子，看到的卻是正在哭泣的上官枚，還有她手裡抱著的玲姊兒，卻沒有看到王妃的身影，王爺心一沈。「枚兒，妳母妃呢？」

上官枚聽得王爺問王妃，不由又大哭起來。「父王，枚兒該死，枚兒沒有護好母妃，母妃她——」

王爺一聽這話，眼前就一陣暈眩，扶著車廂好半晌才站穩了，深吸一口氣，赤紅著雙眼瞪著上官枚。「王妃究竟如何了？」

「不知道，出了京城沒多久，他們就將母妃抱下馬車，再後來，枚兒就沒有看到母妃了。父王，都是枚兒的錯，枚兒害了母妃啊……」上官枚越想心越痛，越想越愧疚，忍不住失聲大哭。

王爺不知道王妃究竟是如何被劫的，只當上官枚也是受害者，沒有將她想成合謀，所以強忍著焦慮和擔憂，安慰上官枚道：「不關妳的事，妳不要哭，一會兒跟父王回府就好。」又轉頭去問為首的黑衣人，那黑衣人被王爺緊追了這麼久，實在也是疲累不堪了，方才又被冷謙打傷了內臟，更沒有了力氣掙扎，只是嘴角帶了一絲譏笑，卻什麼也不肯說。

冷謙見王爺問不出什麼話來，手一揮，身後隊伍裡便走出一個身形瘦小的人來，冷謙對他使了個眼色，那人唇邊便含了絲笑意，手中拿了把小刀，突然刀光如飛花掠影般閃過，只見血肉片片飛濺，那黑衣人一聲慘叫還沒有停歇，他的一隻手臂便成了一隻光禿禿的森森白骨，情形慘不忍睹。

冷謙也不問這個人，而是走到另一個人面前去。「你說，王妃在哪兒？」

「還不快說？小爺我的手可癢著呢。」那小個子男子玩著手上的小刀，看著那黑衣人眼神像盯著一個好玩的玩具。

黑衣人不禁就向後縮，顫著聲道：「我說，聽說……聽說王妃被交到裕親王爺手上了。」

果然又與裕親王有關！王爺肺都快氣炸了，不過，依他對裕親王的瞭解，王妃倒是不會有危險了。

王爺又問：「冷華堂呢？怎麼沒有和你們一起潛逃？」

「他不肯跟我們回去。他說，他還有幾宗心願在大錦未了，一定要辦完了才走。」

王爺聽了，大喝一聲道：「打道回京！」

冷華庭心裡惦記著錦娘，一回城就往孫府跑，半路卻被太子的人攔下。冷華庭無奈地去見太子，太子將兵部尚書手中的邊關戰報遞給冷華庭。孫將軍在邊境支撐得很苦，戰報上又死了不少人，而且糧草缺乏。

「殿下，為今之計便是趕緊籌集糧草，並增派援兵去邊關援助孫將軍才是啊。」冷華庭憂心忡忡道。

「冷大人，您這提議我等幾個老臣早都說過了，但如今是國庫空虛，時間又緊急，一時半刻根本就沒法子籌集這麼多的銀錢和糧食啊！大人可是太子殿下的左膀右臂，一定有法子解決這事的。」戶部尚書劉大人看見冷華庭便像看到了救星一樣，立即兩眼放光，將那挑不起的擔子往冷華庭身上卸。

和親王冷笑道：「這事怕是冷大人也沒有法子吧，就算你簡親王府再富足，所存的銀錢難道比國庫還盛？這本王可真的要問一問簡親王了，那麼多的錢，會是從哪裡得來的？怪不得這兩年江南來的錢送到朝廷裡的越發少了。」

冷華庭聽了心火直冒，強壓怒火道：「王叔說得還真是有幾分道理，這麼多銀子要我簡親王府一家出是不可能的。不過嘛，五萬石糧食的錢，說多不多，咱們大錦可是國富民安多年了，國庫沒錢，大臣們家裡有錢啊，如簡親王府一般富足的皇親貴族可比比皆是，在此國難當頭之際，各位王叔臣工們，自然也是要出錢出力，保家衛國的。」

太子當時便拍掌稱好。「小庭此法可行。說起來，各位皇親大臣富可敵國的也不在少數，皇上對各位王叔們一直仁厚，這些年，江南基地上的錢也沒少分給各位，如今國難當頭，為國出錢出力是理所應當。王叔們，現在就是你們對朝廷表忠心的時候了。」

各位王爺和尚書大人們面面相覷，神情各異，有的嘴角在抽搐，有的面腮在抖，有的嘴唇發白，沒有一個人附和太子的話，更無人敢出言反對。冷華庭譏誚地掃了他們一眼，朗聲道：「臣願帶頭，以簡親王府的名義，為朝廷捐銀五萬兩。」

太子高興地接道：「嗯，就以簡親王府為標準，各位親王府，每家必須捐給朝廷三萬兩。劉大人，你與張大人每人捐一萬兩吧，孫老相爺家就少點，孫大將軍可是在邊關為國作戰呢，那就五千兩吧。來人，理出條目來，以官職大小為憑，每位大臣都得捐款，明日款項必須進府庫，不得有誤。」

一場攻訐下來，和親王和榮親王沒有討到半點便宜去，反而折了三萬兩銀子，像鬥敗了的公雞，夾緊翅膀，灰溜溜地走了。

臨走時，和親王怨毒地望了一眼冷華庭，被某人更為凌厲的目光回射後，懊喪地出了殿門。

第一百零三章

冷華庭趕回孫相府，才發現相府裡的氣氛很是沈悶，奴僕們開始拿了白紗往門框上掛，僕役們的腰間也繫了一條白布。他心中一緊，不知道這府裡有誰過世了……

老太太聽說大夫人去了，忙帶了二夫人、錦娘、貞娘幾個往佛堂裡去。佛堂裡一片哀哭之聲，芸娘正伏在大夫人的身上嚎啕大哭著，見老太太進來，更是哭得天昏地暗，任人勸也勸不開。

老太太看著心裡也很難過，見大夫人死了，雙眼還是睜得老大，心中更是淒然，忙著命人去合上大夫人的眼睛，但芸娘死命護住大夫人的臉，不許人碰。

「娘，妳是被那起子小人給害的，先是奪了妳的掌家權，再找人弄死了玉娘，讓妳在痛失愛女的情形下氣絕身亡，女兒一定要告訴外公和大舅，要給妳討個公道回來！」

錦娘一聽這話的矛頭就是對著二夫人來的，不由心火直冒。這個芸娘，自己在婆家過不下去了，就跑回娘家裡來鬧，無非就是想在自己這裡占些便宜去。要錢直說得了，不是威脅，就是弄手段，這會子連自己娘親的命都搭上了，還真是捨得下本錢呢！

老太太聽得氣急，喝斥道：「妳胡說些什麼？妳母親是被玉娘氣中風的，又自己作了孽，才會被送到佛堂裡來反省，這可是長輩作的決定，依妳的意思，便是長輩加害於她不成？」

芸娘聽了，倒也不嚎了。「老太太，我娘親乃是名門閨秀，卻被個奴婢出身的賤婦壓了一頭，身為正妻卻得不到掌家權，您還要污她名聲，這也太不厚道了。如今我說不過您，一會兒舅家來人了，自有人與你們理論。」

錦娘聽她又罵自己的母親賤婦，不由火冒三丈，正要說話，手卻被貞娘一拉，見她對自己眨了眨眼，不由微怔，就聽貞娘道：「大姊，妳這麼著吵鬧也不是個辦法，倒是惹得母親魂魄不得安寧，不如，咱們先回了院裡再說，讓人好生收殮母親的遺容，妳如此可是對母親大不敬呢。」

錦娘立即會意，眼睛向紅袖一睃，紅袖也是個人精，一揮手，著兩個粗使婆子去拖芸娘。芸娘死命抱住大夫人不放手，婆子們也拉不開她，貞娘見了突然大聲喊了起來，抬著頭，指著屋頂說道：「啊，母親的手動了，您說什麼？是誰告訴您玉娘死得好慘的？誰氣死了您啊？喔，您很傷心，沒生一個孝順女啊……」

錦娘了然地扶住貞娘道：「三姊，妳是有身子的人，怪不得魂焰比別人高呢，妳可是看到母親在發怒嗎？」

屋裡信鬼的一時都被貞娘嚇住，芸娘聽了心裡一慌，彷彿大夫人正怒視著她，心中一緊，大叫著抱住了頭道：「娘親，我沒有氣妳呀，玉娘她是死得好慘，死得好慘啊！」

「來人，快些將這不孝女拖走！還有臉怪別人，我明明就下了封口令，不許刺激妳娘，妳竟然怕她活得太長，非要氣死她才甘心！」老夫人大怒道。

芸娘被貞娘和錦娘的話給嚇住，著實也不敢再鬧，被人拖著出了佛堂。

冷華庭走到老太太屋裡，沒看到錦娘，倒是看到秀姑正抱著揚哥兒玩，一問之下才知道，不過一日工夫，玉娘被人殺了，大夫人也氣死了。他不由一陣泛怔，好半晌，將揚哥兒自秀姑的懷裡抱了過去，將他摟得緊緊的，心裡一陣發慌，莫名其妙就害怕，卻又不知道在怕什麼。

揚哥兒好久沒看到爹爹，這會子被冷華庭抱在胸前，開心得咧嘴咯咯直笑，小手也緊抱著他爹爹的脖子，呵著癢。

錦娘扶著貞娘，二夫人扶著老太太回了屋，見冷華庭在，錦娘忙問王妃的下落，冷華庭搖了搖頭，老太太和二夫人更是焦慮，兩個府裡都不安生。

正說著，那邊丫頭來報，張尚書來了。老太太聽了便嘆了口氣，該來的還是要來的，又看了眼仍在哭泣著的芸娘，心中更是煩悶。

芸娘一聽張大人來了，原本嚇得蒼白的小臉立即有了光澤，大哭道：「我不走！舅父一定會為娘和玉娘作主的，我娘親可是被二夫人給生生擠兌死的，我舅父一定會為娘出這口惡氣的！」

錦娘一針見血道：「大姊，妳在寧王府過得可是一點也不好，再在娘家裡鬧，將來若在寧王府受了欺負，還有誰可以依靠？妳大舅家嗎？」

這話算是觸到了芸娘的痛處。她把自己的親娘氣死了，還讓老太太幾個生了厭煩，偷雞不著蝕把米。

芸娘原比玉娘要沈穩和見機一些的，本也是個懂得審時度勢之人，被錦娘一罵，稍醒悟了些，抬起淚眼，聲音卻比先前軟了不少。「四妹妹，那寧王府不是人待的地方，回娘家，玉娘又慘遭不幸……我……我一時氣恨難消。」

她這態度變得太快，就是老太太也一時沒有回過神，愣怔地看著她，只有錦娘最是瞭解芸娘，其實芸娘也可憐，她的婚姻也是由父母作主，由不得己身的，只是本性也太過陰毒自私了些，為了私利竟然去氣死自己的親娘，這種人可憐又可恨，不過這個時候安撫她，不讓她再生了么蛾子，在孫家與張大人家之間鬧出了矛盾才是正經。

「大姊，妳的苦我也知道一二，只要妳不再糊塗生事，也不再污辱我娘親，我家在城東那鋪子……還是可以讓妳再參些股進來的……」

芸娘聽得眼睛一亮，拿了帕子一抹臉，便自地上站了起來。「四妹說的可是真的？」

老太太看著自己的嫡孫女無語，也虧的是大夫人才能教得出這樣的女兒來了，真是有損孫家百年書香門第的名聲。

「是真的，以後按時來分紅利吧，有了錢，寧王府也不能欺負妳了。」錦娘無奈對芸娘說道。

那邊，老太爺打發了人來請冷華庭過去，二夫人心中一動，便對冷華庭道：「賢婿，你要是不太忙，就留著多陪陪錦娘和揚哥兒吧。府裡如今事太多，娘怕顧不過來他們母子呢。」

冷華庭眉頭微皺。邊關告急，太子定然會不停地召自己進宮議事，哪裡閒得下來？但如今王府與孫家都不安生，錦娘和揚哥兒的安全還真是難以保全呢，要是阿謙在就好了。

一轉頭，看見貞娘正與錦娘說話，二夫人一走，便向貞娘行了一禮。「三姊，怎麼不見姊夫同來？」

貞娘被問得一怔，看了一眼冷華庭，又看了眼錦娘和揚哥兒。大夫人剛死，她不敢隨意地笑，再不喜歡也得裝出幾分傷心來，便掩了帕子說道：「一會兒怕就會來了。四妹夫，你倒是會卸擔子呢，不過，放心吧，他若來了，定然會把四妹妹和揚哥兒一同護著的。」

冷華庭聽貞娘語氣裡有揶揄的意味，不由微有些不自在。「那我就先行謝過了，這府裡我能信的，也只有三姊夫了。」

貞娘聽了心裡很是受用，忙斂身行禮道：「妹夫客氣，咱們原就是一家子的親人，說這話就外道了。」

冷華庭聽得微微一笑，那邊老太爺又使人來催了，他不好再留，抬腳大步走了。

張大人來，果然是為了大夫人和玉娘之事，不過聽了老太爺的一番解釋，倒也很是無奈。自家妹妹是什麼性子，張大人心裡也清楚，正要說話，冷華庭自外面走了進來，他優雅地給老相爺行禮，又恭敬地給張大人也行了禮，自袖袋裡拿出一塊玉珮遞給張大人。「這是那日行凶之人的東西，大人可以細看，冷華堂曾掛在腰間，不知大人可有印象？」

張大人聽得臉上微赧。證據都拿出來了，殺玉娘的人也不用再查，今天自己來這一趟，原是想鬧場子的，看來也鬧不下去。

「賢姪，倒是本官錯怪孫府了，如今你岳母既已去了，那就只能好生給她辦理後事了，我們張家……不會再有人來找麻煩。」張大人將那塊玉珮遞還給了冷華庭，長嘆一聲說道。

冷華庭對張大人的識時務很是高興，自懷裡拿出幾張銀票遞給張大人。「今日朝堂之上害大人破費，張家的銀子，小姪在此補上，還望大人儘快再籌集些兵馬，速速去邊關解圍才是。」

張大人聽了更是不自在起來，沒想到冷華庭如此通情理，感動的同時，又不好意思去接那銀票。孫相爺在一旁便勸道：「賢姪啊，你我兩家原就交好，你可要認清形勢啊，如今朝中真正能挑大梁的，可不正是小庭嗎？你再與和親王等一個鼻孔出氣，將來受苦的可是張家。銀子是這孩子的一番誠意，你就收下吧，咱們做長輩的，只當是他孝敬了。」

張大人聽老太爺將自己劃歸冷華庭的長輩一邊，心裡更覺得舒坦，便也不再推辭，將銀票收了，幾個人便開始討論如何招兵，如何救助邊關的事情來。

「世叔，將西山大營的人馬撥一萬給我吧，我來集訓他們幾十天，現在大錦的軍隊戰鬥力太弱了，根本就不能抵擋西涼的鐵騎，用原先的法子練兵，已經很難適應戰爭了。」冷華庭開誠布公地對張大人說道。

張大人管著兵部，雖然沒有直接帶兵，但手裡掌著兵權和後勤糧草調度，對邊關戰事也起著很大的影響。現在與張大人交好，對孫將軍只好不壞，所以，冷華庭一改平日的清淡，主動與張大人修好。

西山大營的兵向來由太子統領，後來皇上又將兵符收去轉交給六皇子，但如今皇上突然病倒，六皇子犯事入獄，太子也沒有將西山大營的兵符正式拿回來，西山大營究竟由誰人管轄便成了一個懸著的事情，誰也沒有心思來過問這件事，但真要出了什麼事，兵部尚書是脫不了干係的。

所以，冷華庭找張大人要一萬兵力幫著練兵，倒也不算找錯人，只是張大人不敢作這個主。

「大人不必猶豫，此事我自會找太子。如今邊關戰事正緊，正是用兵之時，太子一定會應下的，姪兒只是想早些辦成此事，好早一日領兵上前線。」冷華庭看出張大人疑慮，拱手說道。

張大人也知道太子與冷華庭的關係，太子能如此快地上位，可以說是全靠冷華庭夫妻的暗中支持，冷華庭既然拍胸脯說太子會應，那就一定會應的。

「那好吧，雖說兵符沒有在我手裡，但太子正忙國事，作為臣子，為太子分憂也是理所應當。明日你便隨我去西山，我撥一萬精兵給你，你便可以加緊操練了。」

冷華庭一聽，大喜過望，再次恭敬地給張大人行了一禮。

卻說裕親王從宮裡回來，就直奔自家後院。

冷青煜正要出門，見裕親王神神秘秘的，便悄悄跟上。

裕親王徑直進了自己在內院的書房，對長隨道：「好生守在外面，誰也不許進來。」長隨老實地應了，站在門口守著。

裕親王進了書房，轉到書房後面立著的一個大書櫃旁，扭開一個暗鈕，書櫃徐徐移開，露出一個密室，裕親王提袍走了進去，又將書櫃復了位。

密室裡另有一派天地，裡面一應用具齊全，自裡面看，倒像一間溫馨的閣樓，只是沒有窗戶。簡親王妃正端坐在密室的椅子上，靜靜地看著正往裡走的裕親王。

裕親王一掃臉上的焦慮，臉上掛著溫和的笑，在王妃面前坐下來。「婉清，今天可覺得無聊，我給妳找的書，妳可有看過？」

王妃眼裡露出一絲憐憫和無奈。「我沒有心思看書，你……還是放我回去吧。你仔細看看，我不年輕了，已經是有孫子的人了，你……不要再犯錯了，如此對你、對我、對簡親王全都沒有好處。」

裕親王悠悠地嘆了口氣，深深地凝望著王妃道：「妳也知道，咱們都不年輕了，我錯過了二十幾年時光，如若再不……那我豈不是會終生遺憾？」

「錯過了的，就不屬於你，不屬於自己的東西，強留著又有什麼意思？原本我對你的印象不壞，你不要一再逼我恨你啊。」

一個「恨」字終於從王妃口中說了出來，裕親王的眼睛有些紅了，他最怕的便是王妃對他心生恨意。

「妳怎麼可以恨我？妳明知道我對妳的情有多深，妳竟然說妳恨我？妳還有沒有良心？」裕親王怒了，雙眼泛紅，像個受盡委屈的孩子。

「你清醒一些，把我關起來終究不是辦法，我的丈夫和兒子都會四處找我，你關不了我多久的。你可有想過，如此做對你自己又有什麼好處？你身為大錦皇室子孫，竟然與西涼人勾結，這是數典忘祖，是叛國啊！你何苦為一個對你並沒有感情的女人葬送自己的前程，毀了自己的家，毀了兒女的前程呢？」

裕親王定定地看著王妃，眸光由痛轉為平和，好半晌才道：「婉清，妳看似溫和軟弱，實在倔得很，從來就沒有對我假以辭色過。妳說的，我又何嘗不懂？如果我說我是在保護妳，妳會信嗎？」

王妃聽得微怔，認真地看著裕親王的眼睛，漸漸地，她臉上的迷茫之色漸去。「你說是，我便信你。我一直就知道，你沒有生過害我的心思。」

裕親王聽了唇邊終於勾起一抹無奈又欣然的苦笑。「這一生，能得妳一句信任，我也無憾了。婉清，我確實是在救妳。」

他嘆了口氣，想了想，又憤憤道：「我終是要讓簡親王那傢伙急上一急，那傢伙太蠢了，家裡隱著那樣多的危險，他卻一點也沒察覺，不整治他一番，不能出心頭這口惡氣。」

王妃聽得哭笑不得。裕親王幾十年未變的拗性子，還真是讓人無奈呢。

裕親王又道：「妳可知道，冷二對妳也是心懷不軌的，那個人，人面獸心，要是落在他的手上，以妳這剛烈的性子，可就只有一個死字了。先前冷二提出讓我救冷華堂，我不肯，他就惱了，說是要劫了妳兒媳和孫子……冷二凶殘陰險，我若不答應，不知道他又會想什麼陰招來害你們一家，便只好與他妥協。只是我要得到妳，如今冷華堂也救出去，我也把妳關起來了，倒是贏得了他的信任。下一步，我想將他的人全都引出來個個一網打盡，但是這事得與妳那倔兒子聯手，不然很難成事。」

王妃低頭沈思了一會子，道：「那我寫封信給小庭報個平安，你們再想法子合作就是。小庭是個聰慧的孩子，他一定能明白你的苦心的。」

冷青煜跟著裕親王到了書房外，正要進去，卻被裕親王的長隨給擋住，他不由一陣惱火，正要抓了那長隨扔開，轉念一想，又改了主意，轉身走開，卻是繞到了書房後面，貼耳細聽，卻是什麼也沒聽到。

正著急，就聽到裕親王自屋裡出來的聲音，他心中一激，便繞了出來，突然出現在裕親王面前。

「父王……」

裕親王被他唬得一跳，再看兒子一臉的憂急憤恨，心中也有了絲瞭然，心下一動。讓這小子去找那冷華庭也不錯，省得自己要看冷華庭的臭臉子。

如此一想，便拎了冷青煜的領子返回屋裡，將他往椅子上一扔。「臭小子，你躲在我書房前做甚？鬼鬼祟祟沒個正形，小心老子抽死你。」

「父王，您這書房裡有何秘密，為何不許兒子靠近？」冷青煜著實擔心，怕裕親王因情而鑽牛角尖、迷了心志，害了整個裕親王府可就不得了了。

「老子還不能有個單獨待著的地方啊？你那老娘最是嘮叨，還有你小子也最不聽老子的話，老子煩了就想一個人待著，你管得著嗎？」裕親王沒好氣地罵道。

冷青煜衝口就道：「您是不是把簡親王妃給藏在書房裡頭了？那可是會犯死罪的啊！老爹。」

裕親王聽了抬手就要打，一想自己原也是想要告訴他的，便悻悻地收了手，正色地看著冷青煜道：「沒錯，我是把簡親王妃藏在書房裡了。」

冷青煜原本只是猜測，心底還是希望自己的猜測是錯的，沒想到父王直接就承認了，他心頭一慌，差點沒從椅子上驚滑下去。「父王，您瘋了嗎?!」

裕親王聽得心火直冒，抓了案桌上的一塊硯台就向冷青煜砸了去。冷青煜也不敢用手接，脖子一縮便躲了過去。

裕親王罵道：「臭小子，敢罵你老爹發瘋，你活得不耐煩了嗎？你成日不幹正經事只往外跑，那個落霞郡主我瞧著就好，你幹麼要躲人家？你再嘰嘰歪歪，明兒我就往她家送你的庚帖，把這門親事給定了！」

冷青煜一聽，想死的心都有了。他爹還真不是一般二般的混呢，明明在說王妃的事，非就讓他給扯到落霞身上去了。但那話還真能威脅到他，他立馬就軟了音，老實地縮著脖子對裕親王道：「父王，您是不是有苦衷啊，或者，是為了救王妃？」

冷青煜這話讓裕親王聽得心裡暖暖的。到底是自己的兒子啊，就是能理解自己。「不愧是老子的兒子。想劫王妃的是冷二，他如今在西涼可是手眼通天的人物，手下又有著最強大的殺手組織，什麼陰損的招數都使得出來，劫王妃只是我轉移他注意力的一個方法而已，不然，他們就要對那孫錦娘和揚哥兒下手了……」

「什麼?!」冷青煜一聽錦娘又要被害，氣得就自椅子上蹦了起來，抬腳就想往外走。裕親王看了眼神一黯。冤孽啊，臭小子像自己什麼不好，要像這一點？一股同病相憐之感湧上心頭，哀嘆一聲道：「所以，爹爹讓你去給冷華庭報信，說他娘親在我府裡，安全得很，不會有任何危險，但讓他……」

裕親王貼近兒子的耳朵，如此這般地說了一通，冷青煜聽得神情凝重。父子倆又商量了好一陣子，冷青煜才告辭出去。

冷謙和四兒帶著上官枚回府。四兒得知是上官枚幫著劫持王妃的，心中有氣，便不搭理她，偶爾停下住宿時，見了上官枚那張病懨懨的臉，四兒也沒起多大的同情心，一扭頭，當不認識這個人，自己進了店。冷謙原就是個冷面冷心的，四兒不喜歡的人，他更是不怎麼理睬，如今四兒又懷了身子，他更是拿四兒當寶貝一樣供著。

簡親王一回京，便直接往裕親王府裡衝。他帶著冷華庭的私兵，一去便將裕親王府團團圍住了，裕親王府的家丁護院見了這架勢，怕是宮裡的奪嫡牽連到了裕親王，嚇得連滾帶爬地便往府裡去報信。

裕親王正在書房密室裡與簡親王妃閒聊。

裕親王妃聽說王府被軍隊圍起來，當時也嚇到了，忙著人去找裕親王，偏生找了個圈也沒找著，自己便先壯起膽子往院門去看。

結果就看到怒氣沖沖的簡親王正提了劍往府裡衝，裕親王妃強自吸了一口氣，上前攔住。「王爺，不知道裕親王府所犯何事？王爺您提兵器進府來，可有聖上或者是太子旨意？可曾有宗人府下的文書？」

簡親王這會子哪裡還理什麼聖旨文書之類的東西，他心火快燒上眉頭了，對著府裡便大聲喊道：「裕親王，你個混蛋！給本王滾出來，你把婉清藏哪裡去了?!」

裕親王妃一聽，氣便不打一處來，手一插，便對府裡的家丁道：「不許攔著簡親王，讓他去找，若是真找出簡親王妃來，我就要鬧到大殿上去！哼，我看他還要不要臉面了?!」

既然沒有阻擋，簡親王便肆無忌憚地往府裡尋，身後還帶著一隊近衛。

裕親王的長隨聽到院門處有動靜，忙對著書房內喊：「王爺，大事不好了，簡親王爺帶了兵衝進府裡來了！」

裕親王一聽便來了興致，抬腳就要往外跑，簡親王妃也要跟著出來。

裕親王道：「婉清，妳就讓我贏了這一回好嗎？這二十年我天天看他得瑟，今天我也得讓他著急難受一回，妳就成全我這心願吧？啊，一會子妳幫我個忙，就說是妳自己不想回府，妳成全我這一回了，明兒我再也不與妳家作對了，妳那兒子媳婦，我能幫的都幫還不成嗎？」

王妃看裕親王眼裡有著淡淡的哀求之意，這幾十年，王妃也覺得自己虧欠裕親王頗多，雖然是他一廂情願，但是，畢竟人家對自己是錯付了深情，不能給予回報，就縱容他如孩子般的任性一回吧。

裕親王將王妃又送進了密室。看著王妃仙人般沈靜麗質的容顏，裕親王心裡一陣酸楚，嘴角卻是勾起一抹微笑，悠哉地轉出書房。

簡親王正提了劍往這邊而來，一看裕親王老神在在地站在書房外看著他，心中火氣更盛，一提氣，便仗劍躍到了裕親王面前，二話不說，一劍便向裕親王刺去。

裕親王不躲也不閃，斜睨著簡親王，等那劍堪堪離他的胸前一寸距離時，簡親王生生又停了手，罵道：「拿劍出來！你有膽劫了婉清，怎麼不敢還手？」

裕親王好笑地垂眸看了眼自己的衣袍，彈了彈被劍氣吹縐的衣襟，淡淡地說道：「婉清又不是你的私有財產，我不過請她過府來坐坐而已，你著什麼急啊？她可是自己心甘情願來我家裡住上一陣子的。」

簡親王聽得目眥盡裂，一雙星眸都快要噴出火來，大喝道：「你胡說！婉清怎麼可能會心甘情願跟著你走？你作夢！」

裕親王嘴角勾起一抹自嘲的譏笑。「刀劍無眼啊，你可傷不起我，本王怎麼著也是當今太子的親叔父，不是你簡親王可以動得了的。」

簡親王聽得心一橫。「有何動不得？你敢對婉清無禮，我就敢殺了你！我忍你多年了，你真是越來越討厭。快快交出婉清，不然，我踏平你裕親王府！」

裕親王聽了眉頭半挑，歪了身子對屋裡喊了一聲。「婉清，妳可在？」

「在的。」屋裡傳來王妃清亮又溫柔的回答。

簡親王聽得心中一緊，對著屋裡也喊道：「婉清，妳還好嗎？可曾受傷，我來接妳回府。」

「王爺嗎？我很好，但是我現在還不能回府，你先回去吧。」王妃知道自己暫時還不能回簡親王府，明知道簡親王要誤會和傷心，也還是忍了。

不能回府？這是什麼意思？簡親王滿懷的焦慮在聽到王妃的聲音後，有了稍許的舒緩，但一聽她說不肯跟自己回去，心裡便又起火了。不回去，難道真要跟裕親王過？

「跟我回去，婉清，我不許妳和他在一起！」簡親王頭腦一激，說話就有些衝了。

「沒聽婉清說不跟你回去嗎？她都跟你一起過了二十幾年了，過膩煩了。你這二十幾年，從來就沒有好生地護著她過，一次、兩次地讓她陷入危險境地，你可真是窩囊得可以啊。這一次，若非本王施了巧計，她可能就被你家老二劫到西涼去了，你不感激我也就罷了，還對我動刀劍，不知好歹！」裕親王聽了王妃的話更是得意起來。

激動又傷心的簡親王在他眼裡便如一隻困獸，讓他看了心情異常愉悅。多少年了，這廝總是在婉清面前勝自己一籌，明明就是個笨蛋，偏生命好，好東西都讓他一個人得了，今天總算是有機會刺激刺激他。

簡親王氣急，對屋裡的王妃又吼了一句。「婉清，妳真的不跟我回去嗎？」

但等了半天，屋裡也沒有聲音出來，裕親王唇邊的笑意更盛了，將身後的門一關，冷笑道：「婉清她懶得理你了。算了，我也不計較你擅自帶兵硬闖我府邸之事了，你還是快些走了吧！」

簡親王心中既傷心又疑惑，總覺得裕親王耍了什麼手段，讓婉清不得不留下的。他冷笑著對裕親王道：「你放過我？哼，你與西涼人勾結劫我王妃，我跟你沒完。」

裕親王淡笑著說道：「這事你跟太子殿下說去，我懶得跟你扯七扯八，只要太子殿下一日沒有認定我的罪名，你便不能給我亂戴帽子。快走吧，我家廟小，容不得你這尊大神。」

這時，裕親王妃悠悠然轉了出來，斜了眼睨著裕親王。「王爺好興致啊，金屋藏嬌，弄得人家的丈夫都鬧上門了，你還能理直氣壯？這天下如王爺這般不著調的人，可真是沒有幾個啊，莫非皇家教養出來的子孫全是這副浪蕩樣嗎？一會子妾身可真要去問問老太妃，看她老人家當初是怎麼教導王爺的。」

裕親王看到王妃出來，先是一怔，隨即臉上便露出幾分不耐和煩意，正要喝斥裕親王妃幾句，卻見她把老太妃抬了出來，立即氣短了許多。他這一生，誰都不怕，對自己的母妃還是很敬重的，而裕親王妃別的什麼都是平平，卻對老太妃特別孝順，又深得老太妃的心，往往兩口子吵嘴了，她往老太妃那兒一告，那軟了音的就是裕親王。這事情也真是鬧大了，得好生安撫王妃才是。

於是裕親王一改方才的張狂無忌，老實地下了臺階，將妻子牽了上來，對一旁的簡親王道：「本王要處理家事了，你若要人，便使了太子爺來討就是，反正人在這裡我是認了的，不會傷她一根毫毛，更不會將她弄走的，你僅上告就是。」

簡親王哪裡肯走，正又要發作，這時，冷華庭自前院奔進來，拉了簡親王往外走。

卻說白晟羽，果然在大夫人死的頭天下午便趕到了孫相府，他一身白衣飄飄若仙，站在屋裡，整個屋子都因他而生動起來，偏他開口的第一句話便討厭得很。

「四妹妹，四妹夫不會是又沒法子護妳了，讓我來當陪護的吧？」

貞娘笑咪咪的，一點也沒有要責怪白晟羽的意思。「相公，妹夫走時就是這麼吩咐的呢，相公武功絕頂又精明能幹，把錦娘和揚哥兒託付給你，自然是最放心的了。」

錦娘聽了眼睛睜得老大，定定地看著貞娘半晌沒說出話來。這還是她那個溫婉老實的三姊貞娘嗎？當眾誇起自家老公來，竟然是不臉紅的，這夫妻兩個……還真是絕配呢！

果然就看到白晟羽拉了貞娘的手，一副含情脈脈的樣子。「娘子放心，我自當竭力護著四妹妹，有我在，任哪個壞人也近不得妳們的身。」

人家夫妻秀恩愛，錦娘也懶得在場，抱了揚哥兒就要往裡屋去。白晟羽卻是身子一閃攔住了她。「四妹妹最好還是不要亂走的好，就在我的眼皮子底下吧，安全一些。」

揚哥兒是第一次看到白晟羽，看到長得好看的，不管是男是女，便歡快地拍著小手扭著小身子要人抱他。白晟羽一看揚哥兒那張如冷華庭一樣漂亮的小臉，便喜歡得不得了，高興地伸手抱了揚哥兒過去。揚哥兒剛一沾他的身，便伸手將他頭上插著的那根梅花玉簪給扯了，白晟羽一頭烏青的黑髮如瀑布般流瀉下來，好看是好看，卻是有損他翩翩佳公子形象。白晟羽的腦子有些轉不過來，怔怔地看著懷裡拿著他的髮簪玩得不亦樂乎的小寶貝，他深深懷疑是不是錦娘故意教兒子使壞的。

貞娘快悶笑出聲來，因著是守孝，不敢笑，卻是憋得難受得很。錦娘無奈地將自家兒子又抱回來，也是笑個半死。

直到出殯的那幾日，孫家雖是來往的人眾多，但還平順，並沒有想像中的事情發生。

冷華堂自從殺了玉娘後，便銷聲匿跡了，一點線索也找不著。

冷華庭不由更是憂心起來，但冷華堂隱伏在暗處，急是急不來的，只有想法子將他引出來，一網將西涼奸細打盡才是正經。

而張大人也真的撥了一萬兵馬給冷華庭帶著訓練，冷華庭變得更加忙碌了起來。

老相爺知道大老爺在邊關已然難以支撐了，朝中必須派一個精明強悍的大將率兵去邊關支援，而不是僅僅送糧草就夠的。他心中最中意的，自然是冷華庭，但是，冷華庭因著太子那曖昧不明的處事態度和冷華堂的緣故，根本放不下心遠離錦娘和揚哥兒去邊關。

冷華堂一日不伏誅，他一日不得安心。

這一日，太子終於正式下詔，將簡親王世子之位還給了冷華庭，並封他為征西大將軍，卻封了裕親王為軍師，意圖是讓裕親王牽制和監視冷華庭，怕他一家獨大後，朝廷以後更難掌控他。

冷謙回來後，便將此行在東臨的收穫都悉數交給了錦娘，並將東臨國的近況全都向冷華庭兩口子彙報了。

錦娘看四兒懷了身孕，自然很是高興，看到冷謙真的拉回了一車銀子，那更是喜得雙眼都膩了。這生意做得還真不賴呢，就冷謙那鐵板臉，沒想到還真是做生意的料。

邊關情勢日緊，而冷華堂卻還是沒有露面，冷華庭再也忍不住了，只能再去找了冷青煜商議。

而上官枚回了王府後，便一直病著。錦娘回府後也特意去看過她一回，好生地勸過了，但怎麼勸，她也難展顏，愧疚和傷痛糾纏於心，一時半刻很難開解，錦娘心中對她出賣王妃一事也有氣，看過一次後，便也不再往那邊院裡去了。

這一日，是大夫人的頭七，錦娘便帶了揚哥兒和一班侍衛出了京。

大夫人葬在城郊孫家的祖墳地裡，要給大夫人再辦個道場，燒香紙啥的，就得出京。馬車行進得很慢，雙兒和豐兒跟在錦娘身邊，秀姑也抱著揚哥兒擠在一輛馬車上。

車到離孫家祖墳還有幾里路的時候，突然停了。錦娘掀了簾子看外面，只見兩邊有兩座小山坡，官道便在山谷間蜿蜒，兩邊地勢也不險惡，但過往的人卻不多，若是有歹徒在此時出現，劫殺了人，倒是很好逃走。

她不由握緊了拳頭，眼神灼灼地看著抱著揚哥兒的秀姑。

秀姑一臉鎮定自若，拍了拍她的肩膀，以示安慰，邊上的雙兒和豐兒眼神也變得精光閃爍起來。

第一百零四章

錦娘心中稍安，探頭問車伕：「怎麼在此處停了？」

那車伕神情有些僵木，跳下車對錦娘道：「回夫人，車輪子壞了，要換一輛車。」

同來的確實還有一輛車，上面放著香燭、紙錢和祭品。錦娘聽了，不由皺了眉。「不能修好嗎？」

車伕望了望天，又回道：「等到修好，怕是會過了時辰呢，再說了這地也不宜久留，夫人還是速速下來換車的好。」

錦娘聽了便看了秀姑一眼，秀姑對雙兒和豐兒兩個使了個眼色，她們便先下了車。錦娘自己踩著車轅跳下了馬車，轉身，秀姑抱著揚哥兒也下了車。揚哥兒似乎睡著了，用錦披包得緊緊的，看不到他的小臉，難得的是秀姑一把年紀了，身子卻是矯捷得很。

那車伕也下了車，挽了韁繩，睃了眼錦娘，率先向另一輛馬車走去。錦娘也跟在後面，身邊被秀姑和雙兒、豐兒幾個圍著，車伕突然發出一聲尖銳的口哨。

兩邊山坡的樹叢裡立即冒出幾十個黑衣人來，一個個手握長刀，向錦娘他們衝了過來。

雙兒和豐兒兩個聽見哨聲時便有所準備，拉著錦娘便往馬車後躲。果然，那車伕乘機抽刀便向秀姑砍去，秀姑抱著揚哥兒便往一邊跑。那車伕哪裡肯放過，緊追了上來，好在他只是想搶走揚哥兒，下手時便有了顧忌，秀姑卻是一反常態地特別敏捷，跑跳騰挪間似有神助，總是在那車伕堪堪要砍到她時，巧妙地溜走，讓車伕心急的同時，也隱隱感覺有些不妙。

很快地有黑衣人也來相幫，秀姑手上抱著揚哥兒，又沒有武器，再快的步伐也難抵擋兩名身懷武功的高手。漸漸地，秀姑便有些難以招架，一不小心，揚哥兒便被那黑衣人擄了去。

秀姑怪叫一聲，抱頭便向一邊逃去，那車伕搶到了揚哥兒立即喜不自勝，讓同伴追趕孫錦娘。

但孫錦娘一下子不知道逃到哪裡去了，像是莫名失蹤了一般。

再追下去，他怕驚動城內的官兵，反正目標抓到了一個也是好的。

他便將口哨一吹，示意同伴收兵。

山坡上，一個面具男正緩緩從坡上走下來，那車伕將揚哥兒抱過來送給他時，面具後的一雙星眸閃出狼一樣的綠光來，看著很是嚇人。

他接過揚哥兒，正要揭了孩子面上遮著的那塊布，路的兩頭突然傳來陣陣馬蹄聲，他心中一慌，將揚哥兒抱緊，快速向山坡上逃去，但已然來不及，山坡後面也傳來了鐵蹄聲，冷華庭帶著自己精心訓練出來的兵士，正向這一夥黑衣人包抄而來。

那男子深知自己中計了，環顧四周，他們已然被圍了個水洩不通，根本就無路可逃。好在手裡還有揚哥兒，他不由將手中的包袱抱緊，傲然地站在原地，等那個英挺偉岸的男子向他打馬過來。

「好久不見了，大哥，取下面具吧。」冷華庭輕蔑地看著男子，唇邊帶著一抹譏笑，如與老朋友敘舊一般隨意地說道。

「確實好久不見，小庭還想要見大哥一面嗎？」冷華堂聽了，慢慢取下自己的面具，露出瘦削且略顯蒼白的面容，看向冷華庭的眼光很是複雜，看得出逃亡的日子裡，他過得並不好。

「沒想到，你被父王廢了一身功夫，還如此大膽。既是逃了，為何還要留在大錦，去西涼投奔二叔……喔，不對，應該是你的生父，不是很好嗎？」冷華庭端坐於駿馬之上，一派悠然姿態，看冷華堂的眼光就如階下囚一般，冷厲又高傲，卻難得肯耐心地跟他說話。

冷華堂蒼白的臉色泛起了青紫，一股怒火直衝大腦，怒目瞪視著冷華庭，大聲吼道：「不要跟我提那兩個老畜生！我的一生全是他們兩個害的，一個既是養了我，卻從不肯拿我當親生看待，在他眼裡，我不過是個恥辱的象徵，哪裡好生關心過我一次？另一個，卻只拿我當工具，所有的關心和愛護全是為了獲得政治籌碼！」

冷華庭聽了，眼睛微瞇，譏誚之色更甚。「你自來便只是怨恨他人，怎麼不說，走到今天這個地步是你自己太過貪戀權勢、慾望太強？不管父王對你如何冷淡，他至少是錦衣玉食地養著你，給了你王府公子的身分，送你入學受教，讓你養尊處優地過著。天下無不是之父母，他沒有害過你。你覺得不公只是認為父王對我更好，你嫉妒，所以就千方百計地加害於我，就算父王對你不公，我何曾又對不住你過？你自己泯滅天良、陰狠歹毒，做下天理難容之事，才走到如今這個地步，偏生要將錯怪到別人身上，真真無恥至極。」

冷華堂的眸光更加凶狠了，看冷華庭的眼神既痛又恨，還有一絲不明的情緒。他半晌沒有說話，良久，長嘆一口氣。「小庭，我從來沒想過要害你的，在大哥心裡，你從來就是占著最重要的地位……不然，你便不會只是殘廢，而是──」

「那我是不是要感激你手下留情？當年，你對我做過什麼，你真當我不知道嗎？我真想將你千刀萬剮才能解我心頭之恨！」冷華庭不等他說完，便截口喝道。虧這畜生還敢說對自己好，這人面獸心的東西，下了毒害過自己不說，竟然還行那猥褻之事，雖然，那時意識模糊，但還是依稀記得一些。

「可是，小庭，我終歸沒有對你下狠手啊！」冷華堂微垂了眸，不敢與冷華庭直視，小庭眼裡的輕蔑與不屑比痛恨更讓他難受，像一根鞭子，一下一下地抽打著他的自尊，讓他的心扭曲著，像被人用手死死掐住，失了力道，幾近窒息。

「是的，你沒有下狠手，那你今日之事又作何解釋？」冷華庭再也看不下去冷華堂那惺惺作態的嘴臉，大聲喝道。

冷華堂垂眸看了眼手中的揚哥兒，嘴角露出一絲溫柔的笑意。「我不會殺了他的，他和你……長得太像了，真的好像啊，小庭，小時候，你比他乖多了，從來就不會大聲啼哭，更不會揪別人的頭飾，你會走路後，就是大哥帶著你玩，你乾淨純潔……」

冷華庭越聽心火越冒，渾身汗毛根根豎起，再也不想與他囉嗦下去，猛然抽出腰中軟劍，飛身躍起，劍尖直指冷華堂的喉嚨。一邊的黑衣人揮劍擋開。

冷華堂大聲獰笑道：「小庭，你也太過魯莽了些，你的兒子還在我手上呢，你就不怕錯殺了他嗎？」

「你不是說不會殺了他嗎？那你就好生護著他好了。」冷華庭手下不停，唇邊的譏誚更甚，招招致命，頃刻間，有幾名黑衣人倒在他的劍下。

而他身後的鐵騎這時也開始行動了，手中細弩齊發，冷華堂身邊的黑衣人很快便被射成了刺蝟，死在箭下。

「住手！小庭，快讓他們住手，不然，我掐死這孩子！」

「怎麼？還是要拿我兒子當擋箭牌了？」冷華庭手中的動作不停。

冷華堂陰狠地舉起手中那個包袱，大聲說道：「你再不停手，我就摔死他！」

「哈哈哈，你武功沒有了，人怎麼也變得愚蠢了？你以為我還會如以前一樣大意，讓你害到我的妻兒？你再仔細看看，你手中抱著的是什麼？」冷華庭笑得暢快，多年鬱結於胸的恨意，今天便要做一個了斷。

冷華堂早就發現手中的孩子有問題，但他已經陷入困境，便有些自欺欺人似地想著手中的真是揚哥兒，是他最後的救命稻草，如今被冷華庭說破，他便猶如困獸般發出最後的嘶吼，將手中的包袱奮力向山石上摔去，彷彿摔的便真是揚哥兒，那樣，他心中的怨恨才能得到抒解一般。

冷華庭再也不願多看他一眼，他收了劍，冷冷地退回到馬上坐著，任冷華堂瘋狂發洩著。

而他帶來的私兵，一枝枝羽箭全向冷華堂處射去，那箭就像是長了眼睛，並不往冷華堂身上招呼，硬是生生將他身邊的黑衣人一個一個除盡，只剩他一人孤零零地拿著布包發瘋似地摔著。

當周遭的箭都停止了射擊，冷華堂身邊的黑衣人全都倒下時，四周變得格外靜謐，人們靜靜看著那個近乎瘋狂的男子，看他將手中的布包摔散，為了保溫而放進去的一個暖爐也摔得粉碎，裡面包著的布片和棉絮飛得漫天都是，寒風吹過，紛紛揚揚，就像是提前落下的雪花，落得冷華堂滿頭滿臉都是，他似乎無覺無感，只是嘶吼嚎叫、獰笑著。

冷華庭靜靜地看他發瘋，腦子裡浮現出當年那個才六歲的冷華堂，同樣長得粉妝玉琢，卻沈穩有度，很有小大人的樣子，手裡牽著小小的他，拿著一個小蟋蟀筒，興奮地說道：「小庭，大哥帶你去捉蟋蟀，一會子你可不能告訴母妃喔。」聲音清脆響亮，有如甘冽的清泉。

「好啊好啊，大哥，你帶小庭去，小庭一定不告訴母妃，還有劉姨娘，就咱們兩個去。」他高興得差一點要跳起來，牽著大哥的手就不肯放……

那一次，兄弟倆偷偷地溜出王府，跑到郊外，玩得日落西山了還沒有回去。王爺急得四處尋找，好不容易才把兩個小傢伙找到，但找回來的卻是兩個烏漆抹黑的小子，只剩兩隻眼睛靈動地眨著，王爺又氣又急，將兩個孩子跟著的僕人全都一頓好打，又拿了藤條要抽兩人。

那時的冷華堂，很勇敢地站在他面前，對王爺道：「父王，不怪小庭，是孩兒拉了他出去玩的——」

「大人，讓屬下將那賊人綁了吧，夫人還在那邊挨著凍呢。」身邊的貼身長隨善意提醒陷入沈思的冷華庭。

冷華庭微微愣怔了下，抬眸看那仍在發著瘋的人，點了點頭。眾軍士蜂擁而上，將冷華堂五花大綁推到冷華庭的馬前，冷華堂還在發瘋似地吼叫，面目猙獰可怕，嘴角邊漸漸沁出一絲鮮血，雙瞳赤色，卻又渙散。

冷華庭嘆一口氣對他道：「種什麼因，得什麼果。落到今天這個地步，全是你貪嗔太過所致，假使你一直保持一顆平和的心，能夠知足認命，你我又怎麼會弄到今天這步田地？你又怎麼會走上這條不歸路？你一定在心裡很恨二叔，因為，父王不太管你，二叔便成了你心中的父親，是他教了你不少陰狠的東西，但是，你和小軒同樣是他教出來的，小軒卻是保持一顆清明純正善良的心。他沒有被二叔教壞，而你，原就心性不純，所以，二叔才會當你是最好的工具，才會用心地培養你。這一切，怪不得別人的。」

冷華堂似乎聽進去了，又似乎一句也沒聽到，只是嘶吼聲小了好多。見冷華庭打馬要走，他突然大聲叫道：「為什麼不殺了我？我既是惡貫滿盈，為什麼你不肯親手殺了我？」

冷華庭轉回頭，憐憫而厭惡地看著冷華堂，冷冷地說道：「殺了你，怕髒了我的手。」說著，打馬便向一邊的山溝裡尋去。錦娘早就在溝邊等著，她身邊的雙兒和豐兒早就改了顏，竟然是兩名身材偏小的暗衛裝扮的，而「秀姑」白晟羽此時也脫了女裝，笑吟吟看著正焦急過來的冷華庭。

「放心吧，有三姊夫在，怎麼也不會讓四妹妹受半點傷去。」

軍隊浩浩蕩蕩地回了京，竟然看到裕親王守在城門外。冷華庭下馬給裕親王行禮，裕親王有些心不在焉，隨便應付了他一下，便看向了後面的囚籠。看到冷華堂那瘦削的身子孤零零地被關在囚籠裡，裕親王眼裡閃過一絲不忍，但他沒有上前，只是怔怔看著那囚車緩緩自身邊而過。

一路上，很多百姓看著囚籠，有知情的便告知旁人，那關起來的是簡親王前世子，如今的叛國賊，是十惡不赦的大惡人。老百姓也被邊關戰事牽著心，聽說有叛國賊，有的便情緒激動，不少人拿了爛菜葉和石子往冷華堂身上砸，邊砸邊罵，有的更是走近前去對他吐著唾沫。

冷華堂低垂著頭，心中羞憤難當。冷華庭如此待他，比拿刀殺他更狠，他原就是最在乎聲名的，這會子成了萬眾口裡的惡徒，就是死了，也是遭人唾罵的賣國賊……

他生生受著從各處砸來的東西，一塊爛葉掛在了他的前額，原本俊美的臉此時扭曲得不成樣子。一抬眸，他看到了一張熟悉的面孔，那人眼裡有著憐憫和心痛，他不由對那人大吼。「裕親王，你還有臉來看我?!你這個老畜生，為了榮華富貴連自己的兒子都出賣！若不是你，我今天怎麼會中了他們的計？你這個老匹夫，你這個無膽鼠類，我恨你，就是到了陰曹地府，我變成惡鬼了也不會放過你的！」

周圍的群眾聽了便都看向裕親王，裕親王眼裡閃過一絲悔意，隨即又一咬牙，狠狠地瞪了冷華堂一眼，悄悄退到了人群裡，眼角就有些發酸。這個兒子不知道是真是假，但他與白己其實長得有幾分相似的，這一點，很多年前他就否認不了，所以，冷二來找他時，他才會同意將冷華堂救走。

原以為，他這一走，便不會再回大錦，從此天高地遠，不再相見。

誰知他會如此固執和偏激，竟然大膽妄為到孫家行凶，劫持孫錦娘，真是不知死活。

是他逼自己出手的，總不能因他一個人害了整個裕親王府吧？冷華堂啊冷華堂，我已經救過你一回，你自己不珍惜生命，自尋死路，怪我不得。

錦娘回到府裡時，王妃也回來了，婆媳見了，有如隔世，錦娘握住王妃的手，眼睛就有了濕意。「娘，您受苦了。」

王妃心中也是感觸頗深，將錦娘摟進懷裡。「妳也受苦了，娘有驚無險，沒什麼，只是妳和揚哥兒讓娘揪心啊。」

身後的冷華庭過來將這對婆媳一同擁進懷裡，說道：「一切都會好的，咱們一家，總會過上平安喜樂的日子，一定會的。」

那一日，久病方癒的三老爺終於也在三太太的攙扶下過府，就是一直躲在自己小院裡的老夫人也過來看望王妃和錦娘。

三老爺整個人都瘦了一大圈，說起二老爺和冷華堂，也是一片唏噓。

抓回冷華堂後，錦娘和冷華庭雙雙到了太子府裡，拜訪太子殿下。

太子正在府裡瞅著一堆公文發愁，聽聞小庭夫妻同來，不由微微發怔，遲疑了一會子才著人將他們請進來。

冷華庭與錦娘進屋後，恭恭敬敬地對太子行禮，太子看著跪拜在面前的一對璧人，有些恍惚，半晌才讓他們平身賜座。

錦娘含笑看著太子，太子被她清亮的眼睛看得有些不自在，微垂了眸笑道：「我臉上是否長了花了？弟妹看得如此饒有興趣？」

錦娘笑意不減。「臣婦是在看殿下這幾個月來究竟變化有多大，怎麼越看越與當初在江南的殿下形同兩個人呢？」

太子臉色微變了變。錦娘話裡有話，他當然是聽得出來的，當初在江南，自己曾說過，在自己有生之年，絕不會為難她的……如今想來，當初的情景仍然鮮活，這個女子敏感而聰慧，她定然看出了自己的心思和打算。

「弟妹說笑了，妳是看我最近政事繁忙，瘦了一些吧。」太子故意裝作聽不懂錦娘的話，目光也投到了別處，臉上表情微微有些僵，說話也不是很有底氣。

「興許是呢。」錦娘微搖了搖頭，嘆息了一聲。

「臣今日來，帶了兩車東西，是特意送給朝廷的，也是特意來表明臣的心跡，希望可以解朝廷燃眉之急，又能消了殿下您心中的疑慮。」冷華庭雙手將手中的小冊子呈上。

太子微怔，侍從自冷華庭手裡將冊子呈過，太子接過翻開一看，震得自椅子上站了起來，睜大雙眼。「小庭，你這是……這是……」

「這是臣對殿下和朝廷的心意，也向殿下表明，臣一家對朝廷的忠心。」冷華庭微笑著回道。

「如此多的銀兩，你……全捐給朝廷？」太子還是有些不相信，近千萬兩白銀，小庭夫妻買個小國都夠了，而且，這些銀子自己並不知道……太子一時又愧又感激，如此危急時刻，小庭夫妻表現的是對國之大愛，相比自己，為了一己之私，以權位為第一，於戰事和百姓安危為次之，實是羞愧啊。

「這可是我們的全部家當了，不過，殿下也不必受之有愧啦，錢不過是個死物，沒了還可以再賺的，只要能解了殿下眼前之困，解大錦的兵災，這些銀子也算是有了真正的價值。」錦娘語氣輕鬆平和。

太子聽得更是羞愧難掩，站起身來，端正衣帽，正正式式地向冷華庭夫妻行了半禮。冷華庭慌忙托住太子。「臣要領兵去邊關，將西涼人打個落花流水，請殿下應允。」

太子聽得眼睛一陣酸澀，鼻子也有些發酸。小庭……是真心為國著想啊，既出錢又出力，自己若還以小人之心去揣度他，那就又要犯和父王同樣的錯誤了。

「小庭……我對不住你。」太子真誠地說道。

冷華庭看到了太子眼裡的愧意，心中微嘆一聲，面上卻笑道：「殿下言重了，臣一心只願為殿下分憂，不敢有怨懟。國不可一日無君，希望殿下以大局為重，應群臣和萬民所請，早日登基為上。」

太子眼中微濕，一時也被冷華庭激起了豪情和雄心，拉著冷華庭的手道：「小庭，明日我就下旨，令你率軍前去相助孫將軍。」

冷華庭聽得心裡鬆了一口氣。總算是消除了太子心中的芥蒂。

一會子，太子妃帶了皇長孫進來，錦娘和冷華庭忙給太子妃行禮，太子妃微笑地看著錦娘，示意她不必多禮。皇長孫認得了錦娘，一見她便歪著頭，奶聲奶氣地問道：「姨姨，小弟弟，好可愛。」

錦娘聽得一頭黑線。皇長孫在自己家裡，可沒少被自家那調皮小子欺負。「回殿下，你更可愛呢，姨姨好喜歡你喔。」

皇長孫一雙明亮的大眼笑成了月彎兒，老實地抬眸看了眼太子妃，見太子妃也是一臉的笑意，立即自太子妃身上滑下來，歪歪斜斜地跑到錦娘身邊道：「姨姨，抱小弟弟來玩喔，乾兒喜歡他。」

錦娘自袖袋裡拿了個布做的小老虎，在皇長孫面前晃一晃道：「喜歡嗎？喜歡姨姨就送給殿下。」

皇長孫第一次見到這種以卡通形象做成的小布虎，一看便錯不開眼了，對著錦娘手伸得老長。「喜歡喔，姨姨，送給乾兒喔。」

「好啊，送給殿下，小弟弟也有一個呢，殿下的這個布老虎是哥哥，小弟弟的那個是弟，哥哥和弟弟要相親相愛，永遠不要鬧意見喔。」錦娘在皇長孫的臉上親了一口。

太子和太子妃聽錦娘話裡有話，相互對視一眼，再看錦娘的眼神便越發親切了起來。錦娘是在向太子和太子妃再次表明心跡，簡親王府不只是冷華庭這一代，就是到了揚哥兒那一代，也不會與皇室為敵，也會效忠皇室。

「小庭，上次我一再地說，若你生了女兒，便一定要嫁給我家乾兒做媳婦，只可惜你偏生得了個兒子，讓我好好的兒媳婦飛了。不過，你嫂嫂又懷了喔，若是這次能得個公主……嗯，能招了揚哥兒做女婿也不錯啊。」太子一改方才的凝重，展顏開起玩笑來。

太子妃立即笑著接口道：「可不是嘛，乾兒以後和揚哥兒可要如親兄弟一般相親相愛，若我真得了公主，那揚哥兒就是乾兒的妹夫了，那便更是親上加親了呢。」

錦娘聽得秀眉緊蹙起來，嘟了嘴，小聲說道：「怎麼又說起這事來了？孩子們可是要自由戀愛才好啊，現在就訂下來，不合適吧？要是小公主以後不喜歡揚哥兒怎麼辦？要是——」

「娘子，還不謝過殿下厚愛？咱們揚哥兒才半歲多就得了天下最高貴的媳婦，嗯，這小子比我福氣啊。」冷華庭不等錦娘的話說完，立即笑著截口道。

錦娘秀目怒視著冷華庭，咬牙切齒道：「你說什麼？你找了我這個媳婦很沒福氣嗎？」

冷華庭看錦娘發難，立即意識到自己踩了地雷，只得笑著對錦娘道：「這一生能有娘子相伴，是我最大的幸福啊。」

錦娘正要再罵，正在玩布老虎的皇長孫扯著她的衣襟道：「姨姨，小媳婦，我也要。」

錦娘聽得怔住，一頭黑線地看著皇長孫。誰說這小子老實來著，這麼點子大就要小媳婦了呢，不由撫了下他的額頭，問：「殿下為什麼也要小媳婦？」

「小弟弟有，我也要。母妃生，給弟弟，姨姨生，給我啊。」皇長孫奶聲奶氣，小腦袋高高昂起，眼睛黑亮亮的，說得理直氣壯。

太子聽得哈哈大笑。這些日子以來，戰事政事攪得太子心中鬱結難消，這會子終於開懷一笑，看著自家兒子不肯弱於人前的樣子，更是欣慰，對錦娘道：「弟妹啊，妳就快些生個好女兒出來給我家乾兒吧。妳不是說自由戀愛嗎？看吧，妳還沒生，我家乾兒就喜歡了喔。」

第二日，太子果然當庭下旨，令冷華庭率十萬大軍擇日赴前線救援邊關。因著簡親王府的傾力為國，戰備物資準備充足，國內糧草不夠，又命冷謙去東臨等國搶購齊備，等大軍開撥，後續的糧草便會陸續送往前線。

冷華庭出發的前些日子，錦娘心裡便有些發慌。自成親以來，夫妻二人就很少分開過，真到了這個當口，自然心生不捨起來，何況，他是要上戰場，雖是相信他的本事，但還是會擔心害怕，人還沒走，就開始思念了。

這一天，冷華庭去練兵了，錦娘在屋裡百無聊賴，看著秀姑正在幫著給冷華庭做棉袍，她看著便越發堵得慌，不忍再看，一轉身回了屋，站在窗口看院裡蕭瑟的景致，眼裡便有些酸澀，心情如那飄零的枯葉一樣起伏低落。

四兒回京後，錦娘怕她到冷家去受人白眼，留了她在王府，收拾了一個小院子出來專門給四兒和冷謙住，冷謙也老實不客氣地把王府當成了自己的家。

四兒每日用過早飯，便帶了自己的丫頭到錦娘這邊來串門子。她也知道現在是錦娘心情最不好的時候，因此來得就更早更勤了。

錦娘正在窗前莫名傷感，外面便傳來四兒哇哇的喊聲。「揚哥兒又咬人啦！唉呀，小少爺，你是屬狗的嗎？」

揚哥兒長乳牙，逮誰咬誰，尤其是有漂亮女子抱他時，他能一下便在人家臉上啃一口。雖然他還無齒，但糊人一臉的口水還是很不舒服，偏生這小子啃完人後立馬露出一個燦爛無比的笑臉，讓人家根本沒法生他的氣。

錦娘嘆口氣自屋子裡走出來，卻看到揚哥兒正咯咯笑著在豐兒懷裡蹦著，根本就沒有咬四兒，不由斜睨了四兒一眼。

四兒歪靠著門邊，手裡端了盤點心悠哉吃著，哪裡有半點被咬的樣子？錦娘過去奪了她手裡的點心，嗔道：「馬蹄糕吃多了會上火的。」說著，自己拈了一塊扔進口裡吃起來。

四兒瞪大眼睛叫道：「夫人，我是孕婦呢，怎跟我這雙身子的人搶東西吃？」

錦娘懶得理她，捏了點心塞揚哥兒嘴裡。揚哥兒沒牙，不會吃粉狀的東西，邊吃邊往外噴，糕點就噴了一嘴，他也知道不乾淨，笑嘻嘻地就往豐兒臉上蹭，動作又快，豐兒一個沒留神，就被他糊了一臉糕粉，氣得抱住他的小臉也啃了一口。

錦娘看得哈哈大笑，四兒見了便挑了眉看豐兒和秀姑，秀姑皺了皺眉，微嘆了口氣。夫人最近心神不寧，心情不好，大家都知道是為什麼，但這也是沒法子的事。

幾人正說笑著，有小丫頭進來稟報，說上官枚來了。

錦娘強打了精神，親自到穿堂外迎了上官枚進來，笑著說道：「大嫂今兒怎麼有空過來了，玲姊兒可是爽利些了？」

上官枚神情仍然淒楚，見錦娘對她還算客氣，勉強笑了笑道：「多謝弟妹惦記著，玲姊兒現在好多了。」見正堂裡人多，便吶吶地站著不肯落坐，又一副欲言又止的樣子，錦娘在心裡微嘆了口氣。想來定是無事不登三寶殿，上官枚肯定是有事相求來了。

但看她原本清傲的個性如今變得小意討好了起來，心底微微發酸，起了身，向東次間走去。

上官枚喝了口茶後，抬手將耳畔落下的一縷髮絲綰到耳後，神情變得堅定起來。「我想再見他最後一面，請弟妹幫我。」

果然是這事情。錦娘聽著心裡就泛暈，她以為宗人府的大牢是自己開的嗎？憑什麼她想見，自己就能幫？

見錦娘沈默，上官枚又說道：「只有妳有法子幫我，其他人都靠不住。我想見他，就這最後一面，不然我一輩子也不會甘心。弟妹，我知道妳是個通情又善良的人，讓我抱著玲姊兒見他一面吧，從此我只當他死了，會安生過日子的。」

錦娘覺得心口壓抑，長長吸了口氣，又緩緩吐出，好半晌才道：「好吧，我陪妳一起去找太子殿下，若殿下應允，我便陪妳去見他一面。」

上官枚臉上立即浮現出一朵美麗的笑容，起了身，真誠地給錦娘施了一禮道：「我就知道，弟妹一定會答應的。」

太子妃畢竟是向著上官枚的，雖然她萬分不情願上官枚再與冷華堂糾葛下去，但是自家妹妹那個拗性子她也沒法子開解，興許就如上官枚自己說的，見了一面之後，就能斷了這孽緣，讓她了了這樁心事也好。

有了太子妃的幫助，自然要進宗人府的大牢是很容易的事。錦娘那日瞞著冷華庭，讓冷謙護著，一同去了宗人府大牢。

大牢裡陰暗潮濕，壁上雖點著油燈，錦娘仍是進去了好一會子才適應了黑暗。

上官枚抱著玲姊兒，走在錦娘前面，玲姊兒體質弱，大牢裡發霉的空氣讓她有些不適，不時咳一聲。上官枚倒是真心疼玲姊兒，將她緊緊抱在懷裡，邊走邊輕言哄道：「玲姊兒乖啊，一會子就能見到妳爹爹了，咱們一定不能當著爹爹的面哭喔。」

玲姊兒才幾個月大，自然是聽不懂她的話的，只是與她相處日久了，也很親她，倒也真的沒有哭。

終於，帶路的牢頭在一間四周全圍砌起來的牢房前停了下來，對上官枚道：「夫人請進去，但不宜待得太久，那裡面味兒太重，小姐怕是受不住的。」

上官枚謝了那牢頭，錦娘又賞了他幾兩銀子，那牢頭便歡喜地打開了鐵門，退到一邊。

那門一開，一股酸臭夾著霉味撲鼻而來，錦娘心中一陣翻湧，忙用袖子捂住了嘴，強忍住要吐的感覺。

上官枚不以為意，率先走了進去。

錦娘心知他們夫妻總是有些私房話要說的，便沒有跟著，只是站在門外。冷謙也怕出什麼意外，站在錦娘身邊護著，一雙冷厲的眸子如刀一般射向牢裡。

昏暗的油燈下，一個身子蜷成了一團縮在亂草堆裡，身上的衣服早看不出顏色。上官枚小心地走近，顫聲喚道：「相公……枚兒來看你了。」

草堆上的人蠕動了下，好半晌才抬起頭來，那頭比亂草還要糟的頭髮蓋住了臉，讓人分不清他的相貌，只是一雙眼睛如狼一樣冒著陰森的光，如黑夜中的鬼火，上官枚心頭一顫，瑟縮了下，不太敢向前了。

那人抬頭靜靜看了上官枚好一陣，突然便渾身抖動起來，喉嚨裡發出嘶啞的低吼聲。上官枚聽了半天也沒聽清他在說什麼，便又說道：「相公，我是枚兒，我來看你了。」

那人總算是坐起了，肩膀試著動了動，似乎是想要抬手拂開蓋在臉上的亂髮，那雙手卻無力地垂著，根本就抬不起來。他煩躁地又吼了幾聲，上官枚的眼淚便嘩地一下流了出來，細看他的手臂和大腿處，全是血跡斑斑，衣服上已經結了血痂，她不由顫著音，喃喃道：「他們……斷了你的手和腳嗎？」

「枚兒……妳為何要來？」冷華堂終於啞著嗓問出一句完整的話。

上官枚泣不成聲，淚流如注，好半晌，才抬了頭，伸手將冷華堂臉上的頭髮拂開，露出冷華堂瘦得不成形的臉。她眼含深情，柔聲道：「我來看看你。」

冷華堂被她眼裡的情意怔住，原本怨毒的眼眸變得溫柔起來，嘴角牽出一抹笑意。「有什麼好看的？又髒又醜，妳不該來的，留著個好印象，作個念想不好嗎？」

上官枚含淚笑了，拿了自己的帕子幫他拭著臉。「相公如今一樣英俊好看，並沒有變醜。」

冷華堂聽得哈哈大笑起來，星眸裡，終於泛上了淚意。好半晌，才止了笑。「妳還是那麼蠢啊，我從來就沒有喜歡過妳，一絲一毫都沒有過，娶妳，不過是看上了妳的身分和地位、妳的娘家勢力而已，以前跟妳說的話，全是假的、假的，妳知道嗎？妳不是郡主嗎？怎麼蠢得跟豬一樣啊，哈哈哈……」

上官枚聽得心中一陣絞痛，嘴角的笑意再也維持不住，頹然坐在了亂草上，美麗的大眼糾結著痛苦和傷心。「我早就知道，可是你為什麼要這麼殘忍，到了這個地步，你為何還要打碎我心裡僅存的那點夢想？你不是一直都在騙我嗎？再騙我一次又何妨，為什麼要戳破你自己的謊言，為什麼到死你也不肯悔改一、二呢？」

冷華堂的四肢完全不能動彈，卻是瘋狂大笑著，身子亂抖，差一點就穩不住身形，倒到亂草上去。嘶啞的笑聲，蒼涼中帶著憤恨，聽在耳裡越發令人難受。

上官枚猛地一揚手，甩了他一個耳光，怒道：「不許笑了！你以為你就很聰明嗎？你才是個十足的笨蛋，一條被人利用的狗，你才是傻子，喜歡一個從來就沒拿正眼看過你的人！」

冷華堂的笑聲驟然而止，眼裡露出一絲悲憫和無助，自嘲地笑了笑。「誰說他不喜歡我？小時候，他最是黏我的，天天都牽著我的衣襟要我帶他玩，是我不好，是我太貪心，想要的太多了，才把他推遠了，若是……哪怕只是做兄弟，能天天看著也是好的。」

上官枚再也聽不下去了。心心念念想著的男人，心裡存的卻是禁忌之戀，到了這個地步還在癡心妄想，以前只是懷疑，如今聽他親口承認，一顆芳心便碎了一地，只覺得自己便是這世上最傻的傻子，向一個心理變態的人乞求愛情，那不是自討苦吃嗎？

她緩緩將懷裡的玲姊兒抱過來，遞給冷華堂看，聲音也變得冷冽起來。「這是你的孩子，看一眼吧，我會好好撫養她的，一定要讓她成為一個正常善良的人，看一眼吧，看完了，我就抱她走了。」

冷華堂看著上官枚手裡小小的孩子，那小女孩眉眼與他很是相似，只是嘴巴和鼻子有點像玉娘，他眼裡露出一絲溫暖，想要撫摸那孩子，但手伸不了，上官枚便將孩子舉高一些，送到他臉前。他抬了眸，感激地看了上官枚一眼，哽了聲道：「枚兒……」

這一聲，飽含思念，再不是那嘲諷與謾罵的口吻，上官枚聽得一怔，以為是錯覺，再抬眼看他時，他已經陶醉似地將臉貼上玲姊兒的，稍一挨著便立即抬起頭來，訕訕道：「太髒了，不要弄髒了她。謝謝妳，以後不要告訴她，她有我這樣一個父親，還有一個更無恥的母親。她的生命裡，只有妳便好了。」

上官枚聽得心中一顫，點了頭，抱著玲姊兒起了身，緩緩向牢房外走去。

冷華堂看著那抹纖細窈窕的身影，孤獨又淒涼，忍不住便喊道：「忘了我吧！找個好人嫁了，好生過下半輩子。」

上官枚的身子一震，僵了一會子，卻是再也沒有回頭，繼續向外走去。

「妳不要再傻了，我從來就沒有喜歡過妳，為一個騙子守寡不值當的！」牢門關上的那一瞬，冷華堂還在牢裡嘶吼了一句。

抱著玲姊兒的上官枚淚如雨下。若真的沒有半分情意，又何必在最後一面時故意氣自己，又何必歇斯底里地要自己再嫁？若真是人面獸心，又怎麼會用那樣溫柔的目光看玲姊兒，又怎麼會關心玲姊兒將來會以他為恥？

若非一個貪字，他又怎麼會落得如今這個地步？她在他的眼裡看到了悔意，但是，這個悔意來得也太晚了，再也沒有人能救他，就算救出來又如何？他還能有勇氣生存下去？

錦娘沒有勸上官枚，只是將玲姊兒自她懷裡接了過去，那孩子竟然在那種酸臭的環境裡睡著了，這讓錦娘很是驚訝。看著她熟睡的小臉，錦娘的心裡泛起一絲酸楚和不忍，冷華堂那句話沒錯，這個孩子是無辜的，以後，就讓她快快樂樂、無憂無慮地成長吧，不要讓她知道自己有對那樣不堪的父母，更不能讓她的父母影響了她的人生。

出來時，冷謙偷偷告訴錦娘，有人在牢裡暗動了手腳，挑了冷華堂的手腳筋，他這一輩子，就算不死，也是個殘廢了。

錦娘心中微凜。當初冷華庭將他捉住後，並沒有傷他，而是完好無損地送到了宗人府大牢，當時她便覺得太便宜了冷華堂，如今看來，善惡到頭終有報這一句話還真是應了。

第一百零五章

出得宗人府大牢，意外地，卻看到冷華庭正等在牢房外。

錦娘微怔，見他濃長的秀眉緊蹙著走過來，心裡就有些發慌，將懷裡的玲姊兒遞給上官枚，自己提了裙就想躲。

冷華庭幾步便跨了過來，一把扯住她，便往他帶來的馬車處拖。錦娘拽著他的衣袖求饒。「相公，你看，一點危險也沒有啊，阿謙跟著呢，真的沒事啊……」

冷華庭頭也不回，看她還在囉嗦，長臂一摟，便將她往車裡帶，一張俊臉黑如鍋底。錦娘頓時老實地閉了嘴。此時以無聲應萬變是最好的，說多錯多，還是不要再惹了他才好。

一上馬車，冷華庭便不由分說地拿了條濕巾子抹錦娘的臉，錦娘也不敢掙扎，任他施為，只是偷偷睃他，看他眼裡盡是嫌棄之色，立馬想到這廝最是愛潔，自己身上定是沾了大牢裡的臭味了，忙自動自發地脫了外面的錦披，扔在了一旁，仰著小臉，討好地對冷華庭綻了個大大的笑臉。

冷華庭又隨手扯了錦娘頭上的簪子，她一頭烏青的秀髮便如瀑布般流瀉，馬車一動，便遮了她滿臉的髮絲，她不由嘟了嘴道：「幹麼拿了我的髮簪？一會子怎麼下車啊，總不能披頭散髮地出馬車吧，怎麼見人呢？」

冷華庭一把將她扯進懷裡，抱得緊緊的，頭枕在她的肩膀上，聲音卻很沈。「一會子就這樣下馬車，看妳還不聽話不？叫妳好生待在府裡，妳偏要亂跑，亂跑就算了，竟然還敢到宗人府大牢裡來，真是不知死活，不治治妳，妳不知道為夫的厲害，趁著在家，為夫得振振夫綱了。」

錦娘一聽便炸了毛。什麼叫要振夫綱？她一直就很聽話的好不，做得夠賢妻良母了，這廝還不滿意？不由歪了頭，斜睨著冷華庭。「相公想如何一振夫綱？難不成，想納個小妾帶到邊關去侍候你不成？」

冷華庭不過惱她隨便亂出府，她如今太過出名，大錦境裡，嫉妒她的可不在少數，若是遇到那有心害人的又傷了她怎麼辦？

可這話怎麼生生就讓她扯到小妾身上去了？自己何時要娶小妾了？

「娘子會賢淑地給我納房小妾回來？」他故意氣她，嘴角含了笑，微瞇著的眼裡有著讓錦娘難以覺察的危險。

「難道你真想要納小？」錦娘不過拿話氣他，沒想到他真這麼著回自己，不由心火也直冒，語氣就不善了起來。

「難道妳真會給我納小？」他的語氣也不善。

錦娘越發怒了，推開他的頭，憤憤地看著他道：「你想要，我就給你納。」那樣子像個正在賭氣的小媳婦，嘴裡說著硬話，眼裡卻透出了委屈。

冷華庭再也難抑心中怒火，長臂一伸便將她勾了過來，一下子就捉住她那嘟得老高的紅唇，懲罰地在她豐潤的唇上咬了一口。

錦娘一吃痛，微張了嘴，他便乘虛而入，霸道地採擷起她的甜美來。錦娘原本這些日子就因著他要遠離而鬱氣堵心，一腔的不捨和思念無處可洩，這會子他一親上，她也就不管不顧了起來，將心裡的擔憂、依戀、不捨、相思，一股腦兒地往他身上澆，雙手勾纏住他的脖子，身子也拚命往他懷裡擠，想要與他貼得更緊更密，就此成為了一體，再不要分開才好。

冷華庭也是同樣地不捨和依戀，更多的是擔憂和心焦。冷華堂雖然伏誅，但冷二卻還隱在西涼，不知道他何時又會到大錦來，使個陰絆子再回去。

他著實是不放心錦娘和揚哥兒，但國事緊急，身為皇室一員，又是大錦的臣民，為國效力乃是男人本色，他不能推託也無法推託，心知錦娘會理解他的決定，但更怕自己不在時，她會受傷害。

自她嫁給自己以來，不知道遭過多少危險，受過多少驚嚇，原本就愧對於她，如今再要將她丟下，獨自離開，那份愧意和不捨加上思念，揉在一起便是煎熬，明知道她是在說氣話，也要為她的話多了心，怕她會多想，更怕她會不信任自己。

當年的葉姑娘正是因著皇室的挑撥，加上誤會，才會傷透了心後黯然離開。他和錦娘之間可不能再那樣了，錦娘是他的魂、他的命，沒有她，他不知道要如何繼續生存下去。

懷裡的人兒熱情似火，填了他心裡的空洞，散了他的擔憂。他的錦娘怎麼會不信他呢，就如他自始至終信她一樣，她也會信自己對她的那份情堅貞不二，只是要離開了，才生出情緒。兩人都不明說，心裡都清楚，這是在鬧小孩子脾氣，其實就是捨不得。

「錦娘，放心吧，我很快就會回的。三個月，只要三個月，就會還妳一個完整無缺的相公回來。」

錦娘鑽在他懷裡，聽了他的話，眼眶就有點濕，卻是不願意說話。她不想說什麼大義凜然的大話，什麼為國如何如何，她不是情操高尚的聖女，她只想要與相公與孩子、與家人過團圓幸福安寧的小日子，但她也知道，男人志在四方，尤其如冷華庭這樣驕傲的男人，殘廢了六年、被人鄙視了六年之後，他更迫切地想要用自己的能力證明自己，所以她不會阻攔他，還會鼓勵他。

但明白道理是一回事，感情又是一回事，不是誰都能用大道理說服自己的感情。

她就是不捨，就是不願意他走，就是想要將他牢牢地繫在身邊，但是……再不願意不捨又如何，他還是要走的，所以，她只想抓住他還在家裡的每一分每一秒，撒嬌耍賴全用上也只是想要多貪戀他一絲絲的溫暖和寵愛。

「真的只需三個月就會回來，娘子，乖，我給妳梳頭，別動了。」冷華庭放開錦娘，將她的身子扶正，白皙纖長的五指成梳，靈巧而溫柔地在錦娘絲滑如綢般的髮間穿梭，很快給錦娘鬆鬆地綰了個流雲髻，將先前拔去的簪子插上。

錦娘怔怔坐在他身前，越發依戀他，鼻子就開始發酸。冷華庭扳過她的臉，輕輕拿了帕子幫她拭著淚，將她擁進懷裡，緊緊依偎。這一刻，兩人都沒有再說話，只是感受彼此心靈的貼近。

卻說上官枚，與錦娘一出了牢房後，一抬眼，看到冷華庭氣沖沖地來了，心下有些愧意。錦娘入了簡親王府後受了多少危險她也是清楚的，自己把她拉到牢裡來，二弟定然是很擔心和生氣的吧？看著錦娘抱頭鼠竄想要逃走的樣子，她是既好笑又羨慕。這樣的夫妻，才是真正的情深意切，才會長久永遠吧……

抱著玲姊兒正要獨自上馬車，卻見冷謙正與一個人又動起手來。那人一身白衣身材偉岸，相貌冷峻，眼神卻很溫和，不時地向她看了過來。

上官枚心中一緊，快速地抱了玲姊兒便上了馬車。

那人一看便急了，虛招避過冷謙，斥道：「都要當爹的人了，怎麼還是如此衝動？我來可不是找你打架的。」說著一個縱身就躍到了馬車邊，在上官枚的馬車邊定住，手伸起，在空中遲疑了一陣，半晌才像下定決心似的，將車簾子掀開，朗目看向車裡那個淒楚孤寂的女子，啞著聲道：「郡主，別來無恙？」

上官枚沒想到他會大膽地來掀自己的車簾子，震驚的同時，很有些不自在，微抬了眸看了一眼，說道：「冷大人，別來無恙。」

見她並未生怒，而且平和地回了自己的話，冷遜的心裡透過一絲喜悅，心跳也有些激烈起來，卻是嘴笨，不知道接下來要對她說什麼，愣怔在車邊，定定地看著上官枚。上官枚被他看得越發不自在了，垂了眸道：「還有事嗎？」

冷遜被她問得一怔，臉色有些僵，吶吶地清了下嗓才道：「妳小時候是叫我阿遜的，現在，還是叫阿遜吧。」

上官枚聽得愣住。小時候……確實是叫他阿遜的，他很小時，便是太子的侍衛，姊姊很早便是既定的太子妃，所以太子來她家時，她也會看到那個還是羞澀少年的他，但那時，她的眼裡怎麼會有一個小小的侍衛呢？

只是事過境遷、時移世易，他們之間的身分和地位起了太大的變化，他……還是讓自己叫他阿遜嗎？還是那樣害羞、那樣笨拙，面對自己時，還是那樣小心翼翼。

可是，他不知道現在的自己，已經沒有了當初的驕傲和自信了嗎？雖然，他眼裡的情意比之小時候只增不減，但是……那又如何？且不說世俗的眼光會如何看待他們，只問心，自己的心裡還能承得下另一段感情嗎？

上官枚悠悠嘆了口氣，將玲姊兒往懷裡再抱緊一些，對冷遜道：「天冷，大人若是無事，小婦人要回府了，怕凍著孩子。」

冷遜聽了，眼神立即黯下來，再抬眸時，眼裡閃過一絲倔強和堅決。「明天我會去王府看妳的。」他不管不顧地落下這一句話後，放下了簾子。

上官枚聽得心中更酸了起來，淚水如珠般滴落在玲姊兒的臉上。玲姊兒終於醒了，睜開清亮的大眼，看上官枚哭，她也哇地一聲哭了起來，哭聲清脆而響亮，霎時似劃破宗人府大牢前那片青灰的天。

馬伕鞭子一抽，馬車緩緩起動，自冷遜身邊離開。冷遜僵木地看著那漸漸遠去的馬車，聽著車裡一大一小的啜泣，心情異常地複雜和沈重。

突然，一隻手拍在了他的肩上，他頭都沒回，皺了眉道：「我不想再跟你打了。」

「你都活了二十好幾了，怎麼一點男子漢的膽色也沒有？若是我，當年就會將她搶進府去了，怎麼會讓她受這樣大的痛苦，你真是無用得緊。」冷謙斜睨著冷遜，說話一點也不客氣。

冷遜不可置信地回頭看向冷謙。沒想到，阿謙這個木頭竟然早就看穿了自己的心事。他的臉色有些不自在起來，拍開冷謙的手道：「不關你的事，回去抱你的老婆孩子吧。」

說著，翻身上馬，揚鞭起步。冷謙鄙夷地看著他道：「你怕老頭子不同意，又怕世人的指點，停步不敢向前。再做一次孬種，我真的會看不起你的。」

冷遜坐在馬上的身子微微一震，再沒回頭，打馬向前面的馬車追去。

冷華庭和錦娘回了王府，冷華庭因著備軍之事又進了書房，還招了白晟羽和冷謙一同進屋議事。

大軍開拔在即，頭一批的糧草已然備齊，冷遜這一次被太子自江南調回，為的就是給冷華庭當幫手。冷遜以前和太子一同赴過邊關，上過戰場，對邊關的地形和民俗都比較熟悉，他的到來的確給冷華庭添了一分助力。

白晟羽雖然也是將才，但這一次冷華庭請他來，卻不是讓他帶兵的，他好生煩悶，一聽冷華庭不肯讓他上前線，清朗的星眸裡便含了鬱氣，一屁股坐到了冷華庭書房的太師椅上，將手中的扇子打開又收攏，弄得噼啪作響，以此來表達心中的不滿。

冷華庭看著不由好笑。「三姊夫，怎麼三姊一懷了孩子，你也跟小孩子一個樣了？怎麼著也得等我說完了，你再生氣吧。」

白晟羽白了冷華庭一眼，輕哼道：「你可千萬別再又來一句說什麼三姊懷了孕，姊夫你還是好生在家待產之類的話啊！這一回，我可是非去邊關不可的，反正你三姊肚子還小，咱們速戰速決，早些將那些西涼賊子趕回去，回來正好還可以看到我兒子出世呢。」

冷謙難得地笑道：「我兒子也正是那時候出世呢。到時，咱們一起回來，等老婆生產啊。」

冷華庭聽得搖了搖頭道：「等回來的時候，我家揚哥兒就快滿一歲了，我還等著從邊關帶禮物回來，給他做抓週用呢！不過，你們可沒有那麼好的命，你們兩個肯定是不能看到兒子出生的那一刻的。」

冷謙和白晟羽聽得一怔，瞪著冷華庭，尤其白晟羽呸了一聲道：「有你這麼說話的嗎？一會子將你這話告訴四妹妹去，看她怎麼收拾你。什麼叫我們兩個看不到兒子出世？難不成你想我們兩個陣亡？」

冷謙聽得立即呸了白晟羽一下，冷厲的眼睛轉而瞪住白晟羽。

冷華庭鄙夷地看了白晟羽一眼，說道：「一會子我還真要把你這話告訴娘子去，看三姊怎麼收拾你吧！我的意思都沒聽明白，這一次，你們兩個去邊關，可不是打仗的，而是要潛進西涼去，將大錦物美價廉的貨物送到西涼去。西涼可是有不少白銀，你們兩個想辦法，也得把西涼的銀子給我拉幾車回來。」

冷謙聽了就直皺眉。雖然他東臨之行做得很成功，東臨人很喜歡大錦機器織的棉布，但他生來便是喜歡上戰場，以前因著給冷華庭當侍衛，沒法子也沒機會，現在，總算冷華庭腿不殘了，親自領兵上前線了，卻又讓他做那勞什子的商人，這讓冷謙好不鬱悶，當下便黑了臉道：「不行，這回我怎麼著也要上前線，不殺幾百西涼人，絕不回家。」

白晟羽卻是聽得兩眼亮晶晶的，身子在太師椅上坐正，直起身來對冷華庭道：「這主意不錯。據我所知，如今西涼正是大雪封山的時候，缺衣少糧，咱們這次過去，糧食就算了，咱們自己都不夠吃的，但上好的棉布那是一定要多拉些去的。西涼人大多穿毛皮，但硝皮子的技術又不太好，上好的毛皮穿在身上硬邦邦的，難受死了，若是有了大錦棉布，定然會很喜歡的。」

冷華庭雙眼炯炯有神地看著白晟羽。就知道讓白晟羽領導商隊是最好的選擇，他的性子圓滑，擅長與人打交道，比之冷謙來更加適合，只是冷謙也有了經驗，他們兩個同行，一定事半功倍，效果更好。

「可不是嗎？只是如今兩國交戰，又是大雪封山，你們想要潛進西涼，還要帶上大批的物資，只怕很困難。如今最困擾我的，不是怎麼打贏西涼人，而是怎麼將你們送進西涼去，而且還要保證貨源不斷跟進。」

「這倒確實是個問題，不過辦法總是人想出來的嘛，咱們如今最大的問題就是只會對著地圖說事，沒有真正去過西涼，對那邊的風土人情和地形都不太熟悉。那些黑衣人定然也是很熟悉地形的，更知道怎麼從西涼潛入大錦，嗯，咱們一會子就弄個黑衣人來，讓他給咱們指路去。」

「這點我早就想到了，也使了人到牢裡嚴問過，的確是有那麼一條暗道的，但是如今被西涼大軍守著，西涼人想要出來自然是容易，但我們想要進去那就難了，這法子行不通。」冷華庭立即就澆了白晟羽一大盆冷水，毫不客氣地截了他的想法。

白晟羽也不氣餒，敲著扇子又沈思了起來。冷謙在一旁看著不耐煩，好半晌才冷冷地說道：「王爺不是曾經去過西涼嗎？還有，忠林叔也是去過好幾回，西涼的那些毒藥迷藥啥的，他都精通，又懂得易容術，不如把忠林叔也帶上。」

冷華庭走過去拍了白晟羽的肩膀，道：「三姊夫，你說了一大堆都沒有阿謙一句話有用。忠林叔會是最好的嚮導，只是，他年紀頗大了，怕是受不住那樣的顛簸寒冷，這事得聽忠林叔自己的意思了。」

白晟羽這會兒倒沒有再反駁，笑著對冷謙道：「阿謙是不開口則已，開口就是一鳴驚人啊。」

冷謙對他翻了個白眼，冷著臉出了門。白晟羽指著他出門的背影，對冷華庭道：「我方才的那話是誇啊，他為什麼還是那麼一張死板臉啊！」

冷華庭走到地圖邊又研究了起來，邊看邊說道：「你當阿謙是傻子呢，什麼叫一說話就是一鳴驚人，你分明就是在罵他是烏嘴。」

白晟羽聽得快要跳起腳來，指著冷華庭道：「陷害，這絕對是陷害！小庭你陷害我——」

「再說阿謙回來了，我親自幫你問問他可行？」冷華庭頭也沒抬，繼續看著地圖。白晟羽聽了他這話立即便閉了嘴，不再說話了。

錦娘回到屋裡，揚哥兒又餓得嗷嗷直叫，秀姑的臉都快黑成鍋底了。

「早說了要請個奶娘回來，夫人啊，揚哥兒都七、八個月了，您那點子奶水，根本就供不上了，可憐見的，個把時辰不吃，便餓得小臉都白了。」

錦娘聽了不敢多話，忙將揚哥兒抱到懷裡餵他，一邊的張嬤嬤就道：「要不搭點米糊啥的吧，裡面剁些肉末再打個雞蛋一起熬了，揚哥兒應該會吃的。」

錦娘聽得眼睛一亮。「這法子不錯呢，張嬤嬤，還可以在米糊裡加些菜汁進去，或者燉點高湯放進去，給揚哥兒補補，我再試著斷奶算了。」錦娘笑著對張嬤嬤說道。

秀姑一聽就不樂意了。好好的王府少爺，竟然才七個多月大就如莊戶人家的孩子一樣吃米糊，說出去還不要笑掉人家的大牙？「快別說那些個小門小戶才吃的東西了，咱們揚哥兒可是金枝玉葉般的身子，哪裡像那些人家一樣吃米糊啊？還是快些請個奶娘回來是正經呢。」

錦娘知道秀姑又犯了拗，忙岔開了話題。「秀姑，喜貴哥哥最近常回來嗎？」

秀姑一談到喜貴便來勁，眼都笑瞇了，拿起冷華庭的棉袍子繼續繡邊。「這幾日沒有回，忙著呢！夫人您不是把宮裡頭的那個生意也給了他嗎？他如今忙得腳不沾地了，聽說前些日子還得了那李公公的誇讚，說他辦事踏實呢！」

錦娘聽了也很是高興。喜貴如今越發圓滑幹練了，宮裡的事情，她只是跟太子妃打了聲招呼，皇后娘娘那裡因為能分二成的利，自然更不會有阻礙。

看錦娘有些走神，秀姑又嘟了嘴道：「只是喜貴也老大不小了，該成個家了，每天勞累奔波一天回來，連個熱炕的都沒有，夫人，得給他找個知冷知熱的人。這一回，可得看清楚了，一定要找個品性端良的人回去。」

錦娘聽了便點了頭，問秀姑：「柳綠如今在何處？還與妳一同住著？」

秀姑一聽柳綠的名字就沈了臉，對錦娘道：「我可是明著暗著說好幾回了，她也是個聰明人，就是偏生要裝聾作啞，她臉皮太厚了，我還真是拿她沒法子了，昨兒個我一急，便問她肯不肯給喜貴做小，她當時便發作了。」

「要不，再給她配個小廝吧，或者找個中等家庭把她嫁了？」錦娘斟酌著問道。

張嬤嬤一般在說到喜貴的事上都不插嘴的，只是在一旁聽著，如今見夫人有些為難，倒是笑了。「夫人，您也別太心軟。說到底，柳綠也只是個丫頭，怎麼處置都由您說了算的，她是奴才，就得認命，主子對她好，是主子的恩典，若總是心性太大，作那不切實際的夢，還不如早些打發了是正經呢。」

正說著，外面鳳喜眼睛亮亮地走了進來。「夫人，東府的三少爺來了。」

錦娘先前沒聽清楚，因著東府好久都沒什麼人過去了，突然聽人說起東府就有些發怔。張嬷嬷卻是聽得明白，她臉色微變了變，卻道：「唉呀，三爺是趕回家過年的吧？夫人，得著人去知會二少爺一聲才是呢。」

錦娘這才反應過來，是冷華軒回來了，忙起了身迎到穿堂外。

冷華軒穿著一身潔淨的天青色長袍，身材挺拔，臉上看起來比之先前稍微削瘦了些，唇邊帶著一抹溫暖乾淨的笑容，看著與去年相比，要成熟穩重了一些，但原本清遠如風的氣質仍然未變，只是那雙溫潤清澈的眼睛如今也注進了滄桑。

「三弟這廂有禮，二嫂看著比以前精神了很多呢，二哥不在嗎？」冷華軒說話很是有禮，卻顯得有些拘謹，沒了以前的灑脫。錦娘想起他第一次到自己的屋裡來時，和冷華庭兩個玩著幼稚的遊戲都能混一下午呢，冷華軒在自己面前也隨和得很，如今，卻生分了。

「三弟遠來辛苦，進屋坐會兒吧，你二哥在書房裡議事，一會子使人去請來。」錦娘也同樣客氣地對冷華軒道，說著便偏了身子，請冷華軒進屋。冷華軒昂首走進了正堂，在一旁的椅子上坐下來。

錦娘也在正位上坐了，問起冷華軒任上的一些事情，冷華軒笑著一一回了。

「三弟這次回京是調任的嗎？以後不用再去那麼遠的地方了吧？」錦娘關切地問道。

「倒不是上頭調任的，是小弟自己上了請願摺子，想要與二哥一同去西涼抗敵。原本沒存多大的指望，誰承想太子殿下竟是允了，所以，小弟便趕在二哥出征前回來了。」說這話時，冷華軒的眼睛淡淡地看著錦娘，語氣裡頗有點滄桑和自我調侃的意味。

錦娘臉上果然閃過一絲詫異之色。太子怎麼會讓冷華軒去幫冷華庭攻打西涼呢？冷老二可是冷華軒的親爹，冷華軒可是個重孝道的人，先前二太太在時，他可是極力維護二太太的，再怎麼不喜二老爺，也不可能就能做到手刃生父、大義滅親吧？他這一去，是幫忙還是添亂？太子又是何種意圖？難不成還對冷華庭存了猜忌，怕他透過戰爭而擴大權勢，心生反意？

可錦娘很快就恢復了平靜。「三弟肯來幫你二哥，那自然是最好的。人家說，兄弟齊心、其利斷金。」

冷華軒聽得微微一笑。錦娘把夫妻同心給改成兄弟了，不過用在這裡，倒是貼切得很。錦娘心裡的疑慮他也明白，只是，這種事情說出去，怕還真的沒幾個人相信。

畢竟他自己心裡也是經過了幾番的掙扎才作了決定，若是沒有東府老僕人給他看過那樣東西，他怎麼也不會摻和到這件事情上來，便是如此，他心裡也仍是翻江倒海得難以平復。

但這一切，都只是屬於他自己的痛、他的悲，與他人無關。

「華軒是大錦人，能為國盡一點棉薄之力，那也是理所應當的。只是華軒乃一介書生，比不得二哥文武雙全，二嫂倒是高看華軒了。」冷華軒的語氣仍是客氣而疏離，眼睛卻是始終淡淡注意著錦娘的臉色。

這樣的說話方式讓錦娘覺得有些壓抑，但看冷華軒又沒有半點要走的意思，便笑了笑道：「三弟回府可有去見過父王母妃？」

誰知這樣明顯的逐客令冷華軒像是沒聽懂一般，仍是老神在在地坐著。

「三弟回來，可曾去過二嬸的墳上看過二嬸？」錦娘注視著冷華軒的眼睛，突然問道。

冷華軒果然被問得微怔，清朗的眼眸微黯了黯，唇邊便帶了一絲譏誚。「三嫂還記得我娘親嗎？」

「自然是記得的，二嬸子那樣獨特的一個人，我怎麼可能會忘記呢？」錦娘坦然地看著冷華軒回道。

「那二嫂定然是知道我娘親是如何死的。」冷華軒終是再難保持面上的平靜，眼中一絲悲憤閃過，眸光如刀，凌厲地看向錦娘。

錦娘哂然一笑道：「你既是如此問，定然也是知曉了當初一些事情。我不否認，當初是我設計讓二嬸子露了馬腳的，但我問心無愧。」

錦娘的話如一記重錘重重敲在了冷華軒的心上。當初二太太死時，他幾乎感覺萬念俱灰，這個世上，只有母親是真正疼愛他的人，可是……那個人，卻被眼前這個女子陷害致死，若非這次回來，那個丫頭對他明言，他怎麼也難以相信這個自己曾經尊敬的嫂嫂，竟然是害死自己生母之人。

「二嫂做下此等陰毒之事，竟然還說心中無愧，呵呵，二嫂的臉皮可真是厚得不是一般二般啊……」冷華軒霍然自椅子上站了起來，怒目瞪視著錦娘，聲音微微發抖，胸腔起伏不平，看得出他很激動。

不過，錦娘聽著卻很欣慰。二老爺夫妻陰狠手辣，但養出的兒子卻是坦蕩得很，愛便是愛，恨便是恨，他對自己有恨，完全可以學了二太太那樣，使陰絆子害自己就是，但他今天卻是當面面對，有氣便撒，有恨便發，不在暗地裡行事，這自然是錦娘最願意看到的。

「三弟稍安勿躁，坐下來，我們好生說說這事。」錦娘鎮定地抬了抬手，示意冷華軒坐下，又道：「萬事總有因，我是什麼人，二弟應該很清楚，今天你既是開誠布公地為二嬸子討公道來了，自然心裡也有幾分明白的，不過是受了人的蠱惑，想求個究竟罷了。」錦娘半點不避冷華軒緊逼的目光，坦然直視著。

冷華軒聽了果然冷靜了一些，慢慢坐回椅子上，問道：「當初，那個叫柳綠的丫頭其實並沒有在二嫂的吃食裡下藥對吧？二嫂那樣做，不是陷害又是什麼？」

「當初吃食裡確實是沒有下藥的，但那毒藥確實是二孀子交給了柳綠，要她給我下毒的，只是柳綠一早就被你二哥查出來有問題，一直關著，沒法子下手，我不過是借了她的手，讓二孀子的陰謀顯現於人前罷了。三弟，我不是隻小白鼠，明知人家在害我，我還要等著人家來害嗎？如若換成是你，又會如何做？那一次我回門子時，你娘親派人追殺於我，我差一點死於西涼人的刀下，這你又如何說？若非二孀子一再緊逼，一再加害，我又怎麼會設計讓她現形？三弟只來問果，不去求因，可真是不公平得很。」

冷華軒聽完，頹然地靠在椅背上，臉色蒼白，神情悲苦。好半晌，他才悠悠吐了口氣，皺了眉，緩緩說道：「此事我也知道怪二嫂不得，只是心中有惑，便來問個究竟。二嫂放心，小弟不會對二嫂心存怨恨，不然也不會親自來問了，只是到底是我的親娘，不問對不住自己的心，望二嫂能體諒一二。」

這一番話倒是說得真誠懇切，錦娘聽著也是鬆了一口氣，點了點頭道：「我明白了。對你來說，家遭劇變，確實是很痛苦的事情，但你能自強不息，我確實很欣慰的。三弟，忘卻過去，放下過去，你就是你，做好自己就好了，你的將來還有很長的路，看清方向，堅定地走下去，生活仍然會回饋你的。」

冷華軒的眼中一陣潮意翻湧。二嫂仍是那樣的胸襟廣闊，那樣通達明慧，自己今日的舉動分明就很無禮，但她仍是在勸慰和安撫自己，誰說自己沒有親人，她和二哥仍是自己的親人……呵呵，如若她知道自己真正的身世，不知又會做何表示呢？

突然，冷華軒有種想在親人面前傾訴的衝動。這一年多來，他隻身一人，遠赴偏遠小鎮，獨自忍受著孤獨和失意，更忍受著旁人的白眼和鄙夷，他一直很堅強，一直不肯在人前落了軟，一直不肯傾談，但現在，他真的很想要痛痛快快地將心中的鬱結一次全掏洩出來。

「二嫂，妳可知道我的親爹爹究竟是誰？」冷華軒突然開口問道。

錦娘被他這突兀的話問得一怔，愣愣看著他半晌。這話她可真不知道要怎麼回答，他的爹爹不就是二老爺嗎？怎麼會這麼問？

冷華軒唇邊帶出一抹自嘲的苦笑，眼睛卻是濕了。「我爹爹不是賣國賊，他從來就沒有出賣過大錦，也更加沒有與西涼人勾結過，他……只是有些貪慾之人罷了，但……卻從來沒有害過人，他……已經死了，死了很多年，早就作了白骨，二嫂。」

錦娘被冷華軒的話震驚得無以復加。一直覺得二老爺太過奇怪，怎麼也想不明白，他為何在西涼會有那樣大的權勢，一個簡親王府的子嗣、皇族世家子弟，怎麼可能與西涼人勾結？原來，真的冷二已經死了，而現在的這個竟然是假的，是西涼人假扮的！如果是這樣，那一切就好解釋多了。

「你……是如何知道這一些的？」錦娘心中對冷華軒湧起一絲的不忍。這個年輕人的身世還真是夠坎坷的，十幾年來日日相處著又天天喚著的爹爹竟然是殺父仇人，那份痛與恨，該有多深多重啊……

「才知道不久的。這次回來，東府的老僕二貴找到了我，帶我去了個地方，也給我看了些東西，我才明白，原來父親早就被那賊子害死，母親天天同床共枕的是殺夫仇人卻不自知，還一味地幫他害人……母親……不知道是太糊塗還是太精明，竟然這麼些年都沒有看出來。或許，是看出來的，也不肯相信、不肯承認，最後……被他害得身死名毀的下場……」

冷華軒再也忍不住熱淚盈眶，小聲啜泣了起來。

錦娘看著就心酸，拿了帕子給他遞過去，勸道：「別傷心了，人死不能復生，你……還有自己的人生要過，不要再想那些事情了。你回來不就是要為父母報仇的嗎？打起精神來，想法子活捉那賊人回來就是。」

冷華軒接過錦娘遞過去的帕子，邊拭邊說道：「那人早就有預謀想要害王爺。我爹爹他在書房一個秘密的多寶格子裡留下一些東西，上面有對前事的記載，我看過才明白了一些。當初，我爹爹嫉妒王爺承了爵，心生不滿，便時常與裕親王混在一起，當年，那賊人扮作學子，在大錦太學院裡學習，誰也不知道他會是西涼人，倒是與我父親關係親厚得很。

「後來，知道裕親王對王嬸有意，便設計陷害王爺，後面就有了劉姨娘，再有了冷華堂，不過一、兩年時間，那人便殺了我父親，扮作父親的模樣，住進了東府；而我娘親，在他進東府時，又已經懷了我，可能是為了我，也可能她根本就沒看出來，或者她看出來了，也自欺欺人，總之，母親一直像無事人一樣與那人一起生活了十幾年，一點反應也沒有，這點很是讓我困惑。」

事情說開了，冷華軒和錦娘的心裡都舒暢了些。錦娘又再勸慰了冷華軒一陣子，那邊冷華庭得知冷華軒來了，使了人來請他到書房去。冷華軒起身告辭，臨到門口時，又回過頭來，對錦娘道：「那個叫柳綠的丫頭，二嫂還是早些打發了吧！一個對主子不忠不義之人，留著實在是個禍害。」

錦娘感激地對他點了點頭，應聲送了他出去。

一回轉，看到秀姑的臉黑如鍋底，不等錦娘發話便放下手中的活計衝了出去。

一會子，秀姑氣沖沖地把柳綠拖了來，一巴掌便甩在了柳綠臉上，罵道：「賤人！夫人一再寬容妳，妳卻如此忘恩負義，一再背叛和陷害夫人，好在三少爺是個通情的，沒有被妳蠱惑，不然不知道又要怎麼害夫人了！妳這樣的人，怎麼配得起我的喜貴？幸虧喜貴沒有與妳成婚，不然真是壞了我的家聲呢！」

柳綠沒想到冷華軒這麼快就將自己賣給了錦娘，心裡一陣陣的後怕，身子都在哆嗦了。她也是太氣憤了，明明那時候說好了將自己許給喜貴，二夫人也要認喜貴為兄，自己就可以做舅少奶奶了，沒想到夫人說話不算數不說，那喜貴和秀姑也對自己越發冷淡，如今喜貴本事了，管著幾個大鋪子，她原也想通了，就算做不成舅少奶奶，做個掌櫃夫人也不錯的，但沒想到，喜貴對自己越發不喜，最近竟然是看到自己便躲，而秀姑話裡話外的就是要退親，要讓自己回孫府去。

這門親事早就鬧得兩府全知道的了，當初為了養傷，自己又與喜貴同住一個屋裡近一年，名聲早就出去了，再被退婚，以後還有誰敢要自己？這不是把自己往火坑裡推嗎？

她們如此不仁義，柳綠心頭一火，便想出了這招來害錦娘。沒想到，到底是沒有害著，卻把自己的最後一條路給堵死了。

她如今也知道怕了，伏在地上不敢抬頭。錦娘看都懶得看她一眼，對秀姑道：「就交給妳處理吧，和張嬤嬤商量下，是賣還是怎麼著，都由妳去，別讓我再看到她就是了。」

秀姑聽了錦娘的話，轉頭看了張嬤嬤一眼。張嬤嬤眼裡閃過一絲戾色，對秀姑道：「她知道的東西太多了，與其賣了她，讓她在外面嚼舌根，不如將她送到佛堂裡去算了，反正佛堂裡也是要人打掃的。秀姑，剪了她的頭髮，讓她做姑子去吧！」

柳綠雖是千般不願做姑子，但畢竟留下了一條賤命，總還不是最壞的，出去時，也沒怎麼哭喊。

但一出門子，張嬤嬤就跟了出來，對那兩婆子道：「直接打死，拖到後山埋了。」

柳綠這才呼天搶地了起來，可那兩婆子二話不說，扯了身上的汗巾子便往她的嘴塞了個嚴實，直接拖走了。

第一百零六章

卻說忠林叔願意跟著去邊疆，又憑著記憶找到了那條通往西涼的暗道，讓冷華庭喜不自勝。

冷華庭出征前，太子終於在大臣們的一再央求下登基了，登基大典舉辦得很簡樸，新皇一心致力於邊關戰事，崇尚節儉，將錢省下來做軍費用，這讓大臣和百姓們很是讚賞，都說新皇是個勤政愛民的好皇帝。

新皇登基後不久，簡親王便向朝廷請辭，將簡親王王爵提前傳給世子冷華庭，自己做個閒雲野鶴之人，攜了妻子去遊山玩水了。

這讓錦娘好生羨慕，扯著冷華庭便絮叨了好一陣。「相公，你打仗回來後，咱們也要出去旅遊。我也要和母妃一樣出去玩，我不要天天關在這深門大院裡頭，像隻籠中鳥，我要去大草原看馬，去沙漠裡騎駱駝，去雪山看雪蓮綻放……」

冷華庭無奈又寵溺地將她攬進懷裡，一一應著，心裡有些發酸。錦娘自嫁給他後，確實沒有好生放鬆過，而今自己又要離開她出征，她在家裡定然又是幾個月的牽掛思念和煎熬……

但再怎麼不捨，冷華庭還是出發了。那一日，錦娘親自送到了城門外，看著俊挺的丈夫英姿颯爽，一身銀白戰袍端坐在馬上，陽光如碎玉一般灑在他身上，照得他越發丰神俊朗，他眉眼間的豪情讓錦娘頓時明白，這樣的相公才是最真實，男人，總是要顯得硬氣霸道，有所作為時才最引人注目，最讓人愛到骨子裡。

回程時，新皇將錦娘請到了步輦邊，含笑問道：「可是捨不得？」

「有捨才會有得。這是相公的志向，臣婦自然是要支持的。」錦娘含笑回答。

新皇欣慰地點了點頭道：「妳總是從未讓朕失望過，還是那樣特別，保持這樣就好，不要變。」

錦娘聽得一怔，隨即明白皇上的意思。她微微一躬身，笑道：「自然是不會變的，希望皇上也永遠保持如今的豪情壯志，不要變，將來開疆擴土也不是難事，臣婦相信，您一定會成為一代聖君的。」

新皇聽得哈哈大笑，眼眸凝深，笑過後，卻是輕輕嘆息一聲，用只有自己才能聽得到的聲音說道：「但願有來生，我會早一些遇見妳。」

錦娘聽得不夠真切，不禁問道：「皇上，您說什麼？」

皇上回神，淡笑著說道：「朕說，妳什麼時候生個女兒啊？太子可是要訂下娃娃親的呢，那天乾兒可是親口跟妳討要過的，妳可不能反悔，傷了小孩子的心可不好了。」

錦娘聽得愣住。怎麼又是這話呀，自己哪裡就答應皇太子了，再說了，一個人在家怎麼生孩子嘛……一想到這裡，思念便像長了草，春風還沒吹過來，就開始長了，眼神便有些黯了起來。

新皇不屑地看了她一眼道：「人還沒走遠呢，就要哭了，妳羞是不羞？」

「不羞，想自己家相公，那是天經地義的事，羞什麼？」錦娘嘟了嘴，理直氣壯說道。

新皇聽得眼神有些恍惚，深深凝視了她一眼道：「那是，妳家相公丟不掉的。」

錦娘的臉這才有些羞赧，卻是笑嘻嘻地向前湊了湊，對皇上道：「皇上，您說，落霞郡主什麼時候能把青煜那小子收服啊？我看著都急呢。」

皇上不由敲了下她的頭。「妳瞎操什麼心？要是急，那妳去保大媒啊，妳不是和落霞的關係很好嗎？」

錦娘聽了立即癟嘴，站直了身道：「算了吧，我要是去跟那裝嫩的小子說，他包准沒事就吼我兩聲，我才不討人嫌呢！再說了，我家相公不喜歡我和他多說話的，還是小心些的好，省得他回來又治我。」

皇上看著錦娘在自己面前露出的小女兒姿態，心下有些惘然，卻也很欣慰，畢竟她沒有疏遠自己，兩個人以這樣的形式相處，倒是自然又愜意得很。

冷青煜騎在馬上，看著遠去的大軍，眼裡露出嚮往之色。他也是鐵錚錚男兒，自然也是有志向和抱負的，為國效力，上戰場、灑熱血，那是多麼恣意又豪邁的事情，只可惜父親不肯，他便不能成行，只能羨慕了。

一回頭，看到錦娘與新皇談笑風生，他眼睛微黯，心中微微有些發緊。冷華庭也許沒發現，但他是有感覺的，皇上對錦娘的感情非同一般，也許是同病相憐，所以才越發敏感，如今看皇上與錦娘說得開心，他心裡便有些害怕。錦娘是個什麼性子他最清楚了，在感情上很遲鈍，卻最是堅貞烈性，若是皇上在冷華庭離開期間要打些什麼主意……

他不由打馬走到步輦前，對皇上行了一禮道：「皇上，外面風大得很，早些回城吧。」

皇上聽得微怔，挑眉看了眼冷青煜，冷青煜立即對他綻了個燦爛的笑臉，討好地說道：「臣餓了呢，想到陛下那裡蹭飯吃，賞口飯吧，您那御膳房的東西，天下無處可比啊。」

皇上便瞋了他一眼，搖了搖頭道：「外面確實風大，妳也早些回府去吧，要不，讓青煜送妳一程？」說著，便眨了眨眼睛，眼裡挾了絲促狹之意。

錦娘理會了，點頭道：「那就有勞世子了。」

冷青煜聽得怔住，臉都憋紅了。他自然是很想送錦娘回家的，可最近錦娘也不知道發了什麼瘋，一見著他就要將他與落霞送作堆，七七八八的說一大通，總結出來就一個意思，讓他早些跟落霞成親，這讓他心裡好生煩躁。如今錦娘都開口，不去反而落了痕跡，只好垂了頭下馬，伴在錦娘身邊，躬身一禮道：「世嫂，請上馬車。」

錦娘呵呵笑著，辭別了皇上，往馬車邊走去，卻是仰頭對冷青煜道：「哪天我再教你一支曲子可好？」

冷青煜聽得怔住，不解地看著錦娘。「什麼曲子？」聲音微微有些飄，連他自己都沒有注意到心裡的迫切和激動。

「〈花好月圓〉，很好聽的，你要是吹給落霞聽，她一定會高興死了。」錦娘彎著笑眼，提了下裙襬，邊走邊說道。

冷青煜的臉立即垮了下來。果然她還是要說到那事上去，但也不好太過給她臉子看，便只「喔」了一聲，牽了馬，興趣缺缺地繼續走，步子卻是大了很多。

錦娘卻是站住不動，變戲法似地拿出一管小笛，放在嘴邊吹奏了起來。錦娘前世就喜歡自己做小笛，吹的技法雖說不好，但是一首小曲還是能夠吹成的。

清悠的笛聲在空曠的郊外響起，曲子歡快悠揚、婉轉旖旎，訴說的正是一對戀人歷盡艱辛後苦盡甘來，幸福地生活在一起。

冷青煜身子僵住，怔在原地抬不起腿來，心裡五味雜陳，酸甜苦辣全占了。他多想，他與她便是這曲子中的男女主角，最後能夠幸福走到一起去，可是……相遇就是個錯誤，再見更是錯，錯到現在便是個結，這一生都無法解的結。

他知道她的心意是好的，她是想他能幸福，可感情的事情哪是說得清、道得明的？有時，只需一眼，一眼便是一輩子，看對了，便任他人再好，花香滿園，眼裡也只得那一人。

她竟然是要自己學這樣的曲子，呵呵，傻丫頭，這是在拿刀子戳他的心啊……他在樂律方面很有天賦，很多曲子聽一遍就會，但他發誓，這一輩子，他都不會吹這首曲子。

錦娘一曲終了，卻見前面那個人身子像木板一樣僵住，沒有任何的回應，她嘆息一聲，將笛子收回衣袖，默默地繼續往前走。她無法再跟他說什麼了，有些感情，不能回報，就只能裝不知了。她盡過力，但沒有用，便只能遠離，但願時間會沖刷和撫平一切的傷痛，尤其是她無意間造成的傷痛。

冷青煜默默地將錦娘送回簡親王府，看她下了馬車，進了府，便掉轉馬頭走了。

錦娘自門後探出頭來，嘆了口氣，自言自語道：「落霞啊落霞，就看妳自己的了，這樣的大媒，我作不了啊……」

「世嫂，妳就這麼喜歡我嗎？走路都在唸著我的名字？」落霞突然自院子裡走出來，嚇了錦娘一跳。

錦娘看她一身粉色收腰夾襖，披件素色褙子，著一條粉色撒襬羅裙，襯得身材妖嬈，人也顯得清清爽爽、嬌俏得很，不由回頭看了眼門外，那個人早就騎馬不見了蹤跡……唉，真不知道他是怎麼想的，這麼漂亮的女孩子不喜歡，非要想那得不到的，真是傻子啊！

「妳是何時來的？」錦娘最近跟落霞關係好得很，落霞也因著上官枚的原因常到簡親王府來，今天是冷華庭出征的日子，錦娘定然是要去送行的，原想著落霞不會來的，沒想到，她已經在屋裡等著了。

「來看表姊的，她情緒很低落。」落霞順著錦娘的目光向外看去，結果什麼也沒看到，便垂了眸，神色有些黯淡地說道。

自冷華堂出事之後，上官枚哪一天情緒不是低落的？錦娘自那一日與上官枚去過大牢後，就一直忙著給冷華庭準備出門要用的東西，所以，沒太顧上探望上官枚，不過她那天也說過，見過一面後便會死心，那便應該會想開的，旁人多勸也沒用。

見錦娘不以為然，落霞神秘地拉住錦娘的手道：「世嫂啊，王妃如今不在府裡頭了，妳又是新王妃，這簡親王府是不是妳說了算啊？」

錦娘看她神神秘秘的，樣子很奇怪，有些莫名地歪了頭，想了會子道：「應該算是吧，但若娘親回來，還是娘親作主的。我懂得的事情也不多，當然要問過老人才算。」

「喔，可現在王妃沒在府裡啊，這裡就妳最大了，當然是妳說了算的，世嫂。」落霞扯著錦娘便往上官枚住的院子裡走，錦娘有些無奈，不知道她究竟想要說什麼。

「妳知不知道，阿遜他很喜歡我表姊？」落霞也不繞彎，附在錦娘的耳邊說道。

錦娘聽得一怔，停了步子看落霞。「妳是說……冷遜他……喜歡……」

落霞看錦娘身後還跟著豐兒和雙兒兩個呢，忙拿手捂錦娘的嘴，小聲道：「表姊不肯啦，她說了一大堆什麼烈女不嫁二夫啥的，我氣得都快要拿東西砸開她的頭了，為那種人守，值得嗎？」

錦娘聽了眼睛瞪得更大。落霞的思想還真是另類呢，嗯，好，是個好女子，大膽又潑辣，敢愛敢恨。她不禁又想到了冷青煜，腦子裡靈光一閃，附在落霞耳邊道：「妳這麼本事，怎麼還沒有吃定那個人啊？拿出妳的潑辣勁來，直接先進洞房後辦婚事算了。」

落霞被錦娘的話震驚得無以復加，兩朵紅暈立即爬上了臉頰，怔怔看著錦娘半天也說不出話來。她畢竟只是個未出嫁的姑娘家，這樣的事想都沒有敢想過……錦娘的想法……還真是嚇人呢，可是，對那個木頭好像也只有這麼一招了啊……得想想這事情的可行性了。

「咱們先把表姊的事情解決吧，世嫂妳真壞，一下子又繞我身上去了。」落霞好半天才自羞澀中醒過神來，嬌嗔地轉了話題。

「這事情不能操之過急的，畢竟大哥還在世呢，妳讓她就接受別人，肯定是難的，得過一陣子再說。嗯，如今阿遜也去了邊關，人不在……明兒我寫封信給阿遜，他若是真心喜歡大嫂，那就讓他隔段時間便給大嫂來封信吧，可不能斷了聯繫，時日久了，大嫂總會改變心意的。唉，正是青春好年華，為那種人消耗了，真的不值。」

錦娘嘆口氣，繼續往前走著，卻是勸落霞道。

落霞也跟著嘆了口氣，有些神思不屬，到了上官枚院子裡，就見侍書正端了盆水出來倒，見錦娘來了，忙放下盆給錦娘行禮。「奴婢給王妃請安。」

錦娘忙擺了擺手道：「還是稱我夫人吧，母妃才是這個府裡的王妃，母妃在一天，我就只是夫人。」

「是，二夫人。」侍書恭恭敬敬地給錦娘又行了一禮。

奶娘正在給玲姊兒餵奶，上官枚便坐在一旁給玲姊兒做著春衫，見錦娘進來，忙站了起來，笑道：「弟妹今兒不是要去送二弟嗎？怎麼有空到我這裡來了？」

錦娘走過去，接過她手裡的小衣服抖開來看。「人都走了，我總不能老站在外面吹風吧，想著好久沒來看大嫂了，大嫂的針法倒是越發精緻了。」

上官枚笑著讓錦娘入座，又對落霞道：「妳呀，別成日在外面瘋跑，姨母前兒還跟我說，要給妳說個好人家呢，別總想著那不屬於妳的人，不值當的。」

「那妳也一樣啊，不要總想著那不值得的人了，想想屬於妳的人吧。」落霞立即拿她的話回她。

上官枚聽了就瞪她，不自在地對錦娘道：「她是小孩子心性，弟妹別聽她瞎說。」

錦娘笑著坐下，卻道：「我倒覺得落霞說得不錯，大嫂還年輕呢，那些不值得的人，是該早些忘了的好啊。」

上官枚臉色便黯了下來，卻對錦娘道：「她們都說弟妹的繡功很好，不如幫嫂嫂我繡枝梅花在玲姊兒的衣服上吧，這衣服我想等玲姊兒滿半歲的時候給她穿呢，也不知道大小合適不？」

「好啊，只要大嫂不嫌棄就成，說起來，玲姊兒從出生到現在，還沒好生地辦過酒呢，要不，待玲姊兒半歲時，咱們請幾桌在府裡熱鬧熱鬧吧。」錦娘笑著說道。

卻說冷華庭經過長途跋涉到了邊關，孫大老爺早就在幽城外迎接他了。幾個月過去，孫大老爺的人蒼老了許多，臉上的鬍子也很長，神情很是憔悴，看來守得很苦，但幽城一直沒有失守，為大錦保住了門戶，也保住了幽城十幾萬百姓的家園。

冷華庭遠遠看到孫將軍便下了馬，抬腳大步飛奔了過去，一到孫將軍面前便跪了下去。

「岳父，您老辛苦了。」

孫將軍連忙將他扶起，細看了他兩眼，不住點著頭，臉上帶笑道：「嗯，不錯，站起來的小庭果然是玉樹臨風啊，我那四姑娘怕是又要得瑟一下了。」

冷華庭再沒想到大老爺見面後的第一句會是這樣，滿心的擔憂和牽掛在大老爺這不著調的話語裡都消散了，心裡也升起一股由衷的敬佩，就是在這樣艱苦的條件下，大老爺仍保持著樂觀開朗的個性，所以才守得住這幽城，經得住戰爭和嚴寒吧！

「不過，我那四姑娘也是個人中之鳳呢，她也是萬裡挑一的人物，唉呀，我的外孫呢，長什麼樣？隨了你還是錦娘啊？最好是隨你啊，將來又是個迷死人不償命的小公子哥兒呢。」大老爺拉起冷華庭的手便絮叨了起來。

冷華庭這才想起錦娘生了揚哥兒後，大老爺就來了邊關了，爺孫倆就沒有見過，怪不得會問。

原本以為翁婿倆要淚灑滿臉的見面，卻在這種輕鬆和諧的氣氛裡進行，到了大老爺的帳裡，兩人這才轉了正題。冷華庭這一次率兵十萬來了，裕親王作為軍師在後面督促著糧草，會晚幾天才到。

大老爺談到戰局時，濃眉緊蹙，很難開懷，但冷華庭信心滿滿，很仔細的詢問著兩邊的布局、敵方的領軍和軍隊駐紮的地形地貌等等。

大老爺一一講解的同時，卻也猜出冷華庭的一些意圖。「小庭啊，你不會是想要偷襲吧？」

「確實如此，岳父。想必您也知道我曾經訓練過一支私兵，那支軍隊極擅短距離強攻，他們個個身負小擒拿格鬥術，身手敏捷得很，而且錦娘還改良了一種手投彈，爆炸力極強。我們在江南時，曾經受過那種炸彈之苦，不過，錦娘改良的這個比西涼人用的更為精良，威力更大。」

「喔，我家的四姑奶奶連這個都懂？她也忒偏心了些，老子上戰場，她怎麼不弄些好東西給她老子解解困？」孫大老爺說著一臉的不滿，眼裡卻是自豪的笑意。

於是翁婿倆都不顧旅途的勞累，伏在地圖上就商議了起來。

西涼大營就駐紮在離幽城不到三十里地的山坳裡，此處地勢險要，易守難攻，領軍的元帥是西涼的北院大王。

此時，他正在自己的帥營裡與下屬幾個將軍吃著烤羊肉，喝著燒酒。

大錦援軍到達的消息他們早就知道了，南院大王在情報方面向來是最準確及時的。那個簡親王府的殘疾小子竟然也來領兵作戰了，北院大王想想就好笑，伸手割了一塊羊肉，沾上醬汁，放在口裡大嚼著，邊吃邊對一旁的中年將軍道：「聽說領兵的那小子長得比女人還嬌美呢，阿拉圖，明兒你給本帥將他活捉了來，讓本帥嘗嘗他的滋味，會不會比娘兒們更銷魂啊？哈哈哈！」

那叫阿拉圖的將軍聽了也是兩眼冒光，諂媚地給北院大王斟滿了酒，又割了塊最好的羊腿肉遞給北院大王，奸笑道：「大王放心，大錦人便是軟骨頭，就會吟詩作畫，能上戰場的沒有幾個，都他媽長得像娘兒們！明兒屬下便去叫戰，必定將那小子給您活捉來，只是您嘗完了，可得賞屬下也試試滋味就是。聽說那小子可是大錦的第一美男子呢，一個眼神就能讓男女全都丟魂，想想就銷魂啊。」

一群人正在吃肉喝酒，談天說地，誰也不知道，大營外，正悄悄潛進一支特殊的隊伍。

他們走路渺無聲息，行動敏捷如電，每人手裡拿著一支小弩、一把小刀，還有一個小型投彈，一進山坳，便無聲無息地射殺哨兵，接著便如鬼魅一般地朝各個帳營潛去，有的人手裡提著一桶黑油，一接近帳篷，便將桶裡那黑乎乎的油往帳篷裡澆，澆完後便很快撤退。幾百人的隊伍，很快便將西涼大營的周圍幾個帳篷上全澆上了油，完事後，又全都退了出去。

整個過程不到幾刻鐘的時間，西涼軍隊裡根本無人發現。北院大王仍與大將們商議著明日叫陣時的作戰細則，突然便聽到一聲爆炸聲，北院大王聽得一震，有軍官立即拿起了長刀，準備衝出帳去，但見外面火光沖天，緊接著慘號聲大作，大營裡一時鬼哭狼嚎，刀兵鏗鏘作響，亂成一氣。

北院大王臉色劇變，大呼道：「敵人襲營了！快快出帳上馬作戰！」

說著，自己率先走出了大帳，卻見外面火光沖天，整個西涼大營亂作一團，不少軍士身上著火，邊叫邊跑著逃命，有的就地打滾，不停撲打著身上的火苗，還有人乾脆脫了身上的衣服，光著身子亂跑。

北院大王翻身上馬，指揮著人馬撲火，但風助火勢，很快，他自己住的營帳也燒了起來。兵士找來水龍滅火，那火卻是怪了，越澆水，越是燒得更旺，火在水上燒，水流之處又將另外的營帳也燒著了起來，一時焦臭難聞，不少將士死於煙燻火燎之下。北院大王今生還是頭一回遇到如此詭異之事，不由心中大駭，眼看著幾萬先頭軍隊便要葬身火海，只能命將士棄營回城，回到先前搶來的城堡。

兩萬人的西涼先鋒兵在大火下被燒死一半之多，餘下的都去騎馬，準備跟著軍官逃回城去，但是馬棚裡的馬因著火勢受了驚，逃的逃、死的死，發瘋一樣往外逃，如此又踩踏死了不少兵士，北院大王最後帶出山坳的人馬不足八千。

就是這麼一點人，在出山坳的口子上，又遇到了伏擊。

月黑風高、鬼影幢幢，山的兩旁根本就不見人跡，西涼人不知道走過多少次這條山路，但就是這樣一條熟悉的路上，也給他們帶來莫名的恐慌。北院大王騎在馬上，既疲累又憤怒，有生以來，還是第一次遭遇如此詭異和慘痛的失敗。

突然，隊伍裡傳來一陣爆炸聲，立即便有幾名西涼軍士被炸得飛起，血肉橫飛，場面慘不忍睹，邊上的軍士還沒有回過神來時，立即又有一個炸彈在隊伍裡爆炸開來，隊伍立即亂作一團，騎馬的便不管不顧地往前逃，步行的又有不少被踩踏到。

但炸彈卻像長了眼睛，專往人多的地方爆，立即又有很多西涼兵死於爆炸。北院大王還想要回頭維持秩序，他身邊隨行的將軍卻擋住他道：「大王，咱們中了埋伏了，您還是快逃吧！」說著，一鞭子抽在北院大王的馬上，北院大王被馬駝著向山路前奔去。

他身後還跟著幾名貼身的護衛，正要衝出山口時，對面卻有一人一騎攔在了路口。閃動的火把耀出紅光，照在那張俊美無儔的臉上，北院大王極度驚恐之中乍見如此美豔不可方物的人出現在眼前，恍然間以為天神降臨，眼睛膩在那人身上便錯不開視線，一動不動地看著那人，忘了自己仍是在逃命途中。

那神仙般俊美的少年卻是開了口。「本將便是大錦冷華庭，你不是想要見本將一面嗎？」

北院大王這才反應過來，心中一陣發緊，但看冷華庭只是孤身前來，不由又鬆了一口氣，原本的粗豪之氣又漫了上來，哈哈大笑道：「你果然有幾分手段，不過，你也太過自大了吧？隻身一人前來，以為本王等都是吃素的嗎？你既是自動送上門，本王也就不客氣了，唉呀，果然名不虛傳，真的比最美豔的娘兒們還要嬌上幾分呢！」

說著，手一揮，他身後跟著的將士便蜂擁而上，向冷華庭攻了過去。

出人意料的，冷華庭不迎卻退，隨手一個手投彈扔向那奔湧過來的將士。炸彈在人群裡開了花，立即人嚎馬嘶，死傷了好幾個。北院大王氣急，沒想到冷華庭如此陰險狡詐，按江湖慣例，如此隻身擋道自然是挑戰自己，以力搏名，哪知他不戰而退不說，竟然施暗手，半點也不光明磊落。

心中一恨，便哇哇大叫著向冷華庭衝去，也不顧他是否還有手投彈再扔出來。西涼人都有這股子狠勁和血性，兩人對峙之時，只進不退，不死不休。

冷華庭卻不動了，含笑看著北院大王向自己逼近，手腕一翻，一支細弩出現在手上，在北院大王逼近自己不到幾丈遠時，拉弓搭箭，咻咻咻三枝羽箭齊發。北院大王早有防備，揮動長刀將那羽箭一一擊落，誰知，那羽箭不過是個幌子，真正的殺招卻是冷華庭另一隻手裡甩出的錢鏢，一枚便擊中了北院大王坐騎的眼睛上，那馬兒受驚，立即舉起蹄子，驟然將北院大王掀下馬來。

冷華庭再不遲疑，連發數枚暗器，將北院大王幾處大穴一一封住，躍馬過來，彎身一撈，便如撈條死狗似地將北院大王撈起，打橫放在馬背之上，揚長而去。

而那些跟隨北院大王的將士們這才想起要去營救北院大王，但一陣羽箭如雨一樣向他們射來。這路口，哪裡只有冷華庭一個人，分明就還埋伏了不少大錦的軍士，北院大王在馬上看到自己的部下一個一個倒在羽箭之下，心中大罵冷華庭的卑鄙無恥。

冷華庭騎著馬邊跑邊大笑道：「我娘子說過，不許我與人單打獨鬥，說那不過是逞英雄而已，我可是最聽娘子的話的。」

話語間，一點也不覺得自己聽女人的話而感到羞恥，反倒興高采烈得很。

一支兩千人的軍隊趁夜伏擊，卻是將西涼人近兩萬先鋒軍隊幾乎殲滅，並活捉了北院大王。這個消息令大錦官軍人人心中振奮，士氣空前高漲了起來。

幾天過後，冷華庭親率大軍在西涼人城下叫陣，但西涼人死也不肯出城應戰。冷華庭便用投石機扔炸彈，轟開了城門，戰爭便再一次打響，他所帶的一萬人馬正是從西山大營裡撥出來，經過特殊訓練並特殊裝備過的，作戰驍勇，戰法靈活多變，以機動為主，根本不講究什麼陣法之類，但求能贏，什麼法子都用上了。

西涼人仍是強悍得很，那一場大戰持續了好幾天，打得既艱苦又慘烈，不過，最終還是奪回了被西涼人搶占的城池。

冷華庭在與西涼人作戰的同時，白晟羽和冷謙帶著忠林叔，早就越過封鎖線進入了西涼境內，開始了他們的奸商之旅。

因為前線的戰事順利，商隊的貨物進出也方便通暢了，運送到西涼的大錦物資源源不斷，白晟羽不只是只做棉布，大錦民間的好瓷好茶絲織物品也一併往西涼傾銷起來。

西涼皇室為前線戰事而焦頭爛額，無心顧及國內經濟，卻不知，在不知不覺之中，西涼人已經很依賴大錦的商品，國內手工業小作坊之類的產業漸漸蕭條。

於是，大錦的棉布茶葉還有絲綢源源不斷地銷往西涼，而西涼的礦產也源源不斷地流入大錦。

大錦原本缺乏的礦產資源一下子得到了補充，兵器、戰備也得到了改善，新皇又尚武，花大力氣在練兵之上，有了軍備的武裝，軍隊的底氣也大了許多，大錦的軍隊也由原來的軟弱可欺變得強大了起來。

不過，所謂的經濟侵略不是一朝一夕的事情，最後成效如何，也得三、五年之後才能看出來。

只是因著白晟羽與西涼的生意做大，大量的白銀也拉回了大錦，冷華庭賺了個盆滿鉢滿的同時，當然也將大頭獻給了朝廷，大錦朝廷從此不再只依賴海上那一支商隊，與東臨等小國的經商仍在繼續，商業營利，又讓朝廷有了充足的錢糧來補充戰爭消耗，與西涼的戰事不僅是在軍事上取得了優勢，更有了強大的經濟後援，戰爭局勢一下便逆轉過來，對大錦是越發有利了。

而北院大王被活捉，搶來的城池接連又失去，西涼皇室裡也鬧開了。西涼人與大錦多年戰爭，從來沒有吃過如此大的虧，皇帝龍顏大怒，將戰事失利的原因大多歸罪於自大錦回歸的南院大王身上，怪他沒有掌握準確的軍事情報與信息，導致北院大王被擒，戰事失利。

南院大王冷二本名赫連容城，是皇帝的第九子，但因著母親只是一個小宮女，自小便被人看不起，所以少年時便立志要做出一番大事業來，為自己和母親爭口氣。他在大錦隱伏二十餘年，給西涼送回大量的金錢之外，還建立了一條強大的情報體系，為西涼侵略大錦提供了準確的情報信息，這才使得西涼能年年在與大錦戰事上立於不敗之地，如今陡然敗得太慘，皇帝責怪也是在情理之中。

但他豈能甘心？這一次明明探得冷華庭不過是帶了大錦七拼八湊才組織起來的十萬人馬開赴前線，但真沒想到那軍隊裡竟然有一支奇特的隊伍，裝備也是他從來沒有看過的。

但再不甘心，事實就是如此，容不得他不信。就在西涼皇帝大發雷霆之時，冷華庭與孫大老爺乘勢追擊，奪回原本屬於大錦的城池之後，一改百年來，大錦只守不攻的舊習，又將戰事拉到西涼境內，西涼邊塞烏龍鎮首當其衝，不過十日工夫便被大錦占領，戰火由大錦國土直接燒到了西涼本土之上。

皇帝召集大臣商議對策，不少人驚慌失措間便提出要求和。

此議一出，得到很多大臣的附議，基本上無人反對，於是朝廷裡便開始商議求和條件，所提的當然是有利於西涼的，皇帝只想快些停戰，早些讓大錦人退回就好，自然應允了。

但是西涼大使到了幽城，高傲地將本國的求和協議遞交給孫大將軍，孫大將軍看完後，唇邊勾起一絲冷笑，遞給一旁的冷華庭看，冷華庭看完後二話不說，手一揮，招來刀斧手，大喝一聲道：「押下去斬了！」

那使者聽了嚇得渾身一抖，大聲道：「兩國交戰不斬來使，你們大錦向來以禮義之邦自居，怎麼如此不講道理？」

冷華庭譏笑道：「對你們這等無恥之使無須講道理。」

西涼大使被人拖下去砍了，冷華庭使人將來使的人頭掛到烏龍鎮的城牆之上，烏龍鎮的百姓見了，心中的震撼可想而知。

大錦以前所未有的強悍之態出現在西涼人面前，西涼皇室更是震驚得無以復加，一些有熱血的便力主與大錦決一死戰，大錦軍隊再強也比不上西涼軍，也有主和的大臣說求和條款提得太不合理，要求改條款。如此一來，主戰和主和兩派便鬧將了起來，皇帝被大臣們吵得焦頭爛額，氣得甩袖走了，留下一干大臣繼續大吵大鬧。

好在大錦軍隊終於止住了征討的步伐，送來了停戰協議，條件之一便是交出西涼南院大王赫連容城，否則，大錦便要攻向上京城，直搗西涼皇宮。其他條款自然是讓西涼割地賠款，每年向大錦進貢歲貢若干等等。

此議一出，皇上鬆了一口氣。大錦所攻占的城池暫時難以搶奪回來，那也只能忍痛先割捨了，如今不是寸土失城的問題，而是會亡國滅朝的問題了，想要將王朝繼續下去，不得不向大錦妥協。

皇上如今只求安定，再也不念赫連容城曾經為朝廷和皇室所受的苦、所作的貢獻，朝議結果出來後，便下詔將赫連容城看押住，怕他伺機跑了。

但是赫連容城在大錦使者到來時便偷偷溜走了。皇室裡沒有親情，只有利益，如今西涼短時間內想要打敗大錦根本就不可能，而冷華庭有多麼恨自己他更是清楚，所以，他聞風而逃了。

第一百零七章

消息送到冷華庭的軍帳裡，冷華庭氣得差點用劍砍了自己案前的桌子。但氣歸氣，事情還是要解決的。赫連容城這個人太過危險，據說他手裡掌握著的暗殺組織仍有不少人，而且不在西涼皇室的控制之下，如若他逃走，他會逃到哪裡去呢？

大錦也不能讓他容身了，西涼如今更是全國上下都稱他為賣國賊，那東臨？去東臨必須經過大錦，最有可能的還是會去大錦。

如此一想，冷華庭便決定先回朝，將邊關之事交與孫大將軍和冷遜處理。

大錦軍隊由於沒有得到想要的結果，軍隊仍是一再向上京緊逼，不拿到南院大王便誓不干休，西涼皇帝急得夜不能安枕、日不能食，憂心如焚，派了大量的侍衛去捉拿赫連容城，最惱火的是赫連容城的易容之術非常高超，如今海捕文書貼得全西涼和全大錦都是，但他一日幾變，要找到他還真是難。

冷華庭輕裝簡從，只帶了自己的那兩千人馬暗暗回了京城，先去皇宮見了新皇。

邊關戰事捷報頻傳，新皇早就在京城裡等大軍班師回朝後，好給將士們擺慶功宴了。

冷華庭進宮時，皇上驚得一震。小庭怎麼沒有隨大軍一起回來，卻提前回朝了呢？

在乾清宮書房裡，皇上單獨召見了冷華庭。冷華庭一進宮便向皇上跪拜行禮，皇上不等他拜下去，遠遠便大步走了過來扶住他，眼裡的激賞之色毫不掩抑。「小庭，辛苦你了，你真是朕的忠臣良將，是我的好兄弟啊！」

皇上兩個自稱交替使用，冷華庭卻是很明白皇上的心意。為國而言，皇上稱自己為忠良；以個人感情而言，皇上將自己看成是兄弟，這讓他的心裡也微微震動。他要的不是皇上的獎賞，而是皇上的信任。

他與錦娘一樣，所求不多，只要給他們一家一個和樂安寧的小日子過著就好了。

君臣見過禮之後，皇上沒有坐到龍椅上去，而是與冷華庭同坐在一旁的椅子上，與他平視著說話。這一點，也讓冷華庭心中有感，但他也不是個善於表達自己感情之人，只是看向皇上的眼神裡，多了一絲孺慕之情。皇上當然看得明白，心裡更是熨貼，這樣的小庭，在外鋒芒難掩，但在自己面前，一如多年前扯著自己的衣襟叫太子哥哥的那個少年一樣……

兩人之間有著濃濃的親情流轉，氣氛輕鬆，冷華庭將邊關的情況簡略向皇上報告了一遍，對冷華庭在邊關的作為，皇上自然是大加讚賞，只是好奇他為何突然臨時潛了回來。

冷華庭這才說起了冷二，也就是西涼南院大王赫連容城之事，皇上一聽，眉頭也緊皺起來。冷二那個人有多麼陰險可怕，皇上也是知道一、二的，潛在大錦幾十年，將大錦的大量金銀財物捲了不少到西涼，將簡親王府攪了個亂七八糟，在江南，差一點就將自己炸死，這些惡事全是那赫連容城所為。

「小庭，你回來是因為懷疑他會潛回大錦嗎？」皇上疑惑地看著冷華庭。

「回皇上，臣正有此擔憂。那賊子如今無家可歸，他對西涼皇室也是寒了心，西涼再無他立足之地，必然會離開西涼。他對簡親王府和大錦朝廷很熟悉，很可能又潛了回來，再者他的兒子冷華堂還在宗人府大牢裡，他很有可能會救了兒子後，再潛到東臨去……」冷華庭濃長的秀眉微蹙著，細細分析道。

皇上對此也深以為然。以赫連對冷華堂的感情，他救過冷華堂一次，很有可能再救第二次，但他如今在大錦難道還有幫手不成？裕親王如今似乎改邪歸正了，此次戰事期間，倒是認真為大軍督糧和運送戰備後勤物資，並沒出過半點紕漏，赫連再想要拉裕親王下水似乎不太可能了。

那大錦內，還有誰會是他的同盟呢？就算有，別人也不會如從前一般來幫他了吧？畢竟他如今已經成了喪家之犬，兩國全都發了海捕文書在通緝他，那些人也不是傻子，更不會再沾他這個禍端了。

兩人在御書房裡又商議了很久，到深夜時，終於定下了一計，冷華庭才告辭回了府。

他回府時也是悄悄的，錦娘正抱著揚哥兒睡著。冷華庭走了好幾個月，離開了那個溫暖的懷抱，錦娘夜夜都睡得不太踏實，好在有揚哥兒陪著，那張酷似某人的小臉也算是讓她解了些相思之苦。

迷迷糊糊之間，感覺有雙熟悉的大手在臉頰上撫摸著，她以為自己在作夢，呢喃喚了聲：「相公……」

冷華庭進府時，便示意府中的暗衛不要聲張，悄悄潛回自己院子裡。豐兒和雙兒兩個在耳房值夜，睡得就不沈，突然被驚醒之後，見是二少爺回來了，喜出望外，正要出聲，冷華庭忙讓她們噤聲，自己在正堂裡稍稍梳洗，脫了外袍便進了裡屋。

錦娘屋裡還留著一盞宮燈，想是怕揚哥兒夜起要尿尿所致。昏暗的燈光下，那張熟悉面容似乎消瘦了許多，卻更清秀明媚了。她睡得並不沈，秀氣的眉頭微微蹙著，似在作著一個並不香甜的夢，長長的睫毛在光下映出一線細細的陰影，如蝶翼一般輕顫。

這就是他日夜思念著的模樣，夜夜入了他的夢的，就是這張清秀的小臉。

他輕輕走近，在床邊坐下，大手忍不住便撫上她的臉龐。她的清瘦讓他心疼，這個傻子，自己不在家的日子裡，定然常常掛念，日日不得安生，好不容易才養好了一點的身子又瘦了，她是存心想氣他呢，等明日一定要打她的小屁股，看她還那樣不聽話不……

心裡想著要罰她，眼光卻溫柔得要膩出水來，眼睛流連在她臉上就再也錯不開了，卻聽得她嘟囔了一句。「相公……」

滿腹的相思全在這一聲中積聚，他的心立即被幸福填得滿滿當當的。離開的日子裡，他的夢裡從來就只有她，如今回來親眼所見，她的夢裡，也只有他，這讓他如何不歡喜？

「娘子，我回來了。」他用幾不可聞的聲音在她耳畔輕輕說道。

錦娘覺得耳朵有些癢，伸手去撓，卻觸到了一張溫熱的臉，還有自己臉上也有濕濡的感覺，她猛然睜開了眼，惺忪著沒有看清，好半晌，才看到那雙燦若星辰的鳳眼正清清亮亮地凝視著自己。她有些不可置信，微顫著伸了手去摸，真的是熱的呢，一股狂喜直衝大腦，便向著眼前的人懷裡撲了過去，一張口，就咬在了他的肩膀上，咬得死死的，似乎要將這連月來的相思咬進他的肉裡，化到他的血液中。

錦娘到底沒捨得下狠口，咬了一會子便鬆了，卻是眼淚汪汪的，看得冷華庭好一陣心疼，捧住她的臉，將她臉上的淚水一一吻去。「傻娘子，我回來了。」

錦娘含著淚笑了，上上下下地細細察看著他的身子，除了那張妖孽般的俊臉稍微黑了一點，皮膚微粗了一點，還真沒哪裡傷著了，提得高高的心總算是放了下來，嗔道：「看在你完好無缺回來的分上，今天就不罰你了。」

說著，將睡熟的揚哥兒往裡挪了挪，自己讓出一點位置來，卻不知身上只穿了一件中衣，一動之下，鬆鬆垮垮的衣領子就往下滑，露出雪白的鎖骨和頸脖，尤其是胸前若隱若現的誘人溝壑。冷華庭一看，心潮便開始澎湃起來，大手忍不住便自她的中衣下伸了進去，一下便捉住了那一對跳動的玉兔。

錦娘也是久未經人事了，身子特別敏感，一碰之下，骨頭就有些發軟。他的手在她身上點火，讓她如喝了一杯烈酒一樣灼燒起來。

而冷華庭更是忍耐得太久，不見她還好，一見到她，自己便彷彿會化身為狼一樣，只想一口將她吞拆入腹就好。

兩個滾燙的身子黏在一起就再也難分開，心靈與身體的熨貼讓兩人沈迷其中，不願醒來，正是乾柴烈火燒得正旺的時候，一個不和諧的聲音在兩人耳畔響起——

「娘親，尿尿。」

這猶如一盆冷水直接澆到了兩人頭上，錦娘率先清醒過來，忙扯了扯被冷華庭揉成一團的衣服，轉過身去抱揚哥兒。冷華庭幽怨地看著兒子，自他出生以來，他還是第一次這麼恨這小子，早不尿、晚不尿，在這緊要關頭突然要尿……

揚哥兒睡眼惺忪，卻看到了自家床上、娘親的身邊多了一個人，這個人看著有點熟，卻好像不認識。「娘親……」他站在床邊，邊尿尿邊問錦娘，一臉好奇。

「是爹爹呢，揚哥兒，快叫爹爹。」錦娘這才想起，兒子有半年沒有見到冷華庭了，自然是不認識他了。

冷華庭的臉黑如鍋底。攪了自己的好事就算了，這小子竟然還不認識他老爹，真該打屁屁！

揚哥兒歪了頭，看眼前之人神情不善，咧嘴一笑，甜甜喊了聲：「爹爹……」聲音清脆，有如甘冽般直沁入冷華庭的心扉，剛才的鬱惱一股腦兒在這一聲呼喚中全消散了，一伸手，便將兒子抱進了懷裡。這可是他最思念的兩個人呢，他的心肝寶貝啊！

可誰知，還沒膩歪一秒鐘，耳朵便被揚哥兒揪住，而且是一揪住就不肯放手。雖說不是很痛，但也知道那小子在氣自己呢，眼睛不由就看向錦娘，錦娘無奈地去扳揚哥兒的手，哄道：「真的是爹爹呢，揚哥兒揪爹爹，不是好孩子。」

揚哥兒卻不肯鬆手，奶聲奶氣地道：「娘親，他瞪我呢。」

錦娘聽得一臉黑線，不知道自己怎麼生了個睚眥必報的小子。總算扳開了他的手，還好他只是揪，並沒有掐，自己又討好地看著沈著臉的冷華庭。

「讓豐兒把他抱出去吧，娘子。」冷華庭微挑了眉看著揚哥兒，故意說道。

錦娘聽得一怔，微笑著點了頭。「好啊，揚哥兒，以後你就跟豐兒姑姑睡去。」

揚哥兒聽出他娘親很聽眼前這個人的話，立即便換了臉色，討好地抱住冷華庭的臉，在他臉上糊了一口，甜甜又叫了聲：「爹爹，揚哥兒怕怕。」

冷華庭的心又軟了，拍著他的小臉道：「知道是爹爹，還要揪我？」

「不揪了、不揪了，我揪如花去。」揚哥兒歡快又討好地對冷華庭道。

冷華庭聽得一臉黑線。把自己當小狗兒了呢，這小子得治治，不過，不在這一時。

總算又哄著揚哥兒睡了，夫妻二人還是將揚哥兒抱到了秀姑屋裡，回到屋裡繼續未竟的事情。

關押了好幾個月的朝廷重犯冷華堂終於被皇上下旨處以凌遲極刑。那一日，上官枚哭得死去活來，落霞在屋裡陪著她，小心勸著。行刑那天，上官枚一口氣沒有接上來，竟然暈了過去。

冷華庭穿著便衣在看熱鬧的人群中間，他自己帶回來的軍隊全部換了服裝，混在人群裡，小心觀察著人群裡的動靜。

冷華堂被關在一個大木籠子裡，放在馬車上，緩緩拖向菜市口。他四肢全廢，早已不能站立，只能坐著，好在有人為他清洗，給他換上了乾淨的衣服，他的臉很瘦，原本溫潤清朗的眸子已經變得呆滯，眼神定在一處便沒有動過，那裡面，只有死灰一片，沒有了半點生機。街上的百姓對他議論紛紛，說什麼的都有，他似乎麻木了，什麼也聽不見。

有人朝他丟爛菜葉，他也沒反應，整個便像一具行屍走肉，百姓們丟著也無趣了，便只跟著跑，邊跑邊吆喝著玩。

大錦已經很多年沒有實行過如此酷刑了，所以看熱鬧的特別多，人群裡，有幾個身著普通服飾的人向刑臺靠近，行刑官正襟危坐，神情卻有些委頓，似是沒睡醒似的，打了呵欠，看了下時間，自籤筒裡丟下一塊令牌，高喊一聲：「行刑！」

人群裡立即爆發出一陣歡呼聲，大家高喊著：「好！」有如戲院裡喝倒彩一樣。冷華堂躺在刑臺上，臉上表情依然木木的，半點害怕恐懼也沒有，劊子手熟練地將手中的小刀玩了個花式，正要下刀。

有人在人群裡湧動起來，不少百姓被人推著往刑臺上擠，還有些人被推倒了，哭喊聲、吵鬧聲全響了起來，劊子手不由停了手，看了眼臺下。

一時間，臺下的百姓有人被踩踏，有人被擠倒，有人在打架，鬧成了一團。冷華庭靜靜站在人群裡注視著人群的變化。果然，有人突然飛身躍起，縱上刑臺，一劍向那劊子手刺去，那劊子手似乎早有準備，就地打了個滾，便逃過了那一劍，那縱上刑臺之人也不繼續，回手將冷華堂一抄，揹到背上便要逃。

人群裡，還有其他同夥也開始動手了。有人故意在人群裡製造混亂，冷華庭見那人終於來了，雖然那人是張陌生的臉，但他敢斷定，那劫囚之人便是赫連容城無疑。

他將手伸進口裡，吹了個尖銳的口哨，隱在人群裡的士兵立即行動了起來。赫連的同夥早就被他們盯著了，這會子便像是在棉花地裡拔雜草似的，一抓一個。百姓看形勢不對，有的趴下、有的躲開，那些亂群之馬很快便被抓了個精光。

而赫連容城揹著冷華堂飛身躍起，踩著百姓的人頭向菜市口外逃去。

冷華庭不想在菜市口動手，這裡百姓太多，怕傷及無辜，所以，赫連飛躍起時，他也縱身追上。赫連雖說熟悉大錦的地形，但畢竟身上揹了個百多斤重的人，腳步就慢了好多，但他功力深厚，冷華庭還是追出了好遠才劫住他。

赫連回頭狠狠地瞪了冷華庭一眼，見只有冷華庭一人追了上來，便立住身形，罵道：「何必要趕盡殺絕，你當真以為你能殺得了我嗎？」

他的聲音太過熟悉，正是二老爺的，冷華庭再不遲疑，軟劍一抖，便向他攻去。

赫連容城正要將冷華堂放下，再全力對付冷華庭，突然，他的身子一僵，百會穴竟然被人制住，他根本就動彈不得了，心頭震驚得無以復加，手一鬆，背上的冷華堂便如一隻軟蟲一樣癱在了地上。

這樣的情形讓冷華庭都怔住了。他不知道赫連為何突然中了招，但此時正是捉拿赫連的最佳時刻，他抽出身上的細索，將赫連容城捆了個結實，但赫連此時卻雙眼赤紅，似在極力抵禦著什麼。

「我是你爹，特……意冒死來救你，你為何要對我動手？」赫連眼睛含淚，說話時，嘴角沁出一絲黑色的血跡，看來他似乎中毒了。

「我今生最恨的事情便是有你這樣的爹爹，最恨的人便是你。若非是你，我又如何會落到今天這步田地？是你，教我要對人狠毒，你說，對人好，便是對自己狠，你教我要爭，不管那屬不屬於我的，都要我爭，你哪裡當我是你兒子過？你不過是拿我當工具，當你求得榮華富貴的工具……你可能不知道吧，我的四肢被毀，但多虧了你教我的龜息功法，讓我的右手又恢復了一成的功力，別的不能做，你教我用的那種毒針法還是能使得出來的。」

冷華堂冰冷的臉上總算有了表情，他怨毒地看著赫連容城，聲嘶力竭地說道。

冷華庭看了，不由嘆了口氣。赫連容城口裡又湧出許多血水，看來，他是沒救了。這時，許多官兵追了上來，冷華堂抬眸眷戀地看著冷華庭道：「小庭，大哥最後也算是為你做了一件事情，雖然，你不一定會承我的情，但是，我還是想說，大哥……對不起你，如果有來生，我會真正當你是我最好的兄弟，再不會對你有任何的非分之想了……」

說話時，他臉上的戾氣一掃而空，眼神也變得清明起來，陽光照在他清瘦的臉上，閃出一絲異樣的光暈，那神情一如多年前，拉著冷華庭的手，去捉蟋蟀的乾淨少年。

「我不恨你的，你……也得了報應了。」冷華庭的眼睛有些酸澀。十幾年的兄弟情義，若非那些利益糾葛，或許，他們也不會弄到現在這步田地。

「是嗎？那就好，小庭，我不想做孤魂野鬼，我求你，將我葬在簡親王府祖墳裡吧，可以不要墓碑。我生不能成為冷家的人，讓我死後，不再有那樣恥辱的身世好嗎？」冷華堂的眼睛裡閃出一絲淚花，乞求地看著冷華庭。

冷華庭靜靜看著他，點了點頭，正要問，冷華堂又道：「那藥是小枚給我的。她不想看到我被人淩遲，所以，送了這個毒針給我，是想讓我自殺的。呵呵，傻丫頭……如果有來生，我一定會好好待她，一定會只娶她一個妻子的。」

冷華堂眼裡含著笑，一條黑色的毒血自他嘴角邊緩緩流出來。看來，他早就在嘴裡藏了毒藥，有了必死之心，卻故意讓人抬上刑臺，用最後的生命誘殺了自己的親生父親……

他無限依戀地看著冷華庭，任嘴角的血水汩汩流出，卻是含了笑道：「小庭，再叫我一聲大哥，好嗎？」

冷華庭心中像堵了一塊大石一樣，卡住了聲音，看著冷華堂逐漸消逝的生命，腦子裡淨是他們小時候在一起玩耍的模樣，張了半天嘴，卻總是叫不出來。而冷華堂的身子慢慢倒下，眼睛仍是直直看著冷華庭。

冷華庭眼睛終於沁出一滴淚來，緩緩走過去，將他的眼睛撫上，又命軍士將他抬回簡親王府。

至於赫連容城，冷華庭揭掉了他臉上的面具，露出一張與冷華堂果然相似的臉，他的屍體被人直接送到了亂葬崗，拋屍荒野。

四年後，簡親王府裡，揚哥兒穿著大紅的袍子，手裡拿著根竹棍，騎在竹棍上邊跑邊喊道：「阿乾，你快一點啦！我的馬馬要過橋了喔，你這一次再跑不贏我，那我就不認你做妹夫了喔！」

後面一個英俊的小男孩，正學著揚哥兒的樣子騎著根竹子也往前跑，只是揚哥兒跑起來就像脫韁的野馬，而他卻是優雅又從容，一點也不見急迫之色。

而在他們的身後，還跟著一對雙胞胎，一男一女，長得粉妝玉琢，煞是可愛。那男孩子與揚哥兒酷似，一看就是同一個娘生的，而女孩子卻長得像極了簡親王妃，美得奪目。這樣的四個孩子，讓一旁的僕人們都忍不住放下了手中的活計，看著他們便移不開眼。

「揚哥兒，你不要再跑了，弟弟妹妹都追來了，怕他們摔呢。」小太子阿乾回頭看了一眼那兩個肉乎乎滾過來的小粉團，不由停下步子，對揚哥兒喊了一聲，便回頭去牽那兩個小傢伙去了。

那邊，四兒牽著一個紮著兩個小團髻的小姑娘也追了上來，那小姑娘正嗚嗚哭著。

「娘，哥哥……壞，不要婉姊兒……」

四兒雙手一插腰，對前面跑得正歡的揚哥兒道：「揚哥兒，你給我站住！其他小蘿蔔頭你都帶，為啥只不讓我家婉姊兒跟著？」

一個宮娥打扮的嬤嬤，氣喘吁吁地抱著一個小姑娘也追了過來，擋在了揚哥兒身前，對揚哥兒道：「真是的，小世子，你怎麼看見小公主就躲啊？看把咱們小公主鬧的。」

那三歲多的小女孩自宮娥身上扭了下來，卻是對著正追上來的婉姊兒道：「他是我相公，妳不許追！」

婉姊兒立即哭了起來，仰頭就對四兒道：「不嘛，娘親，妳說過，揚哥兒是我的相公啊！」

那邊，揚哥兒終於停了步，小小的臉上一臉嚴肅，對小公主道：「妳，做我的大老婆。」又指著正哭泣的婉姊兒道：「妳，做我的小老婆，這下都有分了，不許再哭。唉，長得太好，就是麻煩啊……」

話音未落，頭上就被人重重敲了一記，一回頭，看是錦娘來了，立即抱頭就跑。錦娘在後面罵道：「死小子！才多大點，就想要三妻四妾了？老娘告訴你，有我在，你一輩子也別想！」

沒有了陰謀，沒有攻訐和算計，冷華庭和錦娘帶著三個孩子過得很自在。有了錢又有了閒，冷華庭就經常帶著錦娘和三個孩子，外加上冷謙一家子，扔下京裡的雜事，到大錦國各地去遊山玩水，一副富貴閒王的做派，皇上對冷華庭夫妻的芥蒂和防備更消，反而越發地看重冷華庭，君臣相處非常和睦。

最後，錦娘的女兒還是嫁入了皇家，成了皇上的兒媳，了卻皇上多年的願望，而上官枚也最終被冷遜的深情和執著打動，改嫁了。

從此，一大家子過著平靜而安寧的生活，而冷青煜自請駐守北疆，多年不曾回京。

也許，多年以後，曾經那段青澀而刻骨的感情就會淡下來吧……

錦娘偶爾一想到他，心裡也不免唏噓，每每此時，她家相公就要擰著她的鼻子，不依不饒地吃乾醋，即使兩個垂垂老矣之時，也不例外。

錦娘想想就好笑，雖然偶爾也會回想起前世，只是前世的景象越來越模糊，甚至，有時會忘了自己曾經生活過的那些地方。

也許，就此慢慢老去，直至死亡，不知還能不能回到曾經呢……

——全書完

花招百出、拍案叫絕
宅門界新天后／
不游泳的小魚

開創庶女宅門新天地——

名門庶女

鬥起來花招百出、讓妳目不轉睛！
拿起來就放不下，看一眼就愛上！

聰明庶女 + 腹黑少爺

精彩好戲 恭賀新喜！

文創風 068 1

既然穿越又重生，就是不屈服於命運！
即使生為庶女，她也要過得比嫡女更好！

文創風 069 2

嫁雞隨雞、嫁狗隨狗，而她孫錦娘嫁給冷華庭，
自是要以他的好為好，
所以，任何想傷害他的人要小心嘍，
悍妻在此，不要命的就放馬過來吧……

文創風 070 3

鬥小人、保相公、揭陰謀是她的看家本領，
況且人家會使計，她也有心機，誰怕誰……

文創風 071 4

相公生得俊美無比又腹黑無敵，
她孫錦娘也不差，
宅鬥速速上手，如今更能使計設陷阱，
一步步靠近幸福將來……

文創風 073 5

才剛過一陣子舒心日子，
陰謀詭計又接連而來，
當真是應接不暇，
不過他們小倆口也不能任人欺凌，
如今也要將計就計，反將一軍……

文創風 077 6

王府掩藏了十幾年的秘密，
終於一一水落石出，但傷害依舊，
因此她更堅定地要愛，
愛相公、愛家人，
用愛反擊一切陰謀！

文創風 078 7 完

終於能見到相公站起來，
玉樹臨風、泱姿凜凜，
教她這個做妻子的多驕傲，
等了這麼多年，經歷各種離別，
他們總算能看見
最終的幸福日子……

重生報仇雪恨＋豪門世家宅門

同人不同命，同樣重生，

怎麼她就是比別人心酸又辛苦?!

步步為營　佈局精巧／**禾晏**

獲2010年第一屆晉江文學城&悅讀紀合辦

「女性原創網路小說大賽」**古代組第一名**

春濃花開

可恨哪！
只因愛了個虛情假意的男人，
她葬送了自己的性命，
雖獲重生，卻有家不能回，
有仇不能報，有子不能認……

文創風 074 上

前生，她是一品大官的掌上明珠，才情學識都不輸男兒，
雖然容貌平庸，加上自小腿殘，但憑藉著娘家的權勢，
她得以嫁給芳心暗許的男人，帶著滿腔喜悅，一心與子偕老。
沒想到卻是遇人大不淑，夫君勾搭上她的好姊妹已是殊可恨，
竟還眼睜睜看著小三殺害她，將她推入荷塘……
再睜開眼，她成了同一日裡投湖的柳府五小姐柳婉玉，
可幸的是，如今換了具健全的身子，還擁有絕色嬌顏，
可悲的是，身分卻換成小妾之女，在家不受待見，在外受人非議，
眼下她只能忍氣吞聲，日日看人臉色，處處小心討好，先掙扎著活下來，
再來想方設法報仇雪恨，讓那對奸夫淫婦血債血償！

可笑哪！
四年結髮夫妻，他對她始終冷冷淡淡，
末了還見死不救；
如今她只是換了個好皮囊，
才見幾次面，他竟這般溫柔體貼……

文創風 075 中

如今大仇得報，又與爹娘相認，柳婉玉心願已了了大半，
原想這輩子就守著兒子、侍奉爹娘到天年又有何不可？
可兒子雖然沒了親娘，畢竟是堂堂楊府的嫡重孫，貴不可言，
她一個未出閣的閨女，能護得了一時，卻顧不到一世，
而且還壞了家裡的聲譽，讓爹娘操心，也累得他們無顏面。
看來只能先嫁作人婦，再一步一步來進行認子計劃吧！
說來可笑，那殺千刀的前夫貪她如今嬌容嫵媚、丰姿綽約，
竟然不知恥的搶著來大獻殷勤，妄想娶她做填房，
但讓她再嫁這個人面獸心的畜生，不如讓她再死一次！
倒是那前生不起眼的小叔——庶出的三少爺楊晟之，
對她不但情深義重，又三番兩次的危急相助，
若嫁了他，是不是便能名正言順的成為孩子的娘？

＊隨書附贈 上、中 卷封面圖精緻書卡共二張

可歎哪！
再世為人竟又再次嫁人，
而且是嫁入同一個家門，
不同的是，
這次她絕不再委屈自己了……

文創風 076 下

重生後的婉玉憑了美麗容貌與嫻雅品格，絕色冠金陵，
加上有梅府權貴的身家相傍，要再訂一門好親事很容易，
但俗話說：易求無價寶，難得有情郎，
爹娘中意的人選雖然斯文倜儻、文采風流，又是親上加親，
可聽了些閒言碎語，便跑得不見人影，這樣的人怎堪託付？
唯有那英俊威猛的楊晟之始終相護，不論大小急難都毫不猶豫相幫，
只是有了前車之鑑，爹娘萬萬不肯再將她許配楊家了……
他是楊家不受待見的庶子，連有些頭臉的奴才也都給他臉色看，
原本一心考上功名後，娶個賢妻再討個美妾，人生便已圓滿了。
偏偏老天爺讓他看見了柳婉玉，那感覺好像一下子撞到胸口上，
即便知道她將要訂親，明知自己高攀不上，但他就是不能死心，
從這一刻起，他不再忍氣吞聲、裝傻扮呆，定要想個法子娶到她……

＊隨書附贈 下 卷封面圖精緻書卡

重生裡無情似有情．機巧鬥智中藏纏綿悱惻／

一半是天使

想要獲得救贖，只能依靠自己。不想愚昧地懷著悔恨再活一次，

她要穿著美麗的外衣，智慧機巧地為自己推轉命運之輪……

絕色煙柳

文創風 079 上

既然天可憐見，讓她重生一回……
她再不是那個任人欺凌的懦弱女子，
纖纖若柳、絕色之姿成了她的掩飾，
堅強的心志才是她扭轉命運的後盾……

那年，十五歲的柳芙，
從軟弱可欺的相府嫡女成為皇朝的「公主」，被迫塞上和親。
絕望的她在踏進草原的那一刻，
選擇自盡以終結即將到來的噩夢。
她奇蹟似地重生，回到八歲那年，
她開始明白，死亡改變不了自己的命運；
「前世」那些教她恨著的一切人事物，照舊來到她的面前；
為了獲得真正的「新生」，
她必須善用我見猶憐的絕色之姿，必須費盡心機、步步為營……
然而，姬無殤……成了她重生路上最大最洶湧的暗潮，
他那蘊藏著無盡寒意的眼眸，那看似無心卻能刺痛人的淡漠笑意……
總能將她帶回「前世」那些噩夢中，驚喘不已……
她愈想避開，他偏愈來糾纏；
他究竟意欲為何，連才八歲的她也緊迫盯人……

文創風 080 中

姬無殤，這個天底下她最該防的男人，
時時刻刻放在心底怕著又躲著男人，
居然開口要跟她交易，
她竟傻得與虎謀皮……

柳芙這不到十歲的小人兒，心思玲瓏剔透，姿色猶如出水芙蓉，
想他姬無殤從不把任何一個女子看在眼內，
但這小小女子竟勾惹起他的好奇心，對她出乎尋常的在意。
然而就算對她上了心又如何，她不過是他計劃裡的一顆棋子，
她要是乖乖聽話，他可以容許她那些小小心眼兒、私心籌劃；
倘若她膽敢拒絕了他的交易，哼，她再沒一天好日子可過了……
這可恨又可惡的姬無殤，懂不懂得男女之別？
說話就說話，老愛貼得這麼近，那霸道氣息就快讓她窒息了。
雖然這副身子還只是個不到十歲的女童，
但她的心智已經是十五、六歲的少女了，
前生的她何曾和男子如此靠近過？更何況姬無殤還是她最怕的男人！
在他威逼的態勢之下，她哪有拒絕跟他交易的餘地……
她的生、她的死、她所在意的一切，無一不在他掌握之中啊！

文創風 081 下

願得一心人，白首不相離……
這是她唯一所願，
卻無法奢望她唯一所愛的男人能承諾實現……

皇上跟她要一句真心話，只要她願意，便讓她做裕王姬無殤的妃子……
她想起姬無殤那個霸道的吻，勾起的並非只是他心底的慾火，
更讓她正視了那顆掩埋已久、悄然生根發芽的懵懂情種。
一天天的，情意蔓延，愛了卻不敢真的去愛；
那種只有彼此相屬的感情，平淡相依、真實相守的日子，
是她想要的，卻不是姬無殤給得起的……
既然如此，不如就深埋起這段情，
為了他和親出嫁，這是她唯一能為他做的、真心真意……
姬無殤終於懂得情之一字有多折磨人！
在國家大事之前，他與柳芙只是兒女私情。
他能怎麼選擇，根本無從選擇！
眼看著自己唯一愛上的女子，穿上大紅嫁衣，和親出嫁……
他第一次嘗到剜心的痛，
他誓言，要在最短的時間內底定大局，迎她回朝……

文創風 078

名門庶女 7 完

國家圖書館出版品預行編目資料

名門庶女 / 不游泳的小魚著. --
初版. -- 臺北市 : 狗屋, 民102.02-
冊 ; 公分. --(文創風)
ISBN 978-986-328-040-8(第7冊 : 平裝). --

857.7 101027936

著作者	不游泳的小魚
編輯	戴傳欣
校對	黃薇霓　林若馨
發行所	狗屋出版社有限公司
地址	台北市104中山區龍江路71巷15號1樓
電話	02-2776-5889～0
發行字號	局版台業字845號
法律顧問	蕭雄淋律師
總經銷	知遠文化事業有限公司
電話	02-2664-8800
初版	102年4月
國際書碼	ISBN-13　978-986-328-040-8
原著書名	《庶女》，由瀟湘書院中文网（www.xxsy.net）授權出版

定價230元

狗屋劃撥帳號：19001626

網址：love.doghouse.com.tw　E-mail：love@doghouse.com.tw

版權所有・翻印必究　倘有倒裝、缺頁、污損請寄回調換